白居易诗集

〔唐〕白居易 ◎ 著

东篱子 ◎ 解译

全鉴

中国纺织出版社有限公司

国家一级出版社
全国百佳图书出版单位

内 容 提 要

白居易，字乐天，祖籍太原。唐代伟大的现实主义诗人，与元稹共同倡导新乐府运动，世称"元白"。他的诗歌题材广泛，形式多样，语言平易通俗，所以有"诗魔""诗王"之称。本书选取了白居易不同题材、形式的诗作，对每首诗作进行注释、翻译和赏析，给生僻字注音，有助于读者更好地阅读和理解作品的思想内容和艺术特色。

图书在版编目（CIP）数据

白居易诗集全鉴 /（唐）白居易著；东篱子解译.
--北京：中国纺织出版社有限公司，2020.11
　　ISBN 978－7－5180－7930－8

　　Ⅰ．①白⋯　Ⅱ．①白⋯②东⋯　Ⅲ．①白居易（772-
846）—唐诗—文学欣赏　Ⅳ．①I207.22

中国版本图书馆CIP数据核字（2020）第184032号

策划编辑：张淑媛　　　　责任编辑：段子君
责任校对：高　涵　　　　责任印制：储志伟

中国纺织出版社有限公司出版发行
地址：北京市朝阳区百子湾东里 A407 号楼　邮政编码：100124
销售电话：010—67004422　传真：010—87155801
http://www.c-textilep.com
中国纺织出版社天猫旗舰店
官方微博 http://weibo.com/2119887771
佳兴达印刷（天津）有限公司印刷　各地新华书店经销
2020 年 11 月第 1 版第 1 次印刷
开本：710×1000　1/16　印张：20
字数：285 千字　定价：48.00 元

凡购本书，如有缺页、倒页、脱页，由本社图书营销中心调换

　　白居易（772—846 年），字乐天，晚年号香山居士，又号醉吟先生。祖籍太原（今山西太原）。唐代伟大的现实主义诗人，与元稹共同倡导新乐府运动，世称"元白"；晚年与刘禹锡相交甚厚，并称"刘白"。他的诗歌题材广泛，形式多样，语言平易通俗，所以他有"诗魔""诗王"之称。

　　白居易自幼就非常聪慧，五六岁时便学作诗，九岁时就谙识声韵，十岁开始正式读书。少年勤学，"昼课赋，夜课书，间又课诗，不遑寝息"，以至于"口舌成疮，手肘成胝"。十五六岁时，他带着诗作《赋得古原草送别》，去长安拜访当时有名的大文学家顾况，得到赏识推荐，从而声名大噪。

　　他的诗风浅显畅达，通俗易懂，有意到笔随之妙。据说，他每作一首诗，就念给不识字的老妪听。若听懂，则录之；不能懂，则改之，直到她能听懂为止。因其诗风俗中有雅，平中见奇，平畅浅切，曾一度风靡整个大唐："二十年间，禁省、观寺、邮候墙壁之上无不书，王公妾妇、牛童马走之口无不道。至于缮写模勒，衒卖于市井，或持之以交酒茗者，处处皆是。"（元稹《白氏长庆集序》），可见其诗影响范围非常盛广。

　　早年的白居易，一腔热血，满怀抱负，希望能为国效力，兼济天下。任左拾遗时，为报答皇帝的赏识提拔，更是尽职尽责，勇于直谏。他不畏权贵，以诗为剑，频繁上书言事，并写下大量的反映社会现实的讽谕诗，希望起到"补察时政、泄导人情"的作用。其中的优秀代表作，如《新乐府》五十首、

《秦中吟》十首等，都描写了民生疾苦和各种社会现实弊端，不仅一针见血，切中时弊，而且笔锋犀利，直指当朝王侯将相的"要害"，为权贵所忌恨。后被诬陷弹劾，贬为江州司马，他和元稹倡导的轰轰烈烈的新乐府运动也因此受挫。

白居易晚年厌倦宦海浮沉，思想从"兼济天下"转向"独善其身"，闲适、感伤的诗渐多。其淡泊悠闲的意绪情调、知足保和的"闲适"思想以及归趋佛老、效法陶渊明的生活态度，对后世文人影响深远。宋代苏轼、陆游等人都明显受其影响。

白居易虽未能实施自己"兼济天下"的抱负，却为百姓做了很多好事。他在杭州刺史任内疏浚六井，以解决杭州人饮水问题；又修筑白堤，蓄积湖水，以利灌溉。离任前，他将一笔官俸留在州库之中作为基金，以供后来治理杭州的官员公务上的周转。晚年时，他捐资开通龙门八节滩，其功绩昭彰，令今人仍深受其惠。

公元 846 年，白居易在洛阳逝世，葬于香山。现留存下来的诗作三千余首，收录于《白氏长庆集》。

本书选取了白居易不同题材、形式的诗作，对每首作品进行注释、译文及赏析，给生僻字注音，有助于读者更好地阅读和理解其作品的思想内容和艺术特色。另外，还对作品涉及的唐代历史事件、人物活动、制度习俗及典故等加以说明，希望对读者阅读白诗有所裨益。

目录

第一部分　五言绝句

第二部分　五言律诗

第三部分　七言绝句

第四部分 七言律诗

第五部分　古体诗

第一部分　五言绝句

问刘十九^①

【原典】

绿蚁新醅酒^②，红泥小火炉。

晚来天欲雪^③，能饮一杯无^④?

【注释】

①刘十九：白居易留下的诗作中，提到刘十九的诗不多，仅两首，但提到刘二十八、二十八使君的就很多了。刘二十八就是刘禹锡。刘十九乃其堂兄刘禹铜，系洛阳一富商，与白居易常有应酬。

②绿蚁：指浮在新酿的没有过滤的米酒上的绿色泡沫。因色微绿，细如蚁，故称为"绿蚁"。醅（pēi）：酿造。

③雪：下雪，这里作动词用。

④无：表示疑问的语气词，相当于"么"或"吗"。

【译文】

刚刚酿成的米酒还未过滤，酒上浮着绿泡，香气正浓，温酒的红泥小火炉烧得正红。

天色渐晚，阴沉沉的看样子就要下雪了，你是否能留下来，与我共饮一杯?

【赏析】

此诗以叙述家常般的语气，朴素而又亲切的语言，描写在一个将要下雪的傍晚，诗人邀请朋友前来喝酒的情景。通过描写想与友人把酒共饮的期盼，体现了朋友间真挚而亲密的关系。全诗仅二十个字，没有特别华丽的辞藻，字里行间却透露出温馨和热切的情谊。

　　寒冷的冬日，外面阴沉欲雪，屋内一室如春。与友人围炉煮酒，把盏共饮，是何等畅快之事。诗中一共写到了两种色彩：新酿绿酒和红泥小炉，以鲜明的色彩营造出一种别致雅趣的环境。诗人回身看向窗外，天气暗沉阴冷，知道肯定是要下雪了。第四句以轻松温和的语气问出"能饮一杯无"，自然亲切，贴近心窝，饱含着真情。朋友之间，其实不必千杯豪饮，只需一杯小酌。君子之好，雅而不俗。以轻言细语、问寒问暖的口语入诗收尾，不仅增加了全诗的韵味，使全诗有一种空灵摇曳之美，并且余音袅袅，巧妙地给读者留下无限的想象空间。千载之下，仿佛还能听见诗人那亲切的问询之语。

早秋独夜

【原典】

井梧凉叶动①，邻杵秋声发②。

独向檐下眠，觉来半床月。

【注释】

①井梧：井边的梧桐。

②邻：邻居。杵（chǔ）：捶衣用的短木棒。

【译文】

　　井边梧桐的叶子随着凉风微微摇动，邻家院子传来阵阵捣衣声。

　　独自面朝檐下刚刚睡去，无奈又被半床皎洁的月光惊醒。

【赏析】

　　这首小诗乍一看好像平白无奇，细思却别有一番滋味在心头。诗人独自躺在床上，因为背井离乡，正自觉凄凉。又听见外面凉风袭过，井边的梧桐叶子簌簌而响,不免心绪纷乱。此时的诗人尚未察觉到季节已悄悄转换,直到邻家女捣衣的声音隐隐传来,才惊觉已是夏末秋初。季节更迭,引起羁旅的人万千思绪,辗转难眠。可方得浅睡,又被明亮的月光惊醒,于是继续伤怀难眠了。此诗紧紧扣住了"早秋""独""夜",全诗没有一个"悲"字,看似单纯地写景,却莫名地透出一种感伤和孤单的情绪。末尾一句以景作结,只写那空置的半张床、铺满清冷的月光就戛然而止。其悠长的余味,透露着别样的孤独和凄凉。

秋夕

【原典】

叶声落如雨①,月色白似霜。

夜深方独卧②,谁为拂尘床③?

【注释】

①叶声:树叶掉落的声音。

②方:正在,正当。

③拂:拭,掸去。

【译文】

树叶飘落的声音如同细雨,皎洁的月光像银霜铺满大地。

夜深人静时正要独自睡去,但不知谁能为我掸去床上的灰尘?

【赏析】

秋天的夜晚,窗外有风轻轻吹过枝头。树叶簌簌坠落,感觉像雨声一样沙沙作响;月光皎洁,如同洁白的秋霜一样铺满大地。这首诗的前两句只有十个字,却勾勒出一幅清幽的深秋月夜图。后面两句,是在前面环境描写的铺垫下，叙述了诗人秋夜内心的深深感慨。已经很晚了，诗人在做些什么？他有心睡去又睡不着，不禁想起那个曾为他铺床叠被之人。那个人是谁？由读者自己去想象。全诗只是简单地叙述，而寥落寂寞之情已溢于言表。因其不言明，愈见悲之深、念之切。越是什么都不说，越是胜过千言万语。

全诗看似浅白，却蕴情至深，体现了白诗精妙的写作特点。

南浦别①

【原典】

南浦凄凄别②，西风袅袅秋③。
一看肠一断，好去莫回头④。

【注释】

①南浦（pǔ）：南面的水边。后常用来称送别之地。

②凄凄（qī qī）：悲伤貌；凄凉貌。别：送别，别离。

③袅袅（niǎo niǎo）：吹拂。这里形容西风吹拂。

④好去：放心前去之意。莫：不要。

【译文】

在南面的水岸边凄凉悲伤地告别，阵阵秋风让人倍觉萧索。

每回头看一次就肝肠寸断一回，放心前去吧，千万不要再回头。

【赏析】

这首送别的小诗，读着只感觉清淡如水，却流淌着依依惜别的深情，让人产生非常强烈的共鸣。

诗的前两句，以"南浦"点出送别的地点，以"袅袅秋"点出送别的时间，渲染出秋风萧瑟、木叶飘零的寥落情境，以景衬情，烘托出浓厚的离愁别绪。此情此景,怎能不让人倍添愁绪?"凄凄""袅袅"两个叠字词,用得十分传神。"凄凄"形容内心的凄凉和愁苦,"袅袅"则形容秋景的萧瑟,因为送别时内心的"凄凄",所以感觉秋风的"袅袅"。后面两句写得更是情意切切,缠绵悱恻。离人虽然已经登舟而去,但依旧频频回过头来恋恋不舍相看。此时此地,此情此景,离人心中好像有万语千言,难以细说。诗人连用两个"一"字,含蓄地描绘出两人依依不舍的情态。把去留双方那千万种离愁别恨表现得淋漓尽致。末句是诗人的殷殷叮咛,看似平淡,却语含深意。可能是担心行人忧伤过度,或者是不希望行人看到自己忧伤难过。诗人压抑着自己的悲伤心绪,挥手告别友人:好好保重,一路顺风!

江楼闻砧①

【原典】

江人授衣晚②，十月始闻砧。

一夕高楼月③，万里故园心④。

【注释】

①闻砧（zhēn）：听见捣衣的声音。砧：为捣衣石。

②授衣：指制备寒衣。古代以九月为授衣之时。到了九月，就得开始制作过冬用的衣服。

③夕：泛指晚上。

④故园心：思念故乡之心。

【译文】

江州人制备寒衣比我故乡稍晚，十月才开始听见捣衣的声音。

坐在高楼上独览这寒夜月色，心却早已飞到万里之外的故乡。

【赏析】

诗人被贬江州，从而寄居他乡。孤单寂寞之时，闻砧望月，无端地勾起思乡之情。江州的冬天似乎比故乡来得稍晚一些。往年家中在九月就已备好冬衣了，而这里到了十月，才开始听到捣衣的声音。这一点点细微的不同之处，让远离故乡的诗人彻夜未眠。家里人此刻都在干什么？是否已经缝制好过冬的衣服了呢？坐在高楼上，他举头望着天空的月亮，心却早已飞到了万里之外的故乡以及故乡那些朝思暮想的亲人和朋友身边。首两句用意新奇，末两句以"一夕"对"万里"，以"高楼月"对"故园心"，不仅对仗工巧，别出心裁，更牵出了羁旅之人绵远的乡愁。

白居易的诗最擅长从身边小事入手，平铺直叙，行云流水般，看似浅白，却寓情于景，别有一番动人心弦之处。

夜雨

【原典】

早蛩啼复歇①，残灯灭又明②。

隔窗知夜雨③，芭蕉先有声④。

【注释】

①蛩（qióng）：即蟋蟀。蟋蟀晴天则鸣，雨天鸣声则止。

②残灯灭又明：雨前气压过低，故灯焰缩短；雨后气压回升，故灯光回明。残灯，将熄的灯。

③隔窗：隔着窗子。

④芭蕉：为多年生草本植物，原产琉球群岛，中国秦岭淮河以南可以露地栽培，多栽培于庭园及农舍附近。

【译文】

早出来的蟋蟀叫了一阵又歇停，将要熄灭的灯暗了一阵又回明。

隔着窗户就已经知道夜里外面下起了雨，因为芭蕉叶上早已响起了雨点声。

【赏析】

这首诗，既没有用鲜艳的色彩刻画，也没有用姿态描摹，乍一看似乎平淡无奇，然而细细品味，就会发现它不仅凝重古朴，清新淡雅，而且诗意含蓄，韵味悠长。漫漫长夜，孤寂无聊，那些率先出来的蟋蟀，躲在角落里鸣叫，为死寂的夜色增添了一丝活跃的气氛。可细心的诗人发现，蟋蟀叫了一阵又歇停了，将要熄灭的灯暗了一阵又明亮起来。诗人先是听见蟋蟀的"啼复歇"，又看到灯焰的"灭复明"，极其敏锐地感知到下雨前后周围环境的细微变化，进而勾勒出一幅夜深人静、万籁俱寂的夜晚，屋中人孤独寂寞、彻夜难眠的情景。其后两句，隔着窗户凭着听觉得知夜雨降临，因为窗外芭蕉叶上率先响起了雨点声。闻其声如见其形，如临其境，将夜雨悄然而至却又不小心暴露行踪的场景描写得惟妙惟肖。"芭蕉先有声"是为本诗点睛之笔，活泼生动。全诗对仗工整，感知细腻。虽然是诗人简单的所见所感，却描写得曲折有致，独具匠心。

夜雪

【原典】

已讶衾枕冷①，复见窗户明②。

夜深知雪重③，时闻折竹声④。

【注释】

①讶（yà）：惊讶。衾（qīn）枕：指被子和枕头。

②窗户明：形容雪光照亮窗户。

③知雪重：知道雪下得很大，积雪很深。

④折竹声：指大雪压断竹枝的声响。

【译文】

忽然从睡梦中被冻醒，惊讶地发现枕头冰凉、盖在身上的被子十分冰冷，抬眼望去才发现窗外明亮如昼。

夜深的时候就已经知道雪下得越来越大了，因为不时会听到积雪把竹枝压折的声音。

【赏析】

这首诗约作于白居易被贬谪到江州时期。

全诗仅短短二十个字，虽没有一字一句直接写及如何下雪，却句句紧扣诗题，从各个不同侧面衬托出夜间下雪的情景，可谓别有云天之妙。首句通过"衾枕冷"，反衬出夜雪之大，屋内较之往日寒冷难耐的情景。"讶"字则点出雪的悄无声息，反映出令人未曾察觉后的惊讶之状；次句写因为雪的强烈反光，令窗户明亮，疑似黎明到来；最后两句写积雪落下，竹枝折断的声音。竹枝都被压断了，表明雪势有增无减，以侧面烘托的手法，描写出一场大雪铺天盖地的情景。"冷"为感觉，"明"为视觉，"重"为知觉，"声"为听觉。短短四句，不知所起又不知所终的"夜雪"便跃然纸上，氤氲出诗人此刻因处境落寞而心生凄凉之情。

全诗画面静中有动、清新淡雅，真切地呈现出一个万籁俱寂、银装素裹的世界。

友人夜访

【原典】

檐间清风簟①，松下明月杯。

幽意正如此②，况乃故人来③。

【注释】

①簟（diàn）：竹席。

②幽意：幽闲的情趣。

③况乃：况且，而且。故人：意思是指旧交，老朋友。

【译文】

廊檐下清风习习，暂且铺设竹席，看松间月色皎洁，独自举杯酌饮。

如此良辰美景，正惬意欢畅，何况还有故人自远方来相伴。

【赏析】

诗人在檐间置竹席小坐，借着明月清辉于松下举杯酌饮。此刻檐下有清风拂过，松间有明月相映。明月、清风、美酒，如此有良辰、美景，环境幽静雅致，令人无比舒心惬意。恰在此时，有故人来访。"况乃"二字，流露出诗人对"故人来"的无比惊喜之情。孔子曾说："有朋自远方来，不亦乐乎？"更何况来的这个人还是一位"故人"。如此良辰美景，得与"故人"畅谈叙旧，举杯共饮，是何等惬意之事！

全诗不仅清新自然，而且浅显易懂。而诗人那坦率真诚、乐于交友的天性也由此可见了。

池上二绝

【原典】

其一

山僧对棋坐①，局上竹阴清②。

映竹无人见③，时闻下子声④。

【注释】

①山僧：住在山寺的僧人。对棋：相对坐着下棋。

②阴：同"荫"。

③映：遮，隐藏。

④下子声：放下棋子的声音。

【译文】

山中有僧人面对面坐着下棋，横斜的竹枝在棋盘上投下清影。

茂盛的竹林遮住僧人身影不容易被人发现，只是偶尔听见他们下棋时的落子声。

【赏析】

这首诗描写了山里僧人在竹林间对弈的情景。深山静谧，凸显僧人淡泊名利，远离红尘，与世无争。他们在竹荫下悠然下棋，那种不染世俗般的清净，令人神往。"山僧对棋坐"，说明是有两位僧人正在下棋。结句"时闻下子声"，说明有人在远远地观看棋局，这人也许是作者自己，又或许是另有他人。但这些"人物"全都被那一片相互掩映的竹荫遮挡，隐藏不露，只闻其声，未见真容，令人产生无限遐想。所以说，这首诗的结尾句写得别出心裁。因山谷没有喧杂，几不可闻的落棋之声才会被放大，听得那么清晰，且又余音袅袅，这样一来，借以烘托了隐居山林之中真正的宁静。与初唐王维的"空山不见人，但闻人语响"有异曲同工之妙。

【原典】

其二

小娃撑小艇①，偷采白莲回②。

不解藏踪迹③，浮萍一道开④。

【注释】

①小娃：小孩儿。艇：古指小船。

②白莲：白色的莲花。

③不解：不懂，不理解。藏：隐藏。踪迹：指被小艇划开的浮萍。

④浮萍：水生植物，椭圆形叶子浮在水面，叶下面有须根，夏季开白花。

【译文】

顽皮的小孩儿独自撑着一艘小船，偷偷去湖中采回了几株白莲。

他玩得高兴一时忘记了隐藏行踪，水中浮萍明显留下一道船行过的痕迹。

【赏析】

白居易偶遇水乡小娃娃偷采白莲的一瞬，于是兴趣盎然地写下这首小诗。诗人准确地捕捉到小娃娃偷采莲后瞬间的喜悦心情，写得既活泼又生动。夏日里荷叶田田，满塘的莲花盛放，天真活泼的小娃娃撑着一条小船，偷偷地去池中采摘白莲，玩到兴高采烈之处，早已忘记自己是瞒着大人悄悄去的，一时忘记了隐藏自己的踪迹，大摇大摆地划着小船回来。小船把水中的浮萍轻轻荡开，留下了一道清晰明显的船行过的痕迹。诗人以"偷采"表明"小娃"的顽皮，以"不解"表明"小娃"的纯真，前后互相映照。将小主人公天真幼稚、活泼淘气的可爱形象栩栩如生地刻画出来，跃然纸上。

整首诗虽如同白话，却极富韵味。全诗从开始的小主人公撑船进入画面，到他欢欢喜喜离去，只留下被划开的一片浮萍结束，有静有动，有景有色，有行动描写，有心理刻画，

不仅细致逼真，而且特别富有情趣。全诗清新自然，犹如行云流水，没有任何雕饰，堪称一首好诗。

醉中对红叶

【原典】

临风杪秋树①，对酒长年人②。

醉貌如霜叶③，虽红不是春④。

【注释】

①杪（miǎo）：树枝的细梢。

②长年：老年。

③醉貌：酒醉后的面貌。

④不是春：和春天不一样。

【译文】

秋风吹动树梢飒飒作响，好似和树下的老翁对饮一样。

醉后的面容和满树红叶多么相似，但毕竟和春天的鲜艳迥然不同。

【赏析】

此诗是诗人垂暮之年的自伤之作。诗人将自伤藏在自我解嘲之后，读来令人莞尔却又别有一番凄凉之情。首句，写飒飒秋风摇动树梢，勾勒出凄清的意境。次句，写那满树飒飒作响的红叶，好似和树下的老翁对饮，反衬出老翁的孤独，从而使诗境宛如一幅秋树老翁临风饮酒图，仿佛一袭衰飒气息扑面而来。第三句跳出一转，写到醉中老翁面色红润，如霜后红叶般娇艳，一扫沉沉老气。结句尤妙，嘲讽霜叶实际是诗人在自嘲，虽然醉后的面容和霜叶一样红，却毕竟与少年不同，看似红润有气色，但终究已是老迈之年。

这看似轻松幽默的自我解嘲，实则是世事洞明之后的豁达与开朗，其中不乏透露出人生垂暮的些许哀伤，这不禁使人想起宋代诗人苏轼《纵笔》中的诗句"小儿误喜朱颜在，一笑那知是酒红"。

勤政楼西老柳①

【原典】

半朽临风树②，多情立马人③。

开元一株柳④，长庆二年春⑤。

【注释】

①勤政楼：此楼建于玄宗开元中，在长安兴庆宫西南，原名勤政务本楼。始建于开元八年（720年），元和十四年（819年）重修。

②朽（xiǔ）：腐朽。临风：迎风；当风。

③多情：富于感情，重视情谊。

④开元：唐玄宗年号（713—741年）。

⑤长庆二年：即822年。

【译文】

有一株树干半朽的大树迎风而立，今有多情的老人在此勒马伫立端详。

这本是开元年间栽种的一株细柳，到长庆二年春天却已如此沧桑凄凉。

【赏析】

这首诗作于长庆二年（822年）春，白居易在长安中书舍人任上。

首两句是说诗人面对一株半朽的老柳树，勒马驻足，仔细打量后颇觉伤情。后两句再点明这棵柳树是开元年间种植的，而时间荏苒，如今已经是长庆二年的春天了。出语看似率易，实则饱含深意。"开元""长庆"四字中，透露出无限沧桑和悲怆之感。唐"贞观"与"开元"两个时代，曾是大唐最为繁荣的盛世。而到诗人所身处的"长庆"年间，却是"时天子荒纵不法，执政非其人，制御乖方，河朔复乱。居易累上疏论其事，天子不能用，乃求外任。七月，除杭州刺史"的境地。开元至长庆，国运隆替，早已物是人非。只有当年的垂柳尚在，阅尽沧桑。简单地叙述，却透出莫名的凄凉。

　　诗人以巧妙的文字，勾勒出一位历尽世事沧桑之人临风立马的小像。然后再用历史作为补笔，把百年历史变迁、自然变化和人世沧桑都隐含在内，这也是诗人着笔的高妙之处。

池畔二首

【原典】

其一

结构池西廊①，疏理池东树②。

此意人不知，欲为待月处③。

【注释】

①结构：建造。廊（láng）：有棚顶的过道。

②疏理：整理，清理。

③待月：等待月亮。

【译文】

要在池塘西边建造一个长廊，还要清理池塘东侧的树木。

别人都不知道这是什么意思，其实我是想在廊中赏月能看得更清楚。

【原典】

其二

持刀间密竹①，竹少风来多。

此意人不会②，欲令池有波③。

【注释】

①间：拔去，除去。

②会：了解，知道。

③欲：想要，希望。

【译文】

用刀砍去一些茂密的竹子使它变得稀疏，竹子稀疏了就能使更多的风通过。

其中的意思别人不会了解，其实我是想让池塘里能够常常荡漾碧波。

【赏析】

揣摩诗意可知，这两首当是白居易修建自家花园时所作。

一方池塘固然秀美，但若是没有清风明月的映衬，似乎感觉稍稍欠缺雅致。

在池塘的西边修上一条长廊，把东边的树木打理一番，为的就是当月上树梢之时，于廊下能更清楚地欣赏到月色。用刀砍去竹林里的一些竹子，让更多的风透过来，为的就是让池塘波纹潋滟，更添雅致。这两首诗其实是记录了诗人对池畔的修葺、园林修造的过程。简单的叙述，似拙实雅。前两句分别各叙一件令人难以理解的事，使人不解其意、不知其故，第三句陡然转折，第四句才道出诗人追求清雅的本意，于平淡之中构造别具情致。两首诗从体制和语气上看，犹如一首，但从内容上却大有不同。一首写为了便于赏月，清理池东的部分树木；一首写为迎风纳凉，持刀砍掉部分竹子。篇幅虽然短小，却不失活泼可爱，亲切自然，如述家常一般。

诗人早年漂泊长安，一直住在官廨（xiè）之中，或是租房子住。后来曾在新昌里买过一处小宅子，但是一直不太满意。直到晚年，终于在洛阳履道里买了这处宅院，才终于称心如意。这处宅院胜在有池、有竹，环境清幽。诗人另有《池上篇》描述此宅："十亩之宅，五亩之园。有水一池，有竹千竿"，可以作为参照赏读。

遗爱寺①

【原典】

弄石临溪坐②，寻花绕寺行。

时时闻鸟语③，处处是泉声。

【注释】

①遗爱寺：地名，位于庐山香炉峰下。

②弄：在手里玩。

③鸟语：鸟鸣声。

【译文】

手里把玩着小石子，面临溪水闲坐，绕着寺边的小路行走，去欣赏那些绚丽的花朵。

沿途不时听到婉转的鸟鸣，到处都能听到潺潺的泉水流过。

【赏析】

这是一首十分优美的写景抒情短诗。

诗人坐在小溪边，百无聊赖之际，玩赏那些奇形怪状的溪中之石。一阵微风拂过，吹来阵阵花香，沁人心脾。诗人随即四处张望，却不知花儿在何处，于是绕遗爱寺而行，悠哉悠哉，漫步寻花。此中的"弄石""寻花"，足见其"悠闲"之态。途中"时时闻鸟语，处处是泉声"，点明此间山光水色的幽静与美好。有动听的鸟鸣声，有如同乐声清扬的溪水淙淙。这一切，都让诗人感到心神愉悦。

诗人把石、溪、花、鸟、泉等巧妙地结合在一起，勾勒出遗爱寺清幽怡人，令人神往的美丽风景。又通过"弄""寻""行"等细致的动作描写，令全诗充溢着一种动感活泼的意韵，生动地写出了遗爱寺周围那种生机盎然、清幽雅致的环境氛围。

雨中题衰柳

【原典】

湿屈青条折①，寒飘黄叶多。

不知秋雨意②，更遣欲如何③?

【注释】

①青条：青色的枝条，此处指柳枝。

②不知秋雨意：不知道秋雨的意思。

③更：还要。

【译文】

被雨水打湿的青绿枝条弯曲折断，寒风中飘零的黄叶逐渐增多。

不知道秋雨究竟是什么用意，还在一直下个不停，到底是想怎样呢?

【赏析】

冰冷的秋雨连绵不断，打湿了大地上的一切。寒风萧瑟，摧折了柳树枝条，地上飘落的黄叶也越来越多。都说一场秋雨一场寒，可此刻的秋雨却下个没完没了，寒意也越来越重。"湿""寒"二字，明确点出环境的恶劣。诗人望着这无尽的秋雨，不禁质问它：柳条断了，柳叶落了，你还这样一直下个不停，到底想要怎样呢？以这样质问的语气作结，表现出诗人对衰柳的同情和对秋雨的愤慨。全诗似控又似诉，深沉有力。结合诗人当时的处境可以看出，诗人看似怨秋雨，其实不止于秋雨；看似悲衰柳，其实又不止于哀伤被秋风摧残的衰柳。浅白如口语的咏柳诗下，暗示着诗人对当权者不择手段地迫害有志之士的愤怒以及对受迫害者的同情和感伤。

因此说，这首诗当是诗人自感身世、借物抒怀之作。

庾楼新岁①

【原典】

岁时销旅貌②，风景触乡愁③。

牢落江湖意④，新年上庾楼。

【注释】

①庾（yǔ）楼：庾亮楼，东晋时庾亮在江州所建，被誉为"九江第一楼"。

②销：同"消"。消损，消瘦。旅貌：羁旅人的容貌。

③触：触动。

④牢落：寥落，失意。

【译文】

岁末令羁旅之人更加憔悴消瘦，眼前的风景又触动思乡之愁。

飘零江湖尽是失意无奈，新年来临却只能独自登上庾楼排遣落寞。

【赏析】

诗人在新年来临之际，尚羁旅他乡，无法与家人团聚，故而心中悲伤难抑。于是信步上庾楼，登高远望，以遣乡愁。

一般人多写登高望远，引发乡愁。此诗却反过来，因为有乡思，所以登庾楼望乡，可见构思之新颖与巧妙，非同凡响。首句写羁旅的艰辛，新岁来临之时尤其感觉凄凉。一个"销"字，形象地刻画了旅人疲惫、消瘦的形象。次句写诗人因眼前风景而愈加思乡，愁绪无限。与故乡迥异的一草一木，都会触动诗人对家乡的思念。第三句转而写身世的悲凉，遭受贬谪以后，诗人有感于自己身如浮萍，飘零江湖，处处身不由己。末句紧扣题目，以"新年上庾楼"作结，更加突出了新年本为喜庆团圆的节日，而此刻自己独步登楼的脚步沉重，则使悲愁变得更为浓厚，邈然意远。

闺怨词三首（其二）

【原典】

珠箔笼寒月①，纱窗背晓灯②。

夜来巾上泪，一半是春冰③。

【注释】

①珠箔（bó）：指珠帘的意思。

②晓灯：拂晓的灯。

③春冰：春天的冰。此处形容眼泪因为天冷而微微结冰。

【译文】

珠帘低垂，笼罩天上清冷的月光，拂晓还没吹熄的烛火映照着纱窗。

整夜用巾帕擦拭泪水，早上发现有一半泪水都已微微结冰。

【赏析】

古代闺怨诗词主要是抒写古代民间弃妇和思妇的忧伤，或者少女怀春、思念情人的感情，是古典诗歌中一个很独特的门类。这类诗一般都是写少妇、少女在闺阁中的忧愁和怨恨，有的是女人自己写的，还有一些是男人模仿女人的口气写的。

　　唐代写闺怨的诗词有很多。但白居易这首诗，却另辟蹊径。首句即点明了女主人公深夜孤枕难眠的情景。此刻眼见月亮慢慢升起，又慢慢西落，女主人公寂寞凄凉，唯有一盏孤灯相伴。时间悄悄流逝，当女主人公从悲伤中惊醒，才发觉残灯将灭，天已快亮了。用巾帕拭泪，才发现帕子上的泪水冰冷，有一半已经冻成了冰。"珠箔""纱窗"，点出女主人公身在富贵之家；"笼寒月""背晓灯"，却透出寒冷凄凉的气息。末尾一句尤其精妙，用"一半春冰"既暗示了女主人公一夜未睡，独自泪流；又暗示了春寒料峭，以至于落泪成冰的凄凉。这首诗将闺中女子那微妙的情态和细节变化，深情款款而又细腻传神地展现出来。

山泉煎茶有怀①

【原典】

坐酌泠泠水②，看煎瑟瑟尘③。

无由持一碗④，寄与爱茶人⑤。

【注释】

①有怀：有所感怀。

②泠泠（líng líng）：清凉。

③瑟瑟（sè sè）：青绿色，碧色。尘：研磨后的茶粉。传说唐代中国茶为粉茶，所以用尘来形容。

④无由：不需什么理由。持：端起。

⑤寄与：赠送。

【译文】

闲坐时倒一壶清凉的泉水煮茶，看着正在煎煮的碧色茶粉细末如尘。

不需要什么理由，端起一碗好茶，把这份思念赠予和我一样的爱茶之人。

【赏析】

唐代茶道盛行，白居易也是个爱茶之人。

白居易一生嗜茶为好，不仅爱饮茶，而且善于鉴别茶的好坏，朋友们称他为"别茶人"。他不仅饮茶，而且亲自开辟茶园，亲自种茶，以此回归自然情趣。

煮茶讲究颇多，用水、火候、心境，都能影响到茶的味道。一个"坐"字和一个"看"字，表明煮茶人的沉静与细心。"泠泠水"与"瑟瑟尘"，则言明对茶与水的考究。常言道"酒逢知己饮，诗向会人吟"，其实喝茶也一样。若与志趣相投之人，一同煮茶品茗，是爱茶人的乐事。"无由持一碗，寄与爱茶人"，正是表现了爱茶人之间的这种默契和恬淡的相处方式。

唐代的官员、文人雅士都喜欢以茶相互馈赠，或者邀友人饮茶，表示友谊。诗人得到好茶后，常邀好友共同品饮，也常应友人之约去品茶。茶在我国历史上，堪称是沟通儒道佛各

家的媒介。儒家以茶修德，道家以茶修心，佛家以茶修性，都是通过茶去静化思想，纯洁心灵。从这首诗中，足见白居易是一个具有闲情雅趣之人。

冬至夜怀湘灵

【原典】

艳质无由见①，寒衾不可亲②。

何堪最长夜③，俱作独眠人④。

【注释】

①艳质：指女子艳美的资质。这里指诗人怀念的"湘灵"。无由：没有办法。

②寒衾（qīn）：冰凉的被子。衾：被子。亲：动词，亲近、接近。这里指挨着身子，接触肌肤。

③何堪：怎能忍受。最长夜：冬至为一年中夜晚最长之日。

④俱（jù）作：全是，都是。

【译文】

我心中美丽的你啊，思念多年却没办法相见，锦被冰冷简直无法挨身。

这一年中最长的寒夜该怎么度过，想必你我此刻同样是孤枕难眠的人。

【赏析】

在古代，人们对冬至很重视。曾有"冬至大如年"的说法，冬至甚至和过年一样，都被当作和家人欢庆团聚的日子。诗人在这一天，想起了心中深爱的女子却不能相守，只能各自独眠。因为心中凄凉绝望，所以感觉衾枕寒冷如冰，黑夜漫长难熬。短短二十字情真意切，写尽了诗人满腔苦涩与痛楚。

白居易十一岁时，因为避家乡战乱，曾随母亲离开老家，搬到父亲白季庚任官所在地——徐州符离（今安徽省宿县境内）。在那里，认识了一个比他小四岁的邻居女子湘灵。湘灵长得活泼可爱，还略懂音律。两人成了朝夕不离、青梅竹马的玩伴。到白居易十九岁、湘灵十五岁时，情窦初开，两人便开始了初恋，后来谈婚论嫁，但被封建观念极重的母亲拒绝了。白居易苦求无果，只好忍痛离别。此后终生思念着湘灵，写了很多诗怀念她，这首《冬至夜怀湘灵》便是其一。

秋虫

【原典】

切切暗窗下①，喓喓深草里②。

秋天思妇心③，雨夜愁人耳④。

【注释】

①切切：象声词，形容声音轻细。

②喓喓（yāo yāo）：形容虫叫的声音。

③思妇：怀念远行丈夫的妇人。

④耳：文言助词，而已，罢了。

【译文】

在这秋天的夜晚，一些小虫子时而潜伏在窗台下轻轻爬动，时而在深深的草丛里悲鸣。

闺中女子思念远行的夫君，寂寂雨夜，这恼人的雨声和虫声只能是使她更添烦扰罢了。

【赏析】

这是一首闺怨诗。

古时候的闺怨诗词非常多，大多以弃妇和思妇为主要对象，以伤春怀人为主题，描写女子在闺中或悲伤、或孤寂、或失落、或惆怅的复杂心理状态。这首诗，通过对环境简单的渲染勾勒，侧面影射出一个思妇的哀怨和惆怅。秋虫声声，秋雨缠绵，诗人以"切切"形容雨声，以"嘤嘤"形容虫鸣，形象而生动，足见其观察之细腻。虫声为静夜里辗转反侧、孤寂无眠的女子更添愁烦。她的丈夫究竟去了哪里？是远征还是戍边？是商旅在外还是求仕未还？留给读者非常广阔的想象空间，任凭他人去揣摩。文中虽一字未提及闺中女子的容貌举止，但一个美丽哀愁的女子形象早已楚楚立于眼前。全诗短短二十字，足见精彩与传神。

山下宿

【原典】

独到山下宿，静向月中行。

何处水边碓①，夜舂云母声②。

【注释】

①碓（duì）：木石做成的捣米工具。

②舂（chōng）：把东西放在石臼或钵里捣掉皮壳或捣碎。云母：一种矿石晶体，白云母可入药。

【译文】

独自在山下的客店里住宿，宁静的夜晚在皎洁的月色中漫步前行。

也不知是哪条河边的水碓还在转动，寂静的夜色中传来阵阵舂着云母的声音。

【赏析】

在唐代，皇帝李氏在取得政权以后，出于巩固政权的需要，向外宣布他们是圣人老子李聃的后裔，所以奉行崇道政策。道教被尊为国教，享有很高的尊宠。道教人擅长用矿物及药材炼丹，以寻求长生不老、得道飞升，云母正是炼制丹药常用的药物之一。

诗人独自羁旅在外，这一天，他借宿山下。因为孤寂难眠，所以独自踏着月色缓缓徐行。本来四野空寂无人，一片寂静。可遥遥传来水碓转动捣药的声音，生生不息，打破了宁静。一定是炼丹人急切地想寻求长生不老，所以连夜捣制丹药不停不歇。此刻诗人只是简单地勾勒了自己的所见所闻，没有多说一句评语。那么诗人想表达什么呢？未必是讽刺，也许这只是在唐代司空见惯的场景。而今天的我们透过诗句的字里行间，对唐代人狂热尊崇道教的生活犹能窥见一斑，略作了解。不难想象，千年前的大唐，原来空气里曾经弥漫着阵阵炼制丹药的气息。

村雪夜坐

【原典】

南窗背灯坐，风霰暗纷纷①。

寂寞深村夜，残雁雪中闻②。

【注释】

①霰（xiàn）：在高空中的水蒸气遇到冷空气凝结成的小冰粒，多在下雪前或下雪时出现。

②残雁：指失群之雁。

【译文】

独自背对着灯烛坐在南窗下，只见窗外冷风里夹杂细小的雪花，飘飘洒洒。

山村的夜晚多么寂寞宁静，不时听见雪中传来离群的孤雁的叫声，那么悲凉嘶哑。

【赏析】

白居易诗的特点是浅显易懂，而这首诗却十分朦胧。诗中寥寥数字，便描写出一幅村夜雪景：寂夜沉沉，风雪凄迷。诗人独坐窗前，望着窗外昏暗迷茫的夜色，听着寒风呼啸而来，感觉到有细小的冰粒与雪花夹杂，扑打着门窗。屋内灯影昏昏，窗外暗雪纷纷，而风雪中隐隐传来了残雁的叫声……

诗人如此渲染凄凉的背景，意在映射出内心的情感。

这首诗情景交融，让人觉得有一股凄冷之情萦绕周身。村庄的夜多么宁静，诗人的孤独寂寞之感由此被无限放大，而离群的大雁在风雪之夜凄凉的鸣叫声更是让他倍感心酸。为什么此时的他心境如此寂寞凄凉呢？诗人并没有说出来，留下余韵由读者自己去回味。据资料考证，这首诗是白居易在家乡为母服丧期间所作，由此可以理解到诗人的心情为何如此糟糕了。离群的"残雁"之所以能勾动诗人的心绪，正是因为境遇相似，"残雁"其实就是诗人此刻自身的写照。

商山路有感①

【原典】

万里路长在②，六年身始归。

所经多旧馆③，太半主人非④。

【注释】

①商山：在商州（今陕西商州）。从长安往南方的必经之路。

②万里路长在：遥远的路途一直都在，没有改变。

③旧馆：旧日的馆舍。

④太半：大半、过半。也作"泰半"，一作"大半"。

【译文】

遥遥万里的路途一直都在，从没有改变，被贬谪六年，今天终于归来，重返长安。

沿途再次经过那些旧日的驿馆，发现一多半驿馆的主人都已经更换。

【赏析】

在我国唐代，商山之路是从长安往南方的必经之路。因此说，既是升迁之路，也是贬谪之路。

诗人一生曾三次途经商山，写下很多首关于商山的诗作。他在《登商山最高顶》诗中曾写下"七年三往复，何得笑他人"，而且仅《商山路有感》就有两首。这首诗作于元和十五年（820年）。白居易因事曾有六年被贬外放，这一次自忠州奉召归返长安。沿途重寻旧馆，看到眼前景物依旧，而多处主人已经改换，不禁感慨万千。路还是那条路，馆驿也还是那些馆驿，却已物是人非。不单是馆驿易主，诗人的心境也发生了很大变化。

前两句，是作者心中的喜悦之情。当初被贬之时，按照朝廷的规定，诗人匆匆赶路，需"日驰十驿"，马不停蹄，人困马乏也不能停歇，诗人当时的心情可想而知。后两句，是作者归京时所见所感。归京是贬官梦寐以求的喜事，当然也不必着急赶路，心情自然也就不同，可以有时间观看沿途风景，然而眼前所见却使他感慨万千。这是对沧桑巨变的感慨，更是对自己遭受六年贬谪生涯的慨叹。可叹这世事无常，身在仕途的诗人虽身不由己，却也无可奈何。

第二部分　五言律诗

赋得古原草送别①

【原典】

离离原上草②，一岁一枯荣③。

野火烧不尽④，春风吹又生。

远芳侵古道⑤，晴翠接荒城⑥。

又送王孙去⑦，萋萋满别情⑧。

【注释】

①赋得：古时根据指定的题目作诗就叫"赋得"。诗题前冠以"赋得"二字，这是古代人学习作诗，或文人聚会分题作诗，或科举考试时命题作诗的一种方式，称为"赋得体"。古原：古老、宽阔的原野。诗题的意思是：按照"在长满野草的古老原野上送别朋友"这一个题目作的诗。

②离离：形容春草繁盛茂密。

③一岁：一年。枯：枯萎，枯死。荣：生长，茂盛。

④野火：荒山野地里的大火。

⑤远芳侵古道：远处芬芳的野草一直长到古老的驿道上。远芳：指野草那浓郁的香气远播。侵：侵占，长满。

⑥晴翠：在阳光照耀下一片翠绿色的野草。

⑦王孙：本指贵族后代，后来泛指远行的友人。

⑧萋萋（qī qī）：草长得茂盛的样子。《楚辞·招隐士》："王孙游兮不归，春草生兮萋萋"，这里化用其用意写送别。

【译文】

无边的野草生长在辽阔的古原上，每年都要历经一次枯萎和新生。

熊熊的野火也不能将它烧尽，春风吹过它又可以再次欣欣向荣。

远处芬芳的野草长满了古道，阳光照耀下一片碧绿，仿佛连接着远处荒城。

又要送别好朋友去远行，此刻就连繁茂的草儿也满怀离别之情。

【赏析】

这首诗是白居易应考的习作，为一首命题诗，大约作于贞元五年（789年），诗中通过对古原上野草的描绘，抒发送别友人时依依惜别之情。

首句"离离原上草"，紧紧扣住题目"古原草"三个字，并用叠字"离离"来描写春草的茂盛。"一岁一枯荣"看似如同口语般直白，却写出原上野草秋枯春荣、岁岁循环、生生不息的自然规律。"野火烧不尽，春风吹又生"两句，造就了一种壮烈的意境，野火燎原，烈焰可畏，然而它尽管能把大片枯草烧得精光，却对那深藏地底的根须无可奈何。因为一旦春风化雨，野草的生命便会复苏，直至野蛮生长侵满古道，由此表现出野草顽强的生命力。此联中"烧不尽"与"吹又生"不仅唱叹有味，而且对仗工致天然。"远芳侵古道，晴翠接荒城"两句中，"侵"和"接"两个

字，不仅赋予草以灵性，而且十分具有动感。春草蔓延，绿野广阔，离人即将分别，不知何日再聚，难免有些凄迷。最后两句，用无边无际的春草"接荒城"比喻满怀的惜别之情，真正达到了情景交融的妙境。

纵览全诗，诗人将深切的生活感受融于精警而又自然流畅的字里行间，韵味浓郁，别具一格。故而这首诗家喻户晓，千百年来一直广泛流传，诵唱不衰。

鹦鹉

【原典】

竟日语还默①，中宵栖复惊②。

身囚缘彩翠③，心苦为分明④。

暮起归巢思⑤，春多忆侣声⑥。

谁能坼笼破⑦，从放快飞鸣⑧。

【注释】

①竟日：整天。

②中宵：半夜。栖：栖息。

③缘：因为，由于。彩翠：形容羽毛颜色鲜艳多彩。

④分明：喻指心中是非分明。

⑤起：涌起。归巢思：回到老巢的念头。形容思乡的情感。

⑥忆侣：思念伴侣。

⑦坼（chè）：一作"拆"。裂开之意。此指拆毁，打碎。

⑧从：同"纵"。意为放开。快：快活。飞鸣：飞翔，鸣叫。

【译文】

本来成天叽叽喳喳说个不停却突然沉默，半夜里栖息忽然又惊醒了。

这笼中的鹦鹉被囚禁是由于毛色美丽，而心情痛苦是因为心中是非分明。

傍晚来临常常泛起回归旧日老巢的念头，春天到来总是有太多怀念同伴的心声。

有谁能帮助我打破这牢笼，从此放飞心灵自由自在地飞翔，发出欢快的啼鸣。

【赏析】

这首诗描写了一只遭受囚禁的鹦鹉的生活情况及内心活动，表达了诗人自己苦闷的心理和渴望自由的思想感情。

人皆喜爱鹦鹉乖巧、擅学人语，喜欢去逗它每日讲话取乐。可这只鹦鹉却出人意料地"竟日语还默，中宵栖复惊"，意思是说它成天不停地讲话却突然沉默了，半夜栖息却忽然惊醒了，诗人通过对鹦鹉日间和夜间的细微表现，揭示它的被迫无奈和内心的惶然不安。沦为玩物并不是它自己喜欢的生活。"身囚缘彩翠，心苦为分明"两句则写出它身被"囚"、心受"苦"，身心不自由的原因：原来都是因为它的毛色美丽太过出众，巧舌善言太过聪明。而它之所以忽然沉默是因为它清楚地知道自己想要的是什么，所以心情痛苦不安。

每到晚上，它常常思念之前住过的老巢，到了春天常常怀念一起飞翔的同伴。写它"思"归巢，"忆"伙伴，都是为了突出它向往自由自在的生活。诗人看似是在写鹦鹉，实际是在写人，在写诗人自己。有才华的人往往因为自己太过优秀惹来祸患；事理分明的人往往因为太过明辨是非，而使自己内心矛盾，痛苦不堪。这是诗人借鹦鹉来表露自己的内心。

诗的最后两句"谁能坼笼破，从放快飞鸣"，既是鹦鹉的愿望，也是诗人自己的愿望。能够冲破牢笼，追求自由，鸟与人是相同的。纵观全诗，本诗是在以鸟喻人，采用拟人的手法表达人文情感，形象生动，含义深刻。

除苏州刺史别洛城东花①

【原典】

乱雪千花落②，新丝两鬓生。

老除吴郡守③，春别洛阳城。

江上今重去④，城东更一行。

别花何用伴，劝酒有残莺⑤。

【注释】

①除苏州刺史：宝历元年（825年）三月，白居易由太子左庶子分司东都除苏州刺史。除：授予某种官职，任命。

②乱雪：比喻落花如雪。

③吴郡：即苏州。汉置吴郡，隋、唐称苏州。唐玄宗天宝年间曾改称吴郡。吴郡守：即苏州刺史。

④江上句：白居易于长庆二年（822年）为杭州刺史，这一次去任苏州刺史，苏、杭两地接近，从长安、洛阳等地赴苏杭，水路大致相同，故说"江上今重去"。

⑤"劝酒"句：这里引用晋处士戴颙春日携斗酒，往树下听黄鹂啼鸣的典故，这里暗用其意。残莺，形容花落后黄莺即将离去。此处特指晚春的黄莺鸣叫声。

【译文】

千万朵落花零乱飘落如同雪花纷飞，几丝白发在两鬓间悄悄长出。

老了还要去苏州赴任做刺史，只好在这美丽的春天告别洛阳城。

如今是我第二次经水路去苏杭，特意再一次到城东向那些心爱的花朵辞行。

与花作别何必找人相伴，自会有晚春的黄莺叫声婉转，为我劝酒送行。

【赏析】

宝历元年（825 年）三月，五十四岁的白居易突然奉诏，被任苏州刺史。此时诗人已有隐退之意，不想继续在宦海漂游，而且当时身居洛阳，深爱当地牡丹，不忍离别。然而君命难违，只好临行之前，再一次到城东观花作别，并写下这首诗。

首联写落英缤纷，如同飞雪；接下来便写自己最近白发增多，与落花纷飞相互映衬。千万朵落花像雪花一样纷乱飘落，落在诗人两鬓新添的白发间，勾勒出暮春落寞而唯美的意境，暗示诗人出任苏州已是他仕宦生涯中的"暮春"时节。颔联切入诗题，表达了自己即将赴任时告别洛阳的惆怅之情。老了老了还要背井离乡、告别亲朋故友，去苏州赴任为刺史，不仅能看出诗人的不情愿，更有几分无可奈何。颈联写诗人赴任及对东都的不舍。诗人当年曾出任杭州刺史，这一次又去出任苏州刺史，苏、杭两地接近，从长安、洛阳等地赴苏杭，水路大致相同，故说"江上今重去"。"城东更一行"的"更"字，充分表达出诗人心中对东都的依依不舍，故而将话题重新回引到城东。尾联点出诗人是孤单一人，在城东赏花。花下独酌，有花相伴，更兼莺啼劝酒，虽孤单一人，却毫无寂寞之感，疏狂之态，傲岸之气，充溢于字里行间。融情于景，余味无穷。

这首诗和一般的咏花之作有别，它是以叙事语言为主，在看似平淡的文字下，似续似断的诗句间，蕴藏着诗人深沉丰富的情感。在即将离别时，不向亲友告别，却向桃李飞花辞行，诗人对于洛阳城和城东那些花木的深厚感情，由此可见。

宴散①

白居易诗集全鉴

【原典】

小宴追凉散②，平桥步月回③。

笙歌归院落④，灯火下楼台。

残暑蝉催尽⑤，新秋雁带来⑥。

将何迎睡兴⑦? 临卧举残杯⑧。

【注释】

①宴散：宴会结束。本诗作于大和五年（831年），当时白居易在洛阳，任河南尹。

②追凉：乘凉。

③平桥：没有弧度的桥。步月回：踏着月色回去。

④笙歌：泛指奏乐唱歌。

⑤残暑：残余的暑气。指夏末秋初时节。

⑥新秋：指初秋。

⑦将何：将用什么。

⑧残杯：指喝剩下的酒。

【译文】

小型宴会随着凉夜的来临散去了，我踏着月色独自从平桥上走回去。

院落里的歌舞已经停止，楼台上的灯火也已经熄灭。

残留的暑气已在蝉声的催促中消失，新的秋天很快就会被南归的大雁带回。

该怎样才能早点睡去呢？那就是在临睡前举起酒杯，将剩下的酒一饮而尽。

【赏析】

这首诗写于诗人一次家宴之后。时值夏秋之交，残暑未尽。宴席散去之后，诗人送走了客人，踏着皎洁的月色，信步庭园，领略着这凉爽的秋气，迎着习习的凉风，感受分外惬意。

诗人并没有正面描绘宴会酒筵是怎样丰盛，笙歌如何优美，而是抓住宴会散后的两个细节，加以烘衬。"笙歌归院落，灯火下楼台"，这里摒弃雕饰华美却显庸俗的字句，以极其疏淡自然的笔墨描绘出了诗人生活中独有的富贵和奢华。

"残暑蝉催尽，新秋雁带来"两句描绘出秋凉到来之后的场景。这时候蝉的时日无多、生命将尽，抱树而鸣的声音更显急切凄楚；新秋刚刚开始，有很多大雁成群结队飞往南方。诗人脑洞大开，称"残暑"是急切的蝉鸣声催促而去，而这"新秋"季节是群雁刚刚引来。这样的比喻意象生动，妙趣横生，活化了全诗，加深了全诗的艺术感染力。

秋雨夜眠

【原典】

凉冷三秋夜①，安闲一老翁②。

卧迟灯灭后，睡美雨声中。

灰宿温瓶火③，香添暖被笼④。

晓晴寒未起⑤，霜叶满阶红⑥。

【注释】

①三秋：指秋季。七月称孟秋，八月称仲秋，九月称季秋，合称三秋。

②安闲：安宁清闲，安宁自在的样子。

③灰宿（xiǔ）温瓶火：唐代，人们用铜制成取暖用具。里边放火或尚有余热的灶灰，外面加罩，放在身边用来取暖。宿，夜。瓶，烤火用的烘瓶。

④被笼：放置被物的竹箱。

⑤晓：拂晓，指天刚亮的时候。

⑥霜叶：经霜的叶子，大多指枫树叶，经霜变红。阶：台阶。

【译文】

秋天的夜晚透着一阵阵寒意，陪伴我这个安闲自在的老翁。

熄灯之后迟迟不愿躺下来睡去，夜深下雨时我正美美地在睡梦中。

烘瓶里的灰火余热经过一宿还在，屋内薰香缭绕，增添暖意，充满被笼。

拂晓天晴但气候寒冷，还不想起床，只见窗外经霜的枫叶落满台阶，一片艳红。

【赏析】

"秋雨夜眠"是古人常写的题材，本诗作者却能开拓意境、别出新意，细致入微地刻画出一个安适闲淡的老

翁形象。

　　"凉冷三秋夜"，诗人首先用气候环境给读者带来"凉冷"的感觉，为整首诗渲染深秋的基调。然后以寒夜寂寂，衬托出屋中的温暖。在这温暖的屋中，有一老翁尚未入睡。"安闲"二字勾画出"老翁"静默安闲、悠然自得的形象。"卧迟"二字写出老翁的特性。老年人觉少，宁可闲坐，也不喜欢早上床。等到老翁入睡之后，一场秋雨悄然而来。"睡美雨声中"，说明老翁因为"卧迟"，并未被雨声惊醒。窗外秋雨淅沥，屋内"老翁"安然"睡美"，全然不知，这正表明了他人到老年心无所扰、舒适闲淡的情怀。"灰宿温瓶火，香添暖被笼"，说明诗人生活优越富足，室内环境温暖舒适。

　　"晓晴寒未起，霜叶满阶红"两句与首句"凉冷"遥相呼应，描绘出风雨过后，深秋的气候更加寒冷。而这一个"寒"字透露出老翁"未起"的原因。遥望窗外，因为风雨加深了"寒"意，满树的红叶一夜之间竟被风雨无情地打落，凄然飘零，铺满台阶，一片艳红。至此，诗人将"老翁"秋雨之夜的闲适生活写得亲切生动，十分富有生活气息。

商山路有感　并序①

　　序：前年夏，予自忠州刺史除书归阙②。时刑部李十一侍郎、户部崔二十员外亦自澧、果二郡守征还③，相次入关，皆同此路。今年，予自中书舍人授杭州刺史，又由此途出。二君已逝，予独南行；追叹兴怀，慨然成咏。后来有与予、杓直、虞平游者，见此短什④，能无恻恻乎？倘未忘情，请为继和。长庆二年七月三十日，题于内乡县南亭云尔⑤。

【注释】

①商山：在商州（今陕西商州），唐时为长安赶赴南方必经之路。

②忠州：今重庆忠县。除书：拜官授职的文书。归阙：归回朝廷。

③李十一侍郎：李建，字杓直，排行第十一。崔二十员外：崔韶，字虞平，排行二十二。澧（lǐ）州：今湖北澧县。因澧水贯穿全境而得名，隋开皇年间置。果州：今四川南充，因南充城西有盛产黄果的果山而得名。征还：指君王征召回朝。

④短什：指短篇诗文。

⑤内乡县：在今河南西南部。

【译文】

序：前年夏天，在我任忠州刺史期间，接到京城传来的授职文书，让我从忠州回到朝廷任职。当时刑部侍郎的李虞平、户部员外郎崔杓直也从澧州、果州两地的郡守职位征召回朝，他们先后进入关口，因此我们得以一路同行。今年，我自中书舍人的职位被授任为杭州刺史，又经由这条路线出发，离开京城。然而那两位君子都已经去世，留下我独自南行，追忆起往事，不禁感叹伤怀，慨然成咏。后来有几个曾与我、崔杓直、李虞平一起出游过的人，见到这篇短小的诗文，又怎能不悲恸凄恻呢？倘若你不能为之忘情，就请你跟着题写诗文相和吧。这首诗文写于长庆二年（822 年）七月三十日，题写于内乡县南亭。

【原典】

忆昨征还日，三人归路同。

此生都是梦，前事旋成空。

杓直泉埋玉①，虞平烛过风②。

唯残乐天在③，头白向江东。

【注释】

①杓（biāo）直泉埋玉：此处指李建去世。

②虞（yú）平烛过风：此处指崔韶去世。

③唯残乐天在：只剩下白居易自己还在世。乐天，白居易之字。

【译文】

回想起以前奉命征召回朝的时候，我们三人曾同路归京。

这一生，恍惚之间都好像一场梦一样，到如今往事都已成空。

李建已被埋在黄泉之下，崔韶像蜡烛一般熄灭于风中。

三人中唯独剩下我白乐天还在，可叹我已白发苍苍，却只能在此遥望江东。

【赏析】

白居易被贬到忠州后不久，皇上下令又征召他回京听候调任，那时候正好与李建、崔韶二人同路同行。而后赴任杭州刺史又路过商山路。此时那两个人都已相继去世，白居易此刻想起他二人不禁追忆往昔，想起当年三人一起在商山踌躇满志、欢欣鼓舞的情景。如今自请外放又过商山，却只剩下自己踽踽独行，不由得悲痛地悼亡，慨叹伤怀。

首两句"忆昨征还日，三人归路同"，点明诗人怀念旧日友人间相处的美好点滴，三人一同结束被贬谪的生涯，结伴而行，一同迎来曙光，满怀憧憬回京待命。念及往事，诗人不禁慨叹"此生都是梦，前事旋成空"。几次往来商山路，世事变迁人已不同。这怎能不令诗人产生人生如梦、往事随风的感慨呢？两个好友如今都已不在，只剩下诗人自己，苍颜白发，孤零零地遥望着江东，读来倍觉凄凉。尾联"唯残""向江东"这两个词语一出，越发使人凄凉悲伤，惹人泪目。这与诗人的另外一首《商山路有感》诗中"万里路长在，六年身始归。所经多旧馆，太半主人非"相比，在感慨世事变迁之外，更是多了一层感伤情绪。

初出城留别

【原典】

朝从紫禁归①，暮出青门去②。

勿言城东陌③，便是江南路④。

扬鞭簇车马⑤，挥手辞亲故⑥。

我生本无乡，心安是归处。

【注释】

①朝（zhāo）：早晨。紫禁（zǐ jìn）：宫禁，指皇帝居住的宫殿。

②暮：傍晚，太阳落山的时候。青门：泛指京城东门。

③陌：小路。

④江南路：指通往南方贬谪地之路。

⑤簇（cù）：簇拥，形容很多车马。

⑥辞（cí）：告别。

【译文】

早晨从皇上的宫殿领旨归来，傍晚就收拾行装出了京城东门。

不能说是走上了城东的那条阡陌小路，而是踏上了去往江南的、远离故乡的路。

姑且扬起鞭子带着簇拥的车马，挥手告别亲朋和故友随后启程。

其实我本来没什么故乡观念，心在哪里安定舒坦，哪里就是我的家。

【赏析】

长庆二年（822年）七月，白居易自己请求外任，出守杭州城。这首诗是他初离长安时所作，经历多年的宦海沉浮，诗人此时的心情十分平静，与被贬江州时的处境和心情大不相同。

诗人以极为平淡的语气，说明自己的行程。早上去紫禁城自请外任，皇帝应允；傍晚就收拾好了行装，出了城东门。一是表示时间安排匆忙，同时表达出诗人自己愿意离京，欣然前往江南任职的心态。前去送行的亲人们依依不舍，必然会说：出了此门，就算是踏上了去南方的道路，远离了故乡，不知何日再归。诗人却很淡定坦然，坐在马车上，和他们挥手告别，并反过来安慰说：我这个人啊没什么故乡观念，心在哪里安定舒坦，哪里就是我的归处。诗人一改世人惯用的临别必悲戚之风，对身遭贬谪的境遇浑然不在意，并能够坦然接受，表现出他洒脱、豁达及随遇而安的人生态度。

全诗如同口语一样直白易懂，却叙事清楚，透露出真挚的情感。最后两句"我生本无乡，心安是归处"十分绝妙，故而宋代苏轼曾化用其诗意："试问岭南应不好，此心安处是吾乡。"

送客回晚兴

【原典】

城上云雾开，沙头风浪定①。

参差乱山出②，澹泞平江净③。

行客舟已远，居人酒初醒。

袅袅秋竹梢④，巴蝉声似磬⑤。

【注释】

①沙头：沙滩边，沙洲边。

②参差（cēn cī）：杂乱不齐的样子。

③澹泞（dàn nìng）：清深貌。此处形容水流动的样子。

④袅袅（niǎo niǎo）：形容细长柔软的东西随风摆动。

⑤磬（qìng）：古代一种石制的打击乐器。

【译文】

笼罩在城上的云雾已经散开，沙洲边的风浪也已经消停。

高低不齐的乱山都显露出来，江水既清且深，流淌得平静。

朋友坐的船只已经渐行渐远，主人酒意朦胧，才稍稍清醒。

风吹动秋天的竹梢簌簌作响，巴蝉的鸣叫响亮，声音如磬。

【赏析】

从标题理解，这是诗人送走客人后，因晚归的时候一时兴起而写的一首诗。

开头两句即点明：天气已经由差变好，本来是有云雾风浪的，可此时已经云开雾散，风平浪静。能看见参差不齐的远山，还有那澄澈幽深的江水流动。既然一切都能看得清楚，自然也能看见行人渐行渐远的小船。"行客舟已远，居人酒初醒"，诗人与客人一同欢饮沉醉，这时才刚刚有些清醒，意识到客人已经离去，不由得心中顿生惆怅。行人渐渐远去，诗人仍旧久久凝望，心生万般不舍之情。

最后两句笔调一转，写到袅袅的秋竹，哀鸣的巴蝉，更为离别添了一抹凄凉的意境。这首诗寓情于景，没有什么难舍惜别的字词，没有提一句悲伤愁闷，但依依不舍、惆怅悲伤之情却在诗中萦绕、弥漫开来。

江楼望归

注：时避难在越中①。

【原典】

满眼云水色，月明楼上人。

旅愁春入越②，乡梦夜归秦③。

道路通荒服④，田园隔虏尘⑤。

悠悠沧海畔，十载避黄巾⑥。

【注释】

①越：此处指浙江东部。时白居易随父羁旅衢州，大约十六岁，此诗当为其年少之作。

②旅愁（lǔ chóu）：意思是羁旅者的愁闷心情。

③秦：此处借指作者故乡。白氏祖居曾在秦地，今陕西省渭南市北。

④荒服：古时以距离都城远近划分出五大区间，称为五服。荒服是距都城最远的区域，后来泛指边远地区。

⑤虏尘：指敌寇或叛乱者的侵扰。此处指李希烈叛唐之乱。

⑥黄巾：本指东汉末年张角领导的黄巾起义，此处借指作乱、叛乱之人。

【译文】

举目望去满眼白云悠悠、水色苍茫，高楼上的人仰望着清冷的月亮。

羁旅者的愁闷随着春意潜入吴越，思乡人的心在夜里悄悄返回故乡。

这道路曲折无尽通往边远的地方，我与家乡却隔着战乱尘土飞扬。

江水悠悠如同沧海一样遥不可渡，避黄巾之乱在此度过十年时光。

【赏析】

首两句恰似素描，勾勒出一幅月夜思乡图：诗人站在高楼上，遥望江面云水苍茫，天上月光皎洁，满眼风光，却非故乡，这如何不令诗人泛起思乡之愁。"旅愁春入越，乡梦夜归秦"两句，运笔尤为妙绝。在诗人眼里，"旅愁"有形有质，随春意悄悄潜入诗人的住所；而"乡梦"通晓人意，夜里偷偷回归故乡。愁意袭人，而思乡之情难禁，诗人思念故园却不能回，究竟是什么原因？"田园隔房尘"点明原因，而"十载避黄巾"又点明了时间之久，原来是战乱使羁旅之人十年不得回。

这首诗妙处在于，写乡愁但并不拘泥于乡愁，而是将笔锋深入，写出诗人背井离乡的原因所在，表达了诗人心中对家国陷入战乱的担忧和感伤。战乱之中，诗人不得不背井离乡，其中饱含着多少无奈和心酸，只有自己知道。诗人尚且如此，可知当时的平民百姓也是如此。战争中，受到伤害的总是平民百姓。整首诗深得起承转合之妙，浑然老成，情感深沉，一点都不像出自一个十几岁的少年之手。

晚春登大云寺南楼赠常禅师①

【原典】

花尽头新白②，登楼意若何③？

岁时春日少④，世界苦人多⑤。

愁醉非因酒，悲吟不是歌。

求师治此病⑥，唯劝读楞伽⑦。

【注释】

①大云寺：唐朝武则天时，曾颁令各州均置大云寺。常禅师：僧智常，曾驻锡庐山归宗寺，与时任江州司马的白居易有交谊。

②花尽：花开尽之时，此处指春末。头新白：头上又添新的白发。

③若何：如何，怎样。

④春日少：指春天很短。

⑤世界：古往今来曰世，上下四方曰界，指人间。苦人多：指经历苦难的人很多。

⑥师：指常禅师。

⑦楞伽（léng qié）：《楞伽经》，全称《楞伽阿跋多罗宝经》，是历来习禅者明心见性的重要经典。

【译文】

花开尽时头上又新添了白发，你问我登大云寺南楼意欲如何？

我总感觉一年之中春天时光太短，世界上经历苦难的人太多。

借酒浇愁不能消除心中痛苦，管弦歌舞也不能缓解心中的悲伤落寞。

请常禅师为我医治这种病症，禅师却只是劝我多读《楞伽经》。

【赏析】

从诗题上看，这首诗是诗人在暮春时节，登上大云寺拜访常禅师时所作。

首句"花尽"点明时间，花都已经落了，故而是"晚春"。诗人额间皱纹新添，鬓边的白发又增几许。大约常禅师问他：这次登楼来所为何事？于是诗人回答说："岁时春日少，世界苦人多。"为什么总感觉春日太短太匆忙？为什么总感觉世间经历苦难的人那么多呢？诗人立意新颖，说自己患了一种病，这病比较奇特，甚至都不能用世俗的借酒浇愁、对酒悲歌来医治。当然诗人所忧并不仅仅是春尽白头的悲戚，更多的是面对世间人们经受的苦难却无能为力，只能为之焦灼忧虑。当然这"苦人"可能也包括诗人自己。饱受仕途不顺、羁旅他乡的困扰，诗人也是这世间的苦人之一。所以迫切地向禅师寻求解脱的办法。而禅师给出的药方便是：多读《楞伽经》。一是说佛理能医治心灵，使人明心见性；二是说诗人实在无计可施，只能寄希望于佛经典籍，以寻求解脱，此中的无奈之情耐人寻味。

百花亭①

【原典】

朱槛在空虚，凉风八月初。

山形如岘首②，江色似桐庐③。

佛寺乘船入，人家枕水居。

高亭仍有月，今夜宿何如？

【注释】

①百花亭：在江州（今江西九江），梁邵陵王萧纶所建。

②岘（xiàn）首：即岘山，在今湖北襄阳南。

③桐庐：即桐庐江，在今浙江桐庐。

【译文】

站在亭中倚着朱红的栏杆远望，八月初的凉风微微轻拂。

感觉这山形如岘山一样巍峨，江水如桐庐江一样滔滔奔流。

若想到佛寺还要乘船继续深入，看不到人家只能在船上居住。

高高的百花亭上月光仍然皎洁，试问今夜我该到哪里住宿？

【赏析】

这首诗从表面看来，仿佛是一幅凭栏远眺图，十分清新自然。而实际上，这首诗围绕着百花亭，不仅写风景，还写人事，更写哲理。

开头两句写诗人凭栏而望，感受着凉风习习。三、四两句写百花亭附近的自然景色，远山如黛、江水滔滔，如同诗人以前曾到过的岘首山和桐庐江，令人倍感亲切。"佛寺乘船入，人家枕水居"两句，引入人事描写，去佛寺还要乘船深入，宿民家则要枕水而居。是求近？还是求远？尾句假借高亭夜月之景设问"今夜宿何如"，叩问内心的选择。是寻求艰难的佛理，还是选择平凡的人世生活？诗人不作回答，到此却戛然而止，任由读者去想象。

西楼

【原典】

小郡大江边①，危楼夕照前②。

青芜卑湿地③，白露沆寥天④。

乡国此时阻⑤，家书何处传⑥。

仍闻陈蔡戍⑦，转战已三年⑧。

【注释】

①郡（jùn）：古代行政区域，中国秦代以前郡比县小，从秦代起郡比县大。

②危楼：高楼。

③青芜（wú）：意指杂草丛生的草地，形容杂草丛生貌。卑湿地：地势低下的潮湿之地。

④沆寥（xuè liáo）天：指晴朗的天空。

⑤乡国：故国，家乡。阻：艰难。

⑥家书：指给家里亲人的书信。

⑦陈蔡：陈州、蔡州，今河南淮阳、汝南。元和年间，淮西吴元济叛乱，朝廷派兵，于陈、蔡一带转战，三年才平定。戍（shù）：指军队防守。

⑧转战：连续在不同地区作战。

【译文】

这小郡临近大江岸边，高高的西楼被夕阳斜照镀上金边。

杂草繁茂，都生长在地势潮湿的地方，晶莹的露水，都生在清朗的那一天。

此时故国家乡正在经受着艰难险阻，想给家里写封信都无处可传。

听闻陈、蔡两地的战争还没有结束，到如今几经交战，已经持续了三年。

【赏析】

傍晚，诗人在江边的高楼凭栏远眺，远处夕阳渐落，余晖灿然。茂盛的杂草生在低洼的沙洲旁，空气清冷潮湿，静夜里有白露暗暗凝成。"小郡""大江""危楼""夕照"，诗人以一片冷峭凄清的意境，奠定了全诗的基调。诗人由近及远，由实到虚，以极其细腻的观察力，敏锐地感知周围的一切。"乡国此时阻，家书何处传"两句，描写诗人由身边景物联想到故乡，此刻虽然满怀思乡之情，却不得传送书信，原因是什么？答案是：战乱。"仍闻陈蔡戍"中的"仍闻"二字，表明诗人在时刻关注着战争的变化。因为战争切断了他与故乡的联系。尾句道出"转战已三年"，并到此戛然

而止。"转战"说明战争的激烈，而且各地接连不断；"三年"说明战争持续的时间已经很长了。诗人以战乱作结，思乡之情余味未尽。留给读者更多思索的空间。

夜泊旅望①

【原典】

少睡多愁客，中宵起望乡②。

沙明连浦月③，帆白满船霜。

近海江弥阔④，迎秋夜更长。

烟波三十宿⑤，犹未到钱塘⑥。

【注释】

①旅望：旅途中所见。

②中宵：中夜，半夜。

③沙明：沙洲明亮。浦（pǔ）：水滨，水边。

④近：临近。弥（mí）：更加。

⑤烟波：烟雾苍茫的江面。宿：夜。此处指天数。

⑥钱塘：指杭州。

【译文】

多愁善感的船客夜里难以入睡，半夜起来满腹惆怅遥望故乡。

沙岸明净，与水滨月色相连，船上和白帆上都落满了银霜。

距离海越近发现江面就越宽阔，临近秋天时白日渐短、黑夜渐长。

在烟波浩渺的江面行船已三十个夜晚，还没有到达浙江钱塘。

【赏析】

这首诗作于唐穆宗长庆二年（822年）。白居易从京城到杭州去赴任，因为战乱而不得不取道襄汉，船行一月有余还没有到达任所。诗人遥望开阔的江面，感慨万分，随手写下这首诗，以遣乡愁。

诗人一开始便点出："少睡多愁客，中宵起望乡"，意思是说多愁善感的旅客睡不着觉，半夜起来望着家乡的方向抒怀。正因为"多愁"所以睡得很少。"望乡"两个字，写出诗人所"愁"的缘由，表达了诗人厌倦了羁旅漂泊、思念家乡的心情。月明星疏的夜晚，皎洁的月光照着明净的沙岸，冷风袭来，秋霜已降，诗人夜半孤立船头，遥望江面，心潮起伏，思绪难平。"沙明""浦月""帆白""船霜"，营造出了一种清冷寒肃的意境。

"近海江弥阔，迎秋夜更长"两句，是说因为离海近，江面显得格外宽阔。因为到了秋天，夜晚变得更长。"江弥阔"与"夜更长"相对应，勾勒出一种清冷和空旷的氛围，衬托出诗人的愁绪万千。"烟波三十宿，犹未到钱塘"两句中，"三十宿"说明旅途时间很长，"犹未到"则说明路途很遥远。在这烟波笼罩的江面行船，已经过了三十个夜晚，还没有到目的地，表明这一路的艰辛，让诗人身心俱疲。究竟什么时候才能到达杭州？到达杭州后的生活会怎样？诗人心中也不太清楚，所以心绪纷乱，更加难以入眠。

别州民①

【原典】

者老遮归路②，壶浆满别筵③。
甘棠无一树④，那得泪潸然⑤？

税重多贫户，农饥足旱田。

唯留一湖水⑥，与汝救凶年⑦。

【注释】

①州民：此处指杭州百姓。此诗为白居易杭州刺史任满归京时所作。

②耆（qí）老：年老，指六十岁以上的人。此处指年老而有地位的士绅。遮：挡。

③壶浆：茶水、酒浆。以壶盛之，故称。别筵（yán）：离别筵席。

④甘棠（táng）：木名，即棠梨。相传召公常坐甘棠树下，决断政事，后常用甘棠喻勤于理政。

⑤那得：怎得，怎会，怎能。潸（shān）然：形容流泪的样子。

⑥唯留一湖水：诗下原注，"今春增筑钱塘湖堤，贮水以防天旱，故此称"。

⑦汝（rǔ）：你。凶年：荒年。

【译文】

杭州父老拦路前来送别，水酒丰盛摆满离别的筵席。

我作为地方官在任时一无建树，哪里值得你们这样潸然泪下？

因为赋税沉重使多数人家都变成贫苦户，因为田旱水少，农民常有饥饿。

我能做的只有筑堤蓄下一湖水，帮助你们缓解大旱之年的灾厄。

【赏析】

唐穆宗长庆二年（822年）至长庆四年（824年），白居易在杭州做刺史。这首诗作于长庆四年（824年）五月，是作者离开杭州时所写的告别诗。

作为一任地方官，白居易的所作所为应当是深得民心的，不然不会有百姓备酒设宴，夹道相送；更不会在他离别之际潸然泪下。诗人用"遮归路"和"满别筵"，形象地描绘出当时送别的盛况，展现出在他即将离任的时候，乡民们对他的热情和难舍。

"甘棠无一树，那得泪潸然"两句，是诗人的自谦之语。在父老乡亲心中，白居易就像昔日甘棠树下那位勤政爱民的父母官。而白居易却认为，自己为政期间并没有什么建树，不值得父老乡亲为他的离开而潸然泪下。民众的感激不舍与诗人的自省自谦形成对比，充满了情感上的张力，令人体会到诗人与当地乡民之间难得的官民相惜之情。

一个合格的好官，就是能够看到民众的疾苦，并倾心尽力为民造福。诗人的眼里看到的是："税重多贫户，农饥足旱田"，看似不带感情的白描之笔，却蕴藏着对统治阶层盘剥民众的谴责，以及对天灾人祸双重压迫之下的底层劳苦大众的怜悯、同情。然而，对于这样残酷的现实状况，诗人虽身有官职，却难凭一己之力，改变这种境况。

关于"税重"的问题，诗人无力去改变，但在天灾的预防上，诗人却尽了极大的力量去未雨绸缪，以期得到预防化解。诗人在任期间，尽力替人民做了不少好事，如疏浚六口旧井，供人民饮用；在西湖加筑长堤，拦洪蓄水，使西湖周围农田免受旱涝威胁等。一个"唯"字，既透露出诗人对自己能力有限的无奈，也包含着满满的谦虚之意。

这首诗虽然运用了典故，但语言仍不失白诗通俗易懂的风格，以简洁直白的词句，生动地将一幅幅画面铺展开来，描绘出诗人和百姓之间和睦融洽的官民鱼水情。

渡淮

【原典】

淮水东南阔①，无风渡亦难。
孤烟生乍直②，远树望多圆。
春浪棹声急③，夕阳帆影残。
清流宜映月④，今夜重吟看。

【注释】

①淮水：淮河。阔：宽广。

②孤烟：意思是远处独起的炊烟。此句记节序也记气候。时当春末夏初，淮南气暖，风力极微，故有此景象。乍（zhà）：刚，始。

③棹（zhào）：一种划船的工具，形状和桨差不多。急：迅速，又快又猛。

④宜：适合，适当。

【译文】

淮河水越往东南越宽阔，没有风的时候也难以渡过。

一缕炊烟袅袅升起直上云霄，远远望去树木繁茂都成了圆的。

春天浪花拍击着船桨又急又猛，夕阳映着帆影慢慢坠落。

水流如此清澈若是映着月光应该更美吧，今夜我要再次观看吟咏它。

【赏析】

此诗描写了诗人船渡淮水，沿途中所见的景色，展现了淮水壮阔而险恶的一面。

首联点出淮水愈行愈宽的景象，然后笔锋一转，说明它"无风渡亦难"，用来衬托其凶险。三、四句为眼前实景，当是脱化于王维诗中"大漠孤烟直，长河落日圆"两句，但这水上所观的"直"与"圆"，和大漠中的明显不同，读来别有一番趣味。"春浪棹声急，夕阳帆影残"两句，体现了傍晚水上行舟的感觉：春浪翻卷，拍打着木棹船舷，夕阳余晖映照着船帆。句意层层展开，已经渐渐明晰，勾勒出一幅风景优美的画卷。

尾联承前而下，想到这水如此清澈，月色倒映水中，必定更美。今夜定要再次观赏吟咏它。此诗全为写景，炼字炼句，精心营造，读来如身临其境，实为佳作。

履道春居①

【原典】

微雨洒园林，新晴好一寻②。

低风洗池面，斜日坼花心③。

暝助岚阴重④，春添水色深。

不如陶省事，犹抱有弦琴⑤。

【注释】

①履道（lǚ dào）：履道里，洛阳里巷名。在唐代洛阳城内东南角。白居易东归洛阳，在此置宅。

②寻：探寻，游览。指雨后游览园林。

③坼（chè）花心：指花开。坼，裂开。

④暝（míng）：暮色。岚（lán）：山间雾气。

⑤"不如"两句：是说不如陶潜之省事，抚其无弦琴，如抱有弦之琴。出自萧统《陶靖节传》："渊明不解音律，而蓄无弦琴一张，每酒适，辄抚弄以寄其意。"此处反其意而用之。

【译文】

一场微小的细雨洒落在园林，天气放晴正好值得细细去探寻。

风儿低低吹拂着池塘水面，夕阳斜照在刚刚张开的花心上。

暮色使山间的雾气更浓重，春天令水的颜色更加碧绿喜人。

比不得陶公洒脱，无须弹琴心中自有声，而我只能借这有弦琴来抒发心音。

【赏析】

一场微雨洒落在诗人家的园林里，园林得到滋润，景物焕然一新。天气刚刚放晴，悠闲的诗人就到自己的园子里尽情游览。只见微风吹拂着池塘水面，即将落下的夕阳照耀在刚刚张开的花朵上。渐渐暗淡下来的天色使得雾气更加浓重，而春天的到来也使水面更加碧绿喜人。对着这大好春光，诗人忍不住想弹琴自娱自乐。诗人素来仰慕陶渊明，也想学着他悠闲自在地弹琴，但诗人觉得，自己还是不如陶渊明通达。陶渊明弹琴是不用琴弦的，是怀抱无弦琴却心中自有琴音，不羁洒脱，超然物外；而诗人所弹的琴却是有五根弦的，他还要借助有弦琴来弹奏抒发心音。弦外之意，也许是说自己难以摆脱世俗牵绊，或者是说自己对禅理领悟未臻佳境吧。

全诗细致入微，新巧灵动。令人对诗人敏感细腻的观察力叹服不已。

夜闻歌者

【原典】

夜泊鹦鹉洲①，秋江月澄澈②。
邻船有歌者，发调堪愁绝③。
歌罢继以泣④，泣声通复咽⑤。
寻声见其人，有妇颜如雪⑥。
独倚帆樯立⑦，娉婷十七八⑧。
夜泪似真珠⑨，双双堕明月⑩。
借问谁家妇⑪，歌泣何凄切⑫。
一问一霑襟⑬，低眉终不说⑭。

【注释】

①夜泊（bó）：夜晚停船靠岸。鹦鹉洲：在今湖北省武汉市西南长江中。

59

因东汉末年祢衡在此作《鹦鹉赋》而得名。

②澄澈：明亮。

③发调：指出口，出声。堪（kān）愁绝：堪称极端忧愁。

④歌罢继以泣：唱完之后哭泣。

⑤泣声通复咽：抽泣而又哽咽的样子。

⑥颜如雪：肤色白如雪。指貌美。

⑦帆樯（qiáng）：船帆与桅樯。

⑧娉婷（pīng tíng）：形容女子姿态美好。十七八：指年纪。

⑨真珠：即珍珠。

⑩堕（duò）：掉下来，坠落。

⑪借问：请问，询问。

⑫何凄切：为何如此凄凉悲切。

⑬霑襟（zhān jīn）：指伤心落泪。霑：同"沾"。

⑭低眉：低着头。终不说：始终什么也不说。

【译文】

晚上将小船停泊在鹦鹉洲，秋月与澄澈的江水相映格外明亮。

忽然听到邻船上有人在唱歌，那曲调极为忧愁凄凉。

歌声停歇后紧接着又传来哭泣声，抽泣又哽咽的样子十分悲伤。

寻着声音找到唱歌的人，发现是个白皙的美貌姑娘。

她独自靠着船帆站在那里，楚楚动人，年龄大概十七八岁的模样。

月光下她的泪水像断线的珍珠，从面颊上滚落，成对成双。

我问她是谁家的女子，为何哭得这么哀切。

这一问她却哭得更心伤，低着头一句话也不肯讲。

【赏析】

此诗为白居易被贬江州途中所作。

诗人出长安城，坐船从汉水而下，远赴九江上任。途经鄂州境内时，夜晚泊船于鹦鹉洲附近，听见临船传来悲歌，使他不禁寻声找去，因而写下了这首《夜闻歌者》。

　　夜寂寂，一轮江月清冷而明亮。诗人用一个"秋"字，点明所处的季节。诗人于舟中望月，忽听见邻船有人唱歌，歌调极为忧愁悲切，勾起他心底压抑的愁闷，如江水般翻涌开来！"歌罢继以泣，泣声通复咽"，言明对方似有悲戚难禁，歌罢又哭泣，哽咽不成声。诗人循声觅去，看见有一位十七八岁的女子"独倚帆樯"，正暗自垂泪。女子的面容如何？诗人并未直言，而是以"颜如雪""娉婷"二词来形容。试想，一个雪肤花貌、袅娜娉婷的花季少女，且有着楚楚动人、梨花带雨的神态，怎一个"美"字了得？

　　这究竟是谁家的姑娘？为什么哭得如此凄切哀伤？诗人忍不住询问。谁料到这娉婷玉立的女子却"一问一霑襟，低眉终不说"，其中"不说"二字，含蓄婉转，留有余白，给读者以无限想象的空间，颇为耐人寻味。

寄行简①

【原典】

郁郁眉多敛②，默默口寡言③。

岂是愿如此④，举目谁与欢⑤。

去春尔西征⑥，从事巴蜀间⑦。

今春我南谪⑧，抱疾江海壖⑨。

相去六千里⑩，地绝天邈然⑪。

十书九不达⑫，何以开忧颜⑬。

渴人多梦饮⑭，饥人多梦餐⑮。

春来梦何处，合眼到东川⑯。

【注释】

①行简：白居易的弟弟，字知退，下邽（今陕西渭南东北）人。唐代著名文学家，文辞简易，有其兄风格。元和九年（814年），入东川节度使卢坦幕为掌书记。

②郁郁（yù yù）：形容忧伤苦闷。眉多敛（liǎn）：意思是经常双眉紧蹙，形容不开心。

③默默口寡言：指沉默不说话的样子。

④岂是愿如此：哪里是愿意这样呢？

⑤举目：抬眼看。谁与欢：即"与谁欢"，意思是同谁一起把酒言欢。

⑥去春：去年春天。尔：你。征：远行。

⑦从事：指任职。巴蜀：指四川一带。

⑧南谪：是时白居易被贬江州。江州在长安以南，故称"南谪"。

⑨抱疾：指生病。江海壖（ruán）：海边地。亦泛指沿海地区。此处指江州。

⑩相去：相距，相差。

⑪地绝天邈（miǎo）：天遥地远之意。

⑫十书九不达：指书信大都不能寄到。

⑬何以：用什么；怎么。开忧颜：指排遣忧烦。

⑭渴人多梦饮：口渴的人做梦多梦见喝水。

⑮饥人多梦餐（cān）：饥饿的人做梦多梦见吃饭。

⑯合眼：闭眼。东川：指当时白行简所在地。

【译文】

郁郁寡欢常皱着眉头，整日沉默不愿意开口。

不是我愿意这样忧愁，抬眼看谁能与我把酒言欢。

自从去年春天你西行，在巴蜀之中任职忙碌。

今年春天我被贬到南方，抱病在这沿海的江州。

两地相距有六千余里，天遥地远再无期相见。

写书信大多不能寄到，这让我如何能不忧愁。

口渴的人多梦见喝水，饥饿人多梦见吃东西。

春来时我常常梦到什么，怎样一闭眼就到东川。

【赏析】

此诗作于白居易被贬江州之时。当时，他的弟弟白行简在东川节度使卢坦幕下任职。二人两地相隔遥远，白居易异常思念弟弟，故有此作。

首联连用"郁郁""默默"两个叠字词，勾勒出诗人眉头深皱、沉默寡言的忧郁神态。寥寥数字，其神韵已跃然纸上。究竟是何事令他如此愁闷？试问谁又愿意每日愁眉不展呢？诗人子身在江州，举目无亲。本就因为遭受贬谪郁闷不已，此时更是倍加思念亲人。他想念胞弟，如果他在身边，弟兄二人便可以把酒言欢，或许可以排遣心中一些忧烦。"去春尔西征，从事巴蜀间"两句，交代了弟弟的去向，是去年西去巴蜀了。"今春我南谪，抱疾江海壖"两句，则言明诗人此时所在的地点，是抱病在江州。兄弟二人一西一南，远隔万水千山，音书难达。其浓浓的思念之情，日夜侵噬着诗人的心。常言说：日有所思，夜有所梦。口渴的人做梦时多梦见喝水，饥饿的人做梦时多梦见吃饭。而诗人因为日夜思念兄弟，心随梦境穿越"六千里"，一直抵达东川。不但想象离奇绝妙，更表达了诗人对兄弟

思念之深切。

全诗以"思念"之情贯穿，语句通俗易懂、亲切自然，其中弥漫着浓厚的手足之情。

湖亭望水

【原典】

久雨南湖涨①，新晴北客过②。

日沉红有影③，风定绿无波④。

岸没闾阎少⑤，滩平船舫多⑥。

可怜心赏处⑦，其奈独游何？

【注释】

①南湖：在今江西省，指鄱阳湖南部。鄱阳湖自星子县、瓮子口以南为南湖，以北为北湖。

②北客：北方来的客人，此为诗人自指。

③日沉：日落。

④风定：风停。

⑤没：淹没。闾阎（lú yán）：里巷的门，借指人家。

⑥船舫（fǎng）：泛指船。

⑦可怜：可惜。心赏：用心领略、欣赏。

【译文】

雨下了很久，南湖的水已经涨满，天气刚刚放晴，我从南湖经过。

太阳刚刚落山，在湖面倒映出一轮红影，晚风停息，绿水平静无波。

湖水淹没了堤岸，远处有疏疏落落的民舍，湖水与岸边沙滩平齐，船儿增多。

只可惜用心欣赏这美丽风景的只有孤孤单单的一个我，这又有什么办法呢？

【赏析】

这首诗描写了雨后南湖的景色，表现了诗人面对雨后的美景，却只能孑然独游的遗憾之情。

诗人首先交代自己游湖的情境：久雨初晴，湖水大涨。水光潋滟，湖水与岸滩平齐。诗人自北方而初来南方，自然倍感新奇。中间四句主要描写湖景：太阳西沉，在夕阳与湖水之间，红光留影，碧水映照，色彩明丽。从水岸到平滩的范围，人家虽少，船舫却多，充满生机活力。尤其一"红"一"绿"，对仗工整，堪称巧妙。前句形容日落后的红霞，后句形容湖上碧水清波，色彩明丽，细致巧妙，写景如画，可谓写景的佳句。

写景之后便自然转入最后两句的"可怜心赏处，其奈独游何"，抒发了诗人独游的感叹。面对这无比浩渺广阔的湖面，可惜只能一人独赏，无人同享此美景，自然难免叹息了。这首诗抓住"新晴""水涨"的特点，描写南湖的傍晚景色，写得极有特色，不流于俗。

步东坡

【原典】

朝上东坡步①，夕上东坡步②。

东坡何所爱③？爱此新成树④。

种植当岁初⑤，滋荣及春暮⑥。

信意取次栽⑦，无行亦无数⑧。

绿阴斜景转⑨，芳气微风度⑩。

新叶鸟下来⑪，萎花蝶飞去⑫。

闲携斑竹杖⑬，徐曳黄麻屦⑭。

欲识往来频⑮，青芜成白路⑯。

【注释】

①朝（zhāo）：早晨。东坡：地名，在忠州。步：行走。

②夕：日落的时候。

③何所爱：喜欢何处？

④新成树：新栽种的树木。

⑤种植当岁初：栽种是在新年刚开始的时候。

⑥滋荣及春暮：到暮春时节已经生长很繁茂了。

⑦信意：随意，任意。取次栽：随便栽下。

⑧无行亦无数：指既不成行，也不知道数目。

⑨绿阴斜景转：指树荫横斜，随着日光移动，景物时时转换。绿阴，同"绿荫"。

⑩芳气：芳香的气味。微风度：随微风而过。

⑪新叶：指春日树叶初生之时。

⑫萎花：指花落的时候。

⑬携（xié）：带。斑竹：也叫湘妃竹。一种茎部有紫褐斑点的竹子，用于制作笔杆、拐杖及饰物。

⑭徐：缓，慢慢地。曳（yè）：拖曳。黄麻屦（jù）：用黄麻制成的一种鞋。

⑮欲识往来频：想要分辨往来是否频繁。

⑯青芜：杂草丛生的草地。白路：指光秃明显，露出泥土的小路。

【译文】

早晨到东坡上散步，傍晚到东坡上散步。

东坡有什么值得我这样喜欢？其实我钟爱的是这片新栽的小树。

栽种它们是在新年刚开始的时候，到暮春时节已经长得很繁茂。

当时凭着心意随便栽下小树，不成行也不知道数目。

树荫随着日光移动横斜转换，芳香的气息随着微风轻轻飘过。

长出嫩叶的时候小鸟就飞来，花谢叶落之时，蝴蝶才恋恋不舍离去。

闲暇时我拄着湘妃竹的手杖，拖曳着黄麻鞋来此散步。

要想知道往来此地能有多么频繁，你看那草地早已被踩出一条光秃秃的小路。

【赏析】

此诗约作于忠州。描写了白居易在东坡闲行游览，自得其乐的闲适生活。

首联诗人以"朝""夕"在东坡闲行漫步，来表明自己对东坡的喜爱程度。诗人如此偏爱东坡，是因为什么呢？原来是"爱此新成树"。这些树是诗人年初的时候亲手所植，及至暮春时节已经繁茂葱茏、绿树成荫。微风拂过，散发出阵阵树木特有的清香。春天有小鸟在林间居住，啁啾婉转；有蝴蝶在花间徘徊，直到花儿凋谢才恋恋不舍地离去。诗中的"信意取次栽，无行亦无数"句，表明诗人种植这些树没有固定、具体的想法，只是兴之所至，率性而为。与诗人携着竹杖，拖曳着黄麻鞋，在其间徐徐而行，惬意自得的神态前后呼应，使整首诗都洋溢着自然、闲适、随性的

意趣。"欲识往来频，青芜成白路"，表明那繁茂如茵的草地，早已被诗人踩出了一条光秃秃的小路。诗人以"青芜成白路"证明自己常来此地，以此表达自己对东坡的万分钟爱之情。

第三部分 七言绝句

建昌江

【原典】

建昌江水县门前^①，立马教人唤渡船^②。

忽似往年归蔡渡^③，草风沙雨渭河边^④。

【注释】

①建昌江：即修水。源出江西修水县西，向东流入鄱阳湖。县：即建昌县，唐代属洪州，今江西永修县。

②教：使，令。唤渡船：召唤渡船。

③蔡渡：古渡口名。在渭河南岸，与作者故居渭村隔渭水相对。因汉代孝子蔡顺而得名。

④沙雨：犹小雨，细雨。渭河：古称渭水，是黄河最大的支流。

【译文】

建昌江水浩浩荡荡流过建昌县城门前，我勒马停立在江边，派人前去召唤渡船。

忽然感觉此刻好像往年回家时在蔡渡等船的情景，风吹野草、雨打沙滩，我立马在渭河岸边。

【赏析】

这首诗是元和十二年（817年）白居易在江州所作。那一年他因公事到江州附近的建昌江，以他在渡口的所见所感写下了这首七言绝句。

这首诗，恰似一幅淡墨勾勒的待渡图：一江修水，澄澈无波，于县城边浩荡而过。诗人勒马驻足，临风远眺。此刻江面宽阔，隐约可见彼岸村落。

诗人"立马教人唤渡船",或许渡船并没有马上过来,需要等待。一个"唤"字,说明渡船并不在附近,而在这等待的间隙,诗人看着清清江水,忽然想起往年归家时,路过蔡渡时的情景。霎时无限往事,涌上心头。微风拂动渡口滩头的青青草野,细雨迷蒙,笼罩江岸。此情此景,竟与当年的情景莫名相似。记忆重叠,诗人恍惚回到了昔日的渭水村。当年,诗人因母亲逝世而去职,在长安附近的渭村住了四年。他从风波险恶的官场来到山村的自由天地,虽然也有丧母之悲,但能从尔虞我诈的官场中抽身,心情得到放松和解脱。渭村的四年,是他远离纷争后最平静的四年。服丧期满之后,他又被起用为太子左赞善大夫,还是卷进了宦海波涛。仅仅一年后,他就被贬为江州司马。

眼前的景物相似,心境却已非昔日之心境。历尽波折坎坷后,诗人想再次回归平静的生活,已经是不可能了。正所谓人在宦海,身不由己。这里的"草风沙雨"四字,色调凄迷,愈加衬托出诗人幽独凄怆的心境。

这首诗从表面看在写渡口风光,其实诗人将内心隐藏着的深沉往事以及思归的情怀都倾注诗意之中。

暮江吟①

【原典】

一道残阳铺水中②,半江瑟瑟半江红③。

可怜九月初三夜④,露似珍珠月似弓⑤。

【注释】

①暮江:指曲江池,故址在今陕西西安市东南曲江,以池曲折而得名。池岸花卉围绕,烟水明媚,是当时都城中第一胜景。唐玄宗每年三月三日要

在那里宴请群臣。白居易在长安时，也喜欢去那里游览。吟：吟诗。

②残阳：黄昏时落日的余辉。铺：铺洒。

③瑟瑟：一种深绿色宝石。这里形容落日余晖没有照到的江水呈现的颜色。

④可怜：可爱。九月初三：农历九月初三的时候。

⑤弓：弯弓。这里形容初三夜晚的月牙。

【译文】

一道夕阳的余晖映照在江水之中，映衬着江水一半是绿、一半是红。

最可爱的是那九月初三的夜晚，露水晶莹恰似珍珠，新月弯弯好似一张弯弓。

【赏析】

这是一首写景的诗，主要描写了曲江池畔秋天的美景。当夕阳西下，一道柔和的余晖照射在江面上。在落日余晖的映衬下，江水看上去波光粼粼，一半呈现出深深的碧绿，一半呈现出橘红，煞是美丽。此处的"瑟"与"红"，形成鲜明的对比，使诗的意境极富色彩美感。仅仅十四个字，却给人以身临其境的感觉，令人莫名生出向往之情。可是在诗人眼里，最可爱的还是"九月初三夜"的江面，岸边草叶上的滴滴清露像一粒粒珍珠，晶莹剔透。而升起的一弯新月，恰如一张精巧的弯弓，斜挂在天边。诗人用"露珠""弯月"构成一种美丽的夜景，与之前的暮景相对接。暮色映照下的江面和夜晚的月牙露珠，同样美得令人心动。

代春赠①

【原典】

山吐晴岚水放光②，辛夷花白柳梢黄③。

但知莫作江西意④，风景何曾异帝乡⑤。

【注释】

①代春赠：代替春天赠诗。这是一首以春天的口吻作的一首诗。

②晴岚（lán）：晴日山中的雾气。

③辛夷花：一种落叶乔木，初春开花，又名应春花、玉兰花、木兰花、紫玉兰、玉树、玉堂春。花有红紫、白、黄多种颜色，可入药。

④但知：尽管，只管。莫：不能，无法。

⑤何曾：用反问的语气表示未曾。异：不同，迥异。帝乡：帝都，指长安。

【译文】

　　晴天的时候，山峦吐纳的薄雾缭绕云端，山下河水波光闪闪，辛夷花开出雪白的花朵，柳梢上的芽苞也吐露嫩黄。

　　尽管这里风景怡人，也无法把它当作是江西，可这秀美的风景与故乡又有什么不同呢？

【赏析】

《代春赠》和《答春》这两首诗是一组相互赠答诗。一首是白居易代江州之春拟作的赠诗，令一首则是对此诗的"答诗"。

《代春赠》这首诗采用了拟人的手法，以春天的口吻展现了江西春天之美：晴朗的天空下，薄雾萦绕在山坳之中，仿佛仙境一般；河水清澈见底，闪动着柔柔的波光。辛夷花开，洁白似雪。柳芽含苞，嫩黄喜人。如此山好水美的地方，虽然没有长安的牡丹壮观，但细细去欣赏周围的一切，只要你不把自己当成客居江西的游子，那这里与帝都长安又有什么区别呢？

全诗表面写景，实则借景抒情，诗人试图以此处春光美好冲淡羁旅他乡的忧苦寂寥之情，隐约透露出波折坎坷面前本该随遇而安的达观。

答春①

【原典】

草烟低重水花明②，从道风光似帝京③。

其奈山猿江上叫④，故乡无此断肠声⑤。

【注释】

①答春：这是回应自己所写的那首《代春赠》的和诗。诗人以自己的口吻作答春意。

②草烟低重：草间的水汽浓重。水花明：形容浪花明亮。

③从道：按说，从道理上来讲。帝京：京都，京城。

④山猿：山上的猿猴。

⑤断肠声：此指猿啼。

【译文】

绿草间水汽氤氲缭绕，江面上浪花明亮，按理说这些风光像极了帝都京城。

怎奈那山上传来声声猿啼在江面上回荡，我的故乡没有这种声音，这实在是令人欲断肝肠。

【赏析】

《代春赠》和《答春》这两首诗是一组相互赠答诗，一首是白居易代江州之春拟作的赠诗，一首是答诗，这一赠一答别有深意。

很显然，这是一首答诗，是诗人对此前一首春天所赠的诗给予的回答。前两句承认了江西的风光的确很好，绿草间水汽氤氲成露，江上浪花激荡如雪，这些风光确实也和长安有几分相似。但下面话锋一转，写山猿悲啼，断人肝肠，乃是故乡所没有的声音，从而又说出了江西非长安、更非故乡的内心感受。此处用"断肠"二字大有一语双关之妙。这里既是猿啼，也是诗人内心思乡的悲苦之声。在此，让我们不禁想起清代纳兰性德的精美词句："风一更，雪一更，聒碎乡心梦不成，故园无此声。"

这一赠一答的两首诗，其实就是当时诗人内心的挣扎之语：

一个声音告诉他要随遇而安，努力去享受生活；另一个声音则似乎在说"他乡虽好，然终非故乡"。

倘若单看《代春赠》也许会错误领会诗人当时的心情，会觉得他接受了贬谪江州的生活，已经乐不思蜀了。同样，倘若单独品味《答春》会显得有些突兀，让读者迷惑，不知诗人所为何事？所答何情？所以这两首诗是非常紧密的整体，须并赏同读，方能领略其中意蕴深远的诗意。

春词①

【原典】

低花树映小妆楼②，春入眉心两点愁。

斜倚栏干背鹦鹉③，思量何事不回头④。

【注释】

①春词：春怨之词。

②妆楼：华美的楼房，古代常指富家女子的居处。

③鹦鹉：一种鸟，善学人语。

④思量：思忖。

【译文】

低矮的花丛和绿树掩映着华美的小绣楼，春风吹入少女的眉心，增添了点点忧愁。

她斜靠栏杆，背对着鹦鹉无心逗弄，不知在思忖着什么事情不肯回头。

【赏析】

这是一首闺怨诗。诗的开头以"小妆楼"来暗示主人公是位年轻的富家女子，但诗中并没有正面去描写女子的样貌。而是通过"两点愁""斜倚栏杆""不回头"等侧面去描绘衬托，展现出一幅静态的美人图。春天到来的时候，花木繁茂，本应是赏花观景的最佳时节，可少女却"斜倚栏干背鹦鹉"，连平日里十分喜爱鹦鹉也无心逗弄，无论鹦鹉怎样百般谄媚学舌，都无法驱散她眉心的春愁，由此写出了这女子心中的不快和幽怨。这是为什么呢？末句"思量何事不回头"十分巧妙，隐而不答，给全诗带来了朦朦胧胧的神秘感。结尾并没有说明女子"愁"的原因，而是以一句含蓄的猜测"思量何事"，引得读者自己去联想。女子不曾回头，仅仅一个背影，其美丽哀婉的形象就已深入人心。

全诗虽篇幅短小，但人物刻画生动，别出心裁，语气自然，言简而意深，堪称佳作。

春老①

【原典】

欲随年少强游春，自觉风光不属身。

歌舞屏风花障上②，几时曾画白头人？

【注释】

①春老：晚春，暮春。

②屏风：古时一种室内用于挡风的装饰家具，上面画有仕女或山水。障：步障，与屏风相类似。

【译文】

想要强打起精神跟随年轻人一起去游春玩乐，不过自我感觉跻身在这大好春光中不太适合。

就像那屏风上多是描绘美人歌舞、似锦繁花，什么时候画过白发苍苍的

老人呢？

暮春晚景，常令人想到年老色衰。诗人不称人老，而说春老，可见其诗用意颇为新奇。

诗人强打精神跟随一众少年游春之时，才发现自己是真的衰老了。一个"强"字流露出他不服老的倔强，所以他强迫自己打起精神，和年轻人一起去享受春光的美好。次句"自觉风光不属身"，悄然将事实摆在读者面前：虽然自己心态还很年轻，但忽然体力不支，使自己不得不承认眼下已身老体衰，这大好春光已经不属于自己了。三、四句转得有趣，用屏风画面来比写现实：人们常见屏风上描绘着美人歌舞，彩饰着锦绣繁花，什么时候见过上面画着白发苍苍的老人呢？在此借以自嘲，在这热闹的光景中本不应有老人的身影。而这恰恰与前边的"强""自觉"相互呼应，展示了诗人思想变化的脉络。这种具有自知之明的自我解嘲，恰从另一方面体现了诗人面对仕途坎坷变化时的豁达性格。全诗语浅意浅，却透着真实和亲切，读来颇有耐人寻味之妙。

后宫词

【原典】

泪湿罗巾梦不成①，夜深前殿按歌声②。

红颜未老恩先断③，斜倚熏笼坐到明④。

【注释】

①泪湿：犹湿透。罗巾：丝制手巾。

②前殿：正殿。按歌声：依照歌声的韵律打拍子。

③红颜：此指妃子。恩：指皇帝对她的恩宠。

④倚：靠。熏笼：罩在香炉上的竹笼。香炉用来熏衣被，此为宫中用物。

【译文】

泪水湿透了罗巾无法入睡，连梦也做不成，深夜听到前殿传来打着节拍的歌声。

娇美的容颜尚未衰老，却已失去了君王的恩宠，只好斜靠着熏笼一直坐到天明。

【赏析】

诗中的主人公是一位曾蒙君王临幸恩宠的女子。也许是一次，也许是多次，总之皇帝曾经给过她温存和希望。可如今虽然容颜未老，却已被遗忘在深宫的角落里，每日望穿秋水，夜不能寐。多少个这样的寂寞深夜，她暗自悲泣。"泪湿罗巾"说明哭得悲伤，更说明哭的时间之久。正当她愁苦难禁之时，前殿又传来阵阵歌舞管弦之声，此时君王正在那边与新宠寻欢作乐，显然他已经忘记，这里还有一位女子在痴痴地等着他。倘使人老珠黄，犹可解说，偏偏女子如花正盛，红颜未老，正是青春好年华，然而这种恩情却无端断绝。伤心绝望的女子，整夜以帕拭泪，还在期待君王在歌舞散尽之后会想起她来。于是，盛装打扮，浓熏翠袖，斜倚着熏笼，

以期随时得到君王的召幸。然而，她一直等到天明，也没有传来任何消息。从满怀希望，到苦等的失望，再到天明的绝望，一路柔肠百转。

这首诗虽然只有短短四句，但足以细腻入微地表现一个失宠的后宫佳丽复杂而又矛盾的内心世界，同时倾注了诗人对女子的无比同情。

紫薇花①

【原典】

丝纶阁下文书静②，钟鼓楼中刻漏长③。

独坐黄昏谁是伴，紫薇花对紫微郎④。

【注释】

①紫薇花：一种落叶亚乔木，夏季开红紫色的花，秋天花儿凋谢。

②丝纶阁：指替皇帝撰拟诏书的阁楼。

③刻漏：古时制作的一种依靠滴水用来计时的器物。

④紫微郎：唐代官名，指中书舍人的别称。因中书省曾改名紫微省，取天文紫微垣为义，故称。

【译文】

我在丝纶阁中值班，没有什么文书可写，只觉得四周寂静无声，忽听得钟鼓楼上刻漏声声滴落，竟感觉时间过得如此漫长。

黄昏时分，我孤独地坐在这里，究竟有谁能来与我相依为伴？看来唯有这一丛孤单单的紫薇花，默然与我这个孤单的紫微郎相对了。

【赏析】

这首诗的诗题又名为《直中书省》，白居易在穆宗长庆元年（821年）十月任中书舍人，长庆二年（822年）七月，自中书舍人出任杭州刺史。这首诗大约作于他赴任杭州刺史之前一个紫薇花盛开的日子。

诗中通过对丝纶阁、钟鼓楼的叙述，既表现了宫廷的景致特色，也暗示出了自己夜晚"独坐"的原因，原来是他正在宫中的丝纶阁值守。诗人因没有什么文书可写，也没有什么事可做，所以就会觉得周围更加寂静，因而听到不远处钟鼓楼上传来的刻漏缓长的滴水声，就显得更加寂寥悠长。而在这静夜黄昏的寂寞中，诗人孤闲独坐，无人相伴，也只能空对着紫薇花细细端详。由此，诗人隐约地表达出了对目前所从事的枯燥工作的失望，影射了当时沉闷的政治气氛，进而表达了心中的郁闷。

全诗字句浅白、叙事清晰，在表情达意中不失幽默，读来富有情趣。

邯郸冬至夜思家

【原典】

邯郸驿里逢冬至①，抱膝灯前影伴身②。

想得家中夜深坐③，还应说着远行人④。

【注释】

①邯郸（hán dān）：地名，今河北省邯郸市。驿：驿站，驿馆，古代传递公文，转运官物或出差官员途中歇息的地方。冬至：农历二十四节气之一。在十二月下旬，这天白天最短，夜晚最长。古代冬至有全家团聚的习俗。

②抱膝：以手抱膝而坐，若有所思貌。影伴身：影子与自己相伴。

③夜深：犹深夜。

④远行人：离家在外的人，这里指作者自己。

【译文】

冬至佳节来临，我却独自寄居在邯郸的驿馆，抱膝坐在灯前，只能与自己的影子相伴。

猜想家中亲人肯定会围坐在一起直到深夜，而且还应当在闲谈中，将我这个离家在外的人叨念。

【赏析】

这首诗描写了冬至夜晚，诗人在邯郸驿舍独处时的所思所感。全诗不仅韵味含蓄，而且构思精巧别致，以十分奇妙的想象，表现出诗人浓浓的思乡之愁和怀念亲人之情。

在唐代，冬至是个重要的节日，朝廷放假，民间穿新衣，互赠饮食，人们会在家中和亲人一起欢度，与元旦相似。但是在这万家团聚的日子里，诗

人却在邯郸客店里形单影只，独自度过漫漫长夜。"抱膝"二字，体现出诗人的孤单和无助。灯影昏昏，影射出蜷缩的"影"。诗人抱膝枯坐，唯有自己的影子相陪，其深深的孤寂之感，思家之情，无须多言，早已溢于言表。

后两句"想得家中夜深坐，还应说着远行人"，瞬间将情感之线牵引到家乡。在这里诗人运用丰富的想象，没有正面去写"思家"，而是笔锋一转，来个巧妙的曲笔。想象此刻自己独在异乡，抱膝坐在孤灯前，深深地思念家人时，家人肯定也同样是深夜围坐在灯前，谈论、叨念着自己这个离家在外

的人。诗人以猜想"家人"的活动，来反衬自己"思家"之情与家人高度契合。如此一来，不仅使这种思乡的情感扩大，而且更加真挚感人。全诗虽然没用使用如何绝美华丽的词句，但偏偏是这恰如其分、平实质朴的语言，更为深深打动人心，把那种羁旅之人强烈的思乡之情表达得淋漓尽致。

白云泉①

【原典】

天平山上白云泉②，云自无心水自闲③。

何必奔冲山下去④，更添波浪向人间⑤。

【注释】

①白云泉：即天平山山腰上的清泉，被称为"吴中第一水"。

②天平山：在今江苏省苏州市西的太湖之滨。

③云自无心：指云舒云卷、自如飘逸的样子。闲：悠闲自得的样子。

④何必：为何。奔：奔跑。

⑤波浪：水中浪花，这里喻指令人困扰的事情。

【译文】

天平山上有一处白云泉，水质清澈喜人，白云自由自在悠然舒卷，泉水奔流自在悠闲。

泉水你何必非要奔流到山下去，给这原本多事的人间增添层层波澜。

【赏析】

这首诗以明快简洁的线条，描绘了一幅充满生机活力的淡墨山水图，借此来表达诗人渴望能早日摆脱俗世纠缠，寻求退隐的一种淡然情怀。

首句点出了吴中的奇山丽水、风景形胜的精华所在。诗人既没有描绘天平山的巍峨高耸，也没有描绘吴中第一水的清澄透彻，却着意描写白云的自在淡泊以及山中泉水的闲静无争，进而突出一种令人向往的淡泊明净的艺术境界。在诗人看来，晴朗天空中白云随风飘荡，舒卷自如，乃是心无所扰、无所束缚的表现；山间泉水淙淙流淌，自由奔泻，意为悠闲自得。诗人把白云和泉水拟人化，句句一语双关，连用两个"自"字，特别强调云水的自由自在、自得其乐、逍遥而惬意的情态，其实这也是诗人内心一直向往的生活：淡泊名利，与世无争。

这首诗最后两句略带疑问的语气，又恰似殷殷寄语，似乎在劝说清澈的白云泉不要急着"奔冲"下山，为本就纷繁的人间再添波澜，又或许还有被世俗污染的风险。"人间"二字，既是说红尘俗世，也代指官场仕途。"波浪"二字，既是说世俗纷争，也代指官场风云。

全诗采取象征的手法，于景中含情，寓情言志，意在象外，理趣其中，进而隐隐透露出诗人想淡然出世以及对宦海风浪和俗世纠缠的厌倦之意。

寒闺怨

【原典】

寒月沉沉洞房静①，真珠帘外梧桐影②。

秋霜欲下手先知③，灯底裁缝剪刀冷。

【注释】

①寒月：指清冷的月光。沉沉：形容深沉。洞房：闺房、幽深的内室。在古代通常是指女眷居住的地方。

②真珠帘：同"珍珠帘"。形容帘子的华贵。

③秋霜：秋日的霜。

【译文】

清冷的月光洒向闺房深处，四周一片宁静，隐约可见珍珠帘外摇曳的梧桐树影。

秋霜将要到来时，一双玉手最先感知寒冷，你看灯下为丈夫裁剪冬衣的剪刀已然如冰。

【赏析】

在唐代的府兵制度规定中，兵士需要自备甲仗、粮食和衣装，存入官库，行军时领取备用。但征戍的时间太长，衣物破损了，就要由家中人再寄去补充和更换，特别是御寒的冬衣。所以在唐诗中常常有秋闺捣练、制衣和寄衣的描写。

诗的首句"寒月沉沉"表明了时间正是深夜。此时深闺幽静，而且还被寒冷的月光照射着，所以更见清冷。一个"静"字，让这本该是暖意融融的房间内显得十分冷清。接下来的第二句又将冷意继续延伸：只见珠帘外梧桐萧萧，在风中摇曳不停。这里的"梧桐影"既与上文"寒月"相映，又暗连下文"秋霜"，使文脉贯通，情感丰沛。第三句点明此刻的季节，正是寒霜将落的深秋。在这冷清清的月光下，静悄悄的房屋中，帘子里的人还没有睡，她因手感到寒冷冰凉而知道是要下霜了，不由得思念起

远行在外的夫君。可为什么是手先感觉到呢？第四句给出了答案，原来女主人是坐在灯下裁剪衣服，气温骤降，手里的剪刀变得冰凉刺骨。秋霜将要到来则说明屋外的寒冷，同时反衬出闺房的冷寂和独守深闺的落寞。

天寒岁暮，秋霜欲下，可这冬衣尚未裁剪完成。她想到远方的征夫归来之日遥遥无期，天气转冷却没有棉衣裳御寒，所以愈加深深地担忧起来。于是，此刻剪刀上的寒冷，不但传到了她手上，也传到了她心上。丈夫在外，不知近况如何？有无饥寒之忧？是否也如自己一样饱受思念之苦？诗人却什么也不提，只是写因手上的剪刀冰冷而察觉到天气的变化就戛然而止，剩下的则让读者自己去想象体会。

全诗写得情景交融，含蓄有致，含蓄地反映了连年不断的战争对人民生活的深度影响。

惜牡丹花（其一）

注：翰林院北厅花下作。

【原典】

惆怅阶前红牡丹①，晚来唯有两枝残②。

明朝风起应吹尽③，夜惜衰红把火看④。

【注释】

①惆怅（chóu chàng）：伤感，愁闷，失意。阶：台阶。

②唯有：只有。残：剩余。

③明朝：明天。应：应该。吹尽：吹得花落尽。

④惜：怜惜。衰：枯萎，凋谢。红：指牡丹花。把火：手持火烛。

【译文】

满腹惆怅地看着台阶前迟迟盛放的红牡丹，傍晚的时候发现只有两枝牡丹花还在，其他已经凋残。

明早大风刮起时可能会把全部花瓣都吹落，我怜惜这些将要凋谢的花朵，只好拿着烛火连夜观看。

【赏析】

在百花盛开的春天里，被誉为"花中之王"的牡丹总是珊珊迟开。而等到牡丹盛开的时候，这一春的花事已将尽。所以历朝历代多愁善感的诗人，对于伤春惜花的题材总是百咏不厌。人们喜欢花，但花期苦短，故而常常担心花落春尽，诗人犹甚。诗人在牡丹盛开的时候就已经开始"惆怅"，或许是几天后的某个傍晚归来，发现刚刚有两枝牡丹花也即将面临凋残，便又担心起来，生怕明朝的风会把所有的花都"吹尽"，以至于红衰香褪。所以诗人秉烛照花，彻夜观赏起来。就此表现出诗人因为惜花爱花而变得细腻敏感的心思。

全诗紧扣一个"惜"字，淋漓尽致地写出"惜"的心态。虽然只有短短的四句，但文气跌宕回环，语意层层深入。末句尤其深切，通过描绘诗人黄昏时分在花下流连的情景，巧妙地刻画出一个多情的爱花人的可爱形象。

魏王堤①

【原典】

花寒懒发鸟慵啼②，信马闲行到日西③。

何处未春先有思，柳条无力魏王堤④。

【注释】

①魏王堤（dī）：洛水流入洛阳城，溢而成池。贞观年中，太宗将此地赐

给魏王李泰。池中筑有堤坝用来阻隔洛水，故名魏王堤。

②慵（yōng）：懒，没气力。

③信马：骑马随意而行。

④柳条无力：形容柳丝下垂，绵长无力的样子。

【译文】

花儿在寒冷中懒懒地还没绽放，鸟儿啼叫也慵懒散漫，我骑马随意而行直到太阳偏西。

什么地方还没到春天，就让人引发春天的遐思？那就是柳丝柔软低垂的魏王堤。

【赏析】

一年四季中，各有各的独特风姿。而在鸟语花香的春季，最容易惹人诗兴勃发。这首小诗写的是冬寒未退、春季美景未显现的时候。正因为如此，这首小诗悄然显示出另外一种独特的意境、别样的情怀。

魏王堤是在洛阳城中魏王池砌筑的堤坝，也是唐时游览胜地。从全篇的诗意来看，这是一首寻春、觅春的小诗。在春天即将来临之际，诗人信马来到魏王堤寻找春天的气息。这时天气仍然寒冷，大地尚不见花影，听不到各种鸟鸣。但是从已经变得柔软暗黄的柳枝上，诗人却看到了春的踪迹。诗中用"懒发"来形容花开时节尚未到来，以"慵啼"形容鸟儿也尚未成群出现，以"无力"描写柳条仿佛刚刚苏醒，正慵懒地舒展着柔美的身姿，如此简朴又自然生动地赋予了花、鸟、柳以人性，给人一种娇不胜寒的感觉。第三句"何处未春先有思"描写出虽然春天还没有正式出场，但四处春意早已萌动，春天已在不易察觉中迈出了它轻盈的脚步，一个姹紫嫣红的春日，就要来临了。可哪里能最先让人感觉到春天的来临呢？自然是魏王堤上。凭着诗人的敏感，在本无春景可写的闲游中，却找到了令人鼓舞的春意，写得别有意趣，令人百读不厌。

全诗描写大地由沉寂走向生机勃勃之间的过渡时期，这段时间是必经之路，不可或缺。尽管似乎没有什么景物可写，但殊不知，却给诗人留出了宽阔温软的想象空间，成就了白居易这首流传千古而不衰的美诗。

大林寺桃花①

【原典】

人间四月芳菲尽②，山寺桃花始盛开③。

长恨春归无觅处④，不知转入此中来⑤。

【注释】

①大林寺：位于庐山大林峰，相传为晋代僧人所建，为中国佛教圣地之一。

②人间：此指庐山下的平地村落。芳菲（fēi）：形容花草艳盛的阳春景色。菲，盛开的花，亦可泛指花。尽：指花凋谢了。

③山寺：指大林寺。始：才，刚刚。

④长恨：常常惋惜。春归：春天回去了。觅：寻找。

⑤不知：岂料，想不到。转：反。此中：这深山的寺庙里。

【译文】

人间四月里，山下村落都已经百花凋零，山中大林寺旁的桃花却才开始盛开。

我常常为春光转眼逝去却无处寻找而惆怅不已，想不到它反而悄悄转到了这山寺中来。

【赏析】

这首诗虽然只有短短四句，却写得意境深邃，极其富于情趣。

开篇"人间四月芳菲尽，山寺桃花始盛开"两句，点明了诗人登山时春天已过，正是百花凋残、芳菲落尽的时候。但在高山古寺之中，竟遇上了让人意想不到的春景：一片灼灼盛开的桃花，仿佛在向人们宣告，不是所有的芳菲都已落尽，而这边的风景恰恰独好。接着，诗人以"长恨春归无觅处"句，暗寓了在登临之前，诗人就曾为春光的匆匆消逝而惆怅失望。所以当这始料未及的一片春景闯入眼帘时，顿时感到无比的惊异和欣喜。这里的"芳菲尽"与"始盛开"遥相呼应。它们字面上是在写景，实际上是在写诗人感情和思绪的跳跃，此刻正是由一种惆怅的惜春落寞之中，突变到眼前一亮的惊喜当中。在首句开头，诗人着意用了"人间"二字，折射出这片才开始盛开的桃林，给诗人带来一种突然步入桃源仙境之中的那种特殊的错位感，是一种空前的精神享受。

这首诗的写作手法很有特点。诗中既用桃花代替抽象的春光，把春光描绘得具体可感、形象动人，又将春光巧妙地拟人化，把春光描绘得如同一个调皮的精灵，可以转来转去，仿佛是在与诗人捉迷藏。因此，留给诗人一个假作懊恼的借口，述说自己因为惜春、恋春，以至于因此产生了怨恨春天悄然逝去的无情。谁知却是错怪了春，原来春并未归去，只不过像个顽皮的小孩子一样，偷偷地躲到山中罢了。诗人在此赋予"春"顽皮可爱的性格，生动具体，活灵活现。

这首小诗立意新颖，构思巧妙，戏语雅趣别具一格，可谓是唐人绝句诗中的一首珍品。

初贬官过望秦岭^①

【原典】

草草辞家忧后事^②，迟迟去国问前途^③。

望秦岭上回头立，无限秋风吹白须。

【注释】

①望秦岭：秦岭山，在商州（今属陕西）地段。白居易被贬江州，经过此地。

②草草：形容仓促匆忙。辞（cí）家：离开家，辞别家人。

③迟迟：迟缓，此为步履沉重想拖延时间之意。去国：指离开京都或朝廷。

【译文】

匆匆忙忙辞别家人，不免担忧今后家中的大小事，步履沉重离开京城，前途未卜。

站在秦岭山上回头遥望故乡的方向，无尽的萧萧秋风一遍遍吹动我的白胡须。

【赏析】

按照唐制，官吏被贬要闻诏即行。因此白居易被贬离开长安时，只能匆匆辞别家人，不能携带家眷同行，匆忙之中根本谈不上安排妥当家中事物，对家人自然也就多了几分担忧。首句"草草辞家忧后事"，充分表现了诗人离家赴任之时的仓促。第一次遭到贬官，心情固然百感交集，再加上匆匆忙忙离开，身后家事尚未安排妥帖。此刻的他既满怀担忧家中之事，又忧虑自己此行前途未卜，故而步履沉重，他"迟迟"不愿离开京都，似乎在拖延时间，期盼皇上能够收回旨意。这里的"忧后事"一语双关，既是忧虑家中之事，也是忧虑国事。同样，"问前途"不仅是问自己的前途，更是问国家的前途。

第三句中"望秦岭上回头立"的"回"字，也是照应前句，表现了诗人对京城的依恋，这种依恋之情真挚感人。最后用"无限秋风吹白须"作结，抒发了诗人万般忧郁的感情。

全诗中，寥寥数字，悄然勾勒出萧萧秋风中，在那秦岭崎岖的山道上，一位白须老者怆然回望长安的图景，落寞而又凄凉。

舟中读元九诗①

【原典】

把君诗卷灯前读②，诗尽灯残天未明③。

眼痛灭灯犹暗坐④，逆风吹浪打船声⑤。

【注释】

①元九：即元稹，唐朝大臣、文学家。是白居易的朋友。

②把：捧起，拿。

③残：残留，指剩下不多。

④犹：还。暗坐：在黑暗中坐着。

⑤逆风：迎风，顶风，与顺风相对。

【译文】

我捧起你的诗卷坐在灯前诵读，将所有的诗读完，灯也快熄灭了，可天还没有放亮。

看诗看到眼睛酸痛，熄了灯独坐在黑暗中，只听窗外传来一阵阵逆风卷起的狂浪拍打船舷的声音。

【赏析】

这首诗写于白居易被贬谪到江州的途中。在这寂寞漫长的谪旅途中，诗人在灯下细读友人元稹的诗卷，越加想念谪居在通州的好朋友元稹，因而写下了这首诗。

这首小诗，字面上是在读朋友的诗作，实际上是在思念同病相怜的好朋友。"眼痛灭灯犹暗坐"一句，说明诗人已经读了大半夜了，却还要"暗坐"，不愿意就寝，可见此时的他心潮翻涌，一方面怜惜友人空有才华却志不得舒，另一方面也是在自叹命运不公。然而在那权臣当道、仕途混乱的年代，除了听之任之，又有什么办法呢？这里的掌灯夜读、读至灯残、灭灯暗坐，都说明诗人对友人的思之深、念之切，含蓄地流露出思念之苦、悲悯之情。诗人用"诗尽""灯残""眼痛""暗坐"这些词语，渲染出浓浓的思念情境，以及静坐黑暗中的沉思与反省。诗人想念友人，更多的是想起了两人相似的境遇，因而心绪纷乱。而船下江中，巨浪翻卷，拍打着船舷，更让他

无法安枕，只好在暗夜中静坐，以遣时光。尾句"逆风吹浪打船声"则描绘出一幅极富有象征意义的画图：波涌浪急，逆风行船。"逆风"二字，别有蕴意，恰与诗人和元稹饱受贬谪的凄苦境遇相吻合，一语双关，含义深刻。

答微之①

注：微之于阆州西寺②，手题予诗。予又以微之百篇，题此屏上。各以绝句，相报答之。

【注释】

①微之：元稹，字微之，唐朝大臣、文学家。

②阆（làng）州：今四川阆中、苍溪一带。

【译文】

注：微之将我的诗题写在阆州西寺的墙壁上。然后我又在微之的诗中提取出一百首题满在屏风上。现在我们各自以绝句诗，相互酬答，见诗如见人。

【原典】

君写我诗盈寺壁①，我题君句满屏风②。

与君相遇知何处，两叶浮萍大海中③。

【注释】

①君写我诗盈寺壁：元稹经常将白居易的诗题在寺庙的墙壁上。他曾写《阆州开元寺壁题乐天诗》："忆君无计写君诗，写尽千行说向谁？题在阆州东寺壁，几时知是见君时？"因此白居易在此诗题下自注："微之于阆州西寺，手题予诗。"即指阆州开元寺。盈，充满。

②我题君句满屏风：白居易将元稹的诗题满在屏风上。故而作者此诗自

注:"予又以微之百篇,题此屏上。"又有《题诗屏风绝句序》说:"十二年冬,微之犹滞通州,予亦未离澄上,相去万里,不见三年,郁郁相念,多以吟咏自解……由是援律句中短小丽绝者,题录合为一屏风,举目会心,参若其人在于前矣。"君句,元稹的诗句。屏风,中国古代常用来挡风的一种家具,意思为"屏其风也"。

③浮萍:浮生在水面的一种水生植物,常用来比喻人的漂泊不定。

【译文】

你将我的诗句写满开元寺的墙壁,我题写你的诗句盈满屏风。

与你再相遇还不知道能在何处,我们就像两片浮萍漂浮在大海中。

【赏析】

元稹与白居易之间的友情极其浓厚,而且真挚感人,向来为人们所津津乐道。两个人因为都对文学有着共同的爱好,从而成了好朋友,并且两个人经常赠诗给对方。因此,白居易有大量关于元稹的诗作流传下来。

本诗写于元稹被贬通州,白居易被贬江州的时候。看诗题这是一首答元稹的诗。虽远隔万里,朋友间的友情却丝毫不减,两人常"通江唱和"。因为思念,便将对方的诗句题写于寺壁、屏风上,看似平常的小事,却饱含了两人相互刻骨思念的深情厚谊。本诗中的后两句,写到了两个人各居一地,相见的机会几乎渺茫:此刻,他们各自颠沛流离,饱受贬谪之苦,就像茫茫大海里的两叶浮萍,随波漂流,居无定所,更不知何时才能再次相见。这短短几句诗中,既深深蕴含了他对与友人相聚的渴望,也道出了人生四处飘零、不由自主的无奈。诗句浅切自然,真情溢于言表。

同李十一醉忆元九①

【原典】

花时同醉破春愁②，醉折花枝作酒筹③。

忽忆故人天际去④，计程今日到梁州⑤。

【注释】

①李十一：即李健，字杓直。元九：即元稹。

②同醉：一起醉倒。破：破除，解除。

③酒筹：饮酒时用以记数或行令的筹子。

④天际：肉眼能看到的天地交接的地方。指很远的地方。

⑤计程：计算路程。梁州：地名，在今陕西汉中一带。

【译文】

花开时节，我们一同酩酊大醉以消除春愁，醉酒后折取花枝当作酒筹。

突然想到老朋友远去天涯无法再相见，计算行程今天应该已经到达梁州。

【赏析】

元和四年（809 年），元稹奉使去东川。当时白居易在长安，和他的弟弟白行简、李杓直（即李十一）一同到曲江、慈恩寺春游，然后又来到李杓直家饮酒，宴席上白居易又想起老朋友元稹，于是写了这首诗。

诗人沉浸在和友人花下同饮、折枝为酬的美好回忆中，不能自拔。"忽忆"二字令他猝然惊醒，想起友人已经远行，不在身边。故人相别，人们常会计算对方是否到达目的地，或者正在中途什么地方。白居易屈指一算，友人"计程今日到梁州"。说明他其实时时都在挂念着友人。意念所到，深情所注，给人以特别真实、特别亲切之感。

不知是心有灵犀，还是偏有巧合。当白居易写这首诗期间，元稹在梁州也写了一首《梁州梦》："梦君同绕曲江头，也向慈恩院院游。亭吏呼人排去马，忽惊身在古梁州。"当时元稹在这首诗中标有小注："是夜宿汉川驿，梦与杓直、乐天同游曲江，兼入慈恩寺诸院，倏然而寤，则递乘及阶，邮吏已传呼报晓矣。"白居易诗中所写的事竟然与元稹写的梦境两相吻合。如果把两人的诗对照欣赏，不难看出一个写于长安，一个写于梁州；一个写真事，一个写梦境，而且，两首诗写于同一时期，又用的是同一韵，的确有些匪夷所思，颇具离奇色彩，但也间接证实了元稹、白居易之间的纯真友谊有着高度的默契。

和友人洛中春感

【原典】

莫悲金谷园中月①，莫叹天津桥上春②。

若学多情寻往事③，人间何处不伤人？

【注释】

①悲：悲悯，怜悯。金谷园：西晋石崇的园馆，遗址在今洛阳城东。

②叹：叹息。天津桥：旧址在今洛阳桥附近，隋唐时建造，是当时连接洛水两岸的交通要冲。

③寻：追寻。

【译文】

不要悲悯金谷园中的月色，不要叹息天津桥上的春光。

要是学着多情的人追寻往事，人间还有何处能不让人悲伤？

【赏析】

直观诗题，此诗乃是与友人唱和之作。应该是友人游玩洛中的金谷园与天津桥，抚古伤怀后留下诗句，而白居易随后作此诗相和，聊以安慰。

如果说作诗难，那么作和诗更难。因为和诗与原诗要在内容上相互切合，还要同中见异，有所生发。这首诗的原诗已不可考，但有迹可循。从本诗中的句意来看，原诗似乎是一首伤春之作，或许还带有一种历史沧桑之悲。白居易因此劝慰友人不要怜悯金谷园中的月色，也不要叹息天津桥上的春光。这里连用两个"莫"字，使否定意义更深刻、更彻底，表达了作者对友人诗中忆古伤今之悲并不赞同。

接下来在第三、四句中作出一个设问，"若学多情寻往事，人间何处不伤人"，在此以欲言又止之态，既道出人生的无处不悲苦，又道出了诗人乐观和豁达的人生态度。这两句在暗示朋友：在历史面前，更确切地说是在现实面前，你要是一再抚今追昔，只怕人间处处都是惹人伤神的地方了。全诗语言流畅，感情饱满，颇具民歌风味。

下邽庄南桃花①

【原典】

村南无限桃花发，唯我多情独自来。

日暮风吹红满地②，无人解惜为谁开③？

【注释】

①邽（guī）：地名，在中国陕西省渭南县。

②日暮：指太阳快落山的时候，傍晚。红满地：指代落花。

③解：懂得，了解。惜：爱惜。

【译文】

村庄南边盛开着数不尽的桃花，只有我多情，独自前来看它。
晚风吹得花瓣飘落满地，没有人懂得怜惜，你究竟为谁盛开呢？

【赏析】

这首诗约为贞元二十年（804年）诗人搬迁到下邽时所写。当时白居易担任秘书省校书郎，白家府宅就坐落在下邽县东紫兰村。村的南边有一片茂密的桃林，令诗人甚为喜爱。

这首诗描写的正是村南的春景：春天来了，桃花盛开，花香四溢。再看那满园繁花，艳若云霞。这一天，白居易独自徜徉在桃林间，看着花瓣零落，满地残红，不禁顿生感慨：在这荒郊野外，这样美丽馨香的桃花是为谁而开？又有谁会怜惜它呢？首句仅用"无限"二字，便已经点明了桃花园林之盛，景色之壮观。而"唯我多情"，则引出一个"独"字。当然这一个"独"字不是孤独，而是洁身自好、不流于世俗的"特立独行"。然而即使是独特的芬芳美艳，也难免遭受晚风摧残，面对这落花满地、凋落之殇，却无人心疼，犹如品格清高的人，往往因为不去随波逐流而无人能理解一样。至此，诗中所潜蕴的意境脱颖而出。纵观全诗，这是诗人叹息的苦闷之处，不仅仅是肤浅的伤春、惜春而已。

暮立

【原典】

黄昏独立佛堂前①，满地槐花满树蝉。
大抵四时心总苦②，就中肠断是秋天③。

【注释】

①佛堂：指供奉佛像的殿堂、堂屋。

②大抵：大概，大致。四时：指四季。苦：佛教教义，意为苦海无边。

③就中：其中。肠断：形容意识极度悲痛。

【译文】

黄昏的时候，我独自站立在佛堂之前，眼前的槐花零落满地，满树是凄鸣的秋蝉。

大概是因为一年四季当中，心中总有无边的苦楚，其中令人极度悲伤的就是这秋天。

【赏析】

这首诗是白居易为母守丧，退居渭上时期所作。诗中表现了秋季黄昏之时，诗人寂寞悲苦的心情。

诗名为《暮立》，只观其名便已知其中萧索意。黄昏时分，诗人独自站在佛堂前，看着满地零落的槐花，听着满树凄凉的鸣蝉，心中的苦闷之感挥之不去，怎么也高兴不起来。也许是因为一年四季都心怀苦楚，对苦涩的滋味早已习惯，可在这夏尽秋来之时，浓重的悲伤感还是令他情难自禁。他为母守丧，对母亲的思念之情以及失去亲人的悲伤之感，本来就已经让他备受煎熬，凄伤难禁。再加上这萧瑟的秋日，悲戚的满树蝉鸣，就更加使人肝肠寸断。诗的前两句是写实景，勾勒出诗人日暮独立的画图；后两句则写诗人内心的苦楚，在秋天被无限放大。全诗言简意深，真情流露。令人读之，对诗人的境遇产生了深深的同情。

村夜

【原典】

霜草苍苍虫切切^①，村南村北行人绝^②。

独出前门望野田^③，月明荞麦花如雪^④。

【注释】

①霜草：被秋霜打过的草。苍苍：灰白色。切切：形容虫叫声。

②绝：绝迹，看不到人影。

③独：单独，一个人。野田：田野。

④荞麦：一年生草本植物，子实黑色有棱，磨成面粉可食用。

【译文】

被寒霜侵袭过的秋草呈现出灰白色，秋后的虫子凄凉地叫着，此刻山村周围看不到行人的踪影。

我独自来到前门眺望田野，皎洁的月光洒落于一望无际的荞麦田，洁白的荞麦花犹如皑皑白雪。

【赏析】

秋天的景物渐趋衰飒总会令人倍感忧伤，尤其是霜降过后，青草慢慢枯萎，秋虫凄切低鸣。已经是夜晚了，农人都各自归家，路上几乎没什么人走动了。"霜草苍苍"点出秋色的浓重，"虫切切"渲染了秋夜的凄清。在这萧瑟的秋夜，无处不透露着孤寂和凄凉。

诗人漫步门前，遥望田野里一望无际的荞麦花，在秋月映照下，宛如皑皑白雪。本就凄凉的秋意，在雪白的荞麦花和明月的辉映中，令人眼前骤然一亮，给人一种清新舒畅的感觉。"独出前门望野田"一句，既是诗中的过渡，也是两联之间的转折。在此将村夜萧疏黯淡的气氛陡然一转，镜头由村庄移向广漠的田野，展开了另外一幅使读者耳目一新的图景。这豁然开朗的清爽洁净的世界，与前面霜草苍白、秋虫悲鸣的萧瑟景象形成鲜明的对比。诗人借自然景物的变换，写出内心由孤独寂寞到兴奋自喜的感情变化，切换灵活自如、不着刻意雕琢的痕迹，给人一种朴实无华、浑然天成之感。

全诗于清新淡雅之中，间杂着又透露出些许凄清的味道，生发出一种不同流俗的格调。

采莲曲

【原典】

菱叶萦波荷飐风①，荷花深处小船通②。

逢郎欲语低头笑，碧玉搔头落水中③。

【注释】

①萦（yíng）：萦回，旋转，缭绕。荷飐（zhǎn）风：荷叶因风而动。飐：摇曳。

②小船通：两只小船相遇。

③碧玉搔（sāo）头：即碧玉簪，简称玉搔头。

【译文】

菱叶在随波浮荡，荷叶摇曳在风中，一望无际的荷花深处，采莲小船轻快地穿梭奔忙，时而首尾相通。

采莲姑娘偶遇自己心上的情郎，羞涩地低头微笑，欲语还休，头上的玉簪不小心滑落水中。

【赏析】

这首诗约作于白居易出任杭州刺史之时。那时候，白居易远离朝廷的钩心斗角，可以每天悠闲地沉醉在旖旎的江南风光中，常常游湖宴饮，生活得轻松、舒心。他无意间捕捉到一对年轻男女划着采莲船在荷塘上相遇的有趣一幕，随即创作了这首小诗。

这首诗，前两句写得充满动感：在一望无际的水面上，菱叶青青、荷叶田田。阵阵清风吹来，荷叶随风摇摆；水波浮动，菱叶随着绿波起伏荡漾。

在茂盛的荷叶中间，一叶小舟从深处翩然而出。"深处"二字暗示了荷塘的广阔，而一个"通"字，则赋予小船轻便灵巧的感觉。

然后诗人描述了一个颇具情趣的细节："逢郎欲语低头笑，碧玉搔头落水中"两句，生动地描绘出采莲少女偶然遇见自己心爱的情郎，正想说话却又突然止住，羞涩地低头莞尔一笑。谁料，一不小心，头上的碧玉簪子落入了水中。"欲语低头笑"既表现了少女的无限喜悦，又表现了少女初恋时的羞涩难为情的状态。"碧玉搔头落水中"进一步暗示了少女"低头笑"的激动神态。诗人抓住采莲姑娘瞬间的腼腆和羞涩情态，进行细节刻画、精心描摹，将一个欲言又止、含羞带笑的妙龄少女形象，栩栩如生地展现在读者眼前。

《采莲曲》为民歌体裁，同类作品虽然很多，但是白居易的作品清新脱俗，丝毫没有落入俗套之感。在短短的四句中，不仅写景，还加入人物和动态情节的描写，从而形象地将少女欲语还"羞"的神态写得活灵活现、惟妙惟肖。

蓝桥驿见元九诗①

【原典】

蓝桥春雪君归日②，秦岭秋风我去时③。

每到驿亭先下马④，循墙绕柱觅君诗⑤。

【注释】

①蓝桥驿：在陕西省蓝田县东南四十里。是唐代由长安通往河南、湖北交通要道上的一个驿站。元九：唐代诗人元稹的别称。因为元稹在家族中排行第九，故称。

②春雪君归日：元稹奉召还京时正逢下雪。

③秦岭：山名。在蓝田县西南，凡入商洛、汉中，必须翻越秦岭才能到达。此处泛指商州道上的山岭，是白居易此行所经之地。

④驿亭：驿站所设的供行旅之人歇息的处所。

⑤循墙绕柱觅君诗：古人常常把自己的诗文题在旅途中的建筑物上，供人欣赏。所以白居易每到驿站，就急切地寻找好友元稹的诗。

【译文】

当年蓝桥驿春雪飘飘之时，正是你归来之日，如今我离去，正是秦岭上秋风飒飒之时。

每到达一个驿站我总要率先下马，沿着墙壁，绕着梁柱到处寻找你题留下来的诗。

【赏析】

唐代白居易与元稹的友情深厚，至今仍被传为千古佳话。这首诗是白居易被贬江州途中，几经寻找发现好友元稹的题诗后而作，也是体现元白二人深厚友谊的又一力作。

元稹于唐宪宗元和五年（810年）自监察御史贬为江陵士曹参军，经历了五年艰苦的贬谪生活，直到五年后元稹自唐州奉召还京，途经蓝桥驿的时候，高兴之余，曾在驿亭壁上留下一首诗。几个月后，白居易自长安贬去江州，当时满怀失意，当他下马沿着墙壁，绕着梁柱，找到了元稹题写的那首诗，感慨万千地写下这首绝句《蓝桥驿见元九诗》相和。

从诗意中我们看到了这样两个场景交替而出：春雪初融，元稹归来；秋风乍起，诗人离去。一春一秋，一归一去，不同时间、不同去向，却在蓝桥驿"擦肩而过"。同一蓝桥驿，路途虽同，但来去悲欢之情真是一言难尽。这条路恍然间成了一条见证二人悲喜的道路。

"每到驿亭先下马，循墙绕柱觅君诗"这两句，白居易用"下马""循墙""绕柱""觅君诗"四个连续动作，细致入微而又真实准确地描绘出他急切地寻找知心好友诗作的动人情景。那一刻，他循墙绕柱寻觅故友诗句以慰相思，寻觅的不仅仅是元稹的诗句，更是寻觅元稹当初的心情和行迹。从结尾句，我们可以想象出当时诗人在每一个驿亭周边转来转去、摩挲拂拭、仔细辨认挚友诗作的情景，如此将诗人思念友人的深情表露无遗，可见白居易用情之重，遣词造句功力之深。

望驿台

【原典】

靖安宅里当窗柳①，望驿台前扑地花②。

两处春光同日尽③，居人思客客思家④。

【注释】

①靖安宅里：元稹夫人韦丛住在长安城靖安里。当窗柳：窗前的柳树，寓意为怀人。唐代风俗中，喜欢折柳以赠行人，也因柳而思游子。

②望驿台：在今四川广元。驿：古时专供传递公文的人中途休息、换马的地方。扑地：遍地。

③同日尽：同日消逝。

④居人：家中的人。诗中指元稹的妻子。客：出门在外的人。指元稹。

【译文】

长安城的靖安宅里，窗前的柳树渐渐浓绿，望驿台前，洁白的杨花纷纷扬扬飘落满地。

两地的春光却在这同一天逝去，家人思念远行人，而远行人也思念家中的亲人。

【赏析】

元稹曾作《望驿台》思念远在家中的妻子韦丛。这首诗便是白居易应和好友元稹的诗。诗中拟用元稹妻子韦丛的口吻，续写相思之情。

　　元稹的家住在长安城内的靖安里，元稹被贬谪外地以后，只留下他的夫人韦丛住在那里。首句"靖安宅里当窗柳"，描写的是元稹夫人天天苦守着窗前碧柳、凝眸念远的情景。次句"望驿台前扑地花"转而写元稹一人独处异地，在这杨花满天飞舞的季节，看见满地落花，倍加思念家中如花之人。诗人巧用对比，富于联想，写出了两人分处两地，互相相思牵挂的情景。用"柳"与"花"加以映衬，使画面诗意饱满。接下来的"两处春光同日尽"，仿佛含有春光消失殆尽、有情人各在天涯的感伤。这里的"春光"不单单指春天，同时兼有美好时光、美好希望的意思。"春光同日尽"，意思是说两人共同期盼的团聚之期落空了，因此自然而然引出下一句"居人思客客思家"。本来，两人无时无刻不在思念着对方，绝不仅限于这一天。但春尽花落，使这种思念之情更加浓重。一种相思，两处离愁，情感的暗线把千里之外的两颗心紧紧联系在一起。字里行间之中所透露出的无不是浓浓的相思之情，使人读之感动至深。

夜筝①

【原典】

紫袖红弦明月中②，自弹自感暗低容③。

弦凝指咽声停处④，别有深情一万重⑤。

【注释】

①夜筝（zhēng）：夜晚弹筝。

②紫袖红弦：弹筝女子的衣袖是紫色的，筝弦的颜色是红色的。明月中：明亮的月光下。

③自弹自感：弹筝人自己被曲中的情意所感动。暗低容：满面愁容，低头沉吟的样子。

④弦凝指咽（xián níng zhǐ yè）：手指暂停弹奏的状态。

⑤万重（chóng）：指很多。

【译文】

明亮的月光下，一双紫袖翩然在红弦上飞舞，女子被曲中的情意所感动，暗暗低下哀怨的面容。

忽然弦声凝绝、柔指轻顿，停在半空中，那片刻的宁静，仿佛另有一番深情，凝结了一万重。

【赏析】

这首诗作于长庆元年（821年），诗中描写了一位夜晚弹筝的女子绝妙的演奏技巧、姿容与情绪。

诗中首句交代了时间，是皓月当空的明月之夜；次句写弹筝女子独自感伤之中轻弹筝曲，她从信手弹奏到全神倾注于演奏中的情态显得楚楚动人。寥寥"自弹自感"四个字，便把演奏者灵感到来的那一种精神状态描绘得惟妙惟肖。接下来，着重写弹奏之中，令人随之感伤的顷刻间凝噎无声。弦声凝绝、柔指轻顿，而正是这一瞬间的停顿，却包含着说不尽的深意。这无声的"弦凝"，不仅是乐曲旋律跌宕起伏的有机组成部分，更是情感高潮即将爆发的凝聚之时；这无声的"指咽"，是如泣如诉的情绪上升到高潮时所起的突变；此时的"声停处"绝非一味的沉寂，也不是真正的无声，而是弹奏之中一种感染力的表现。正因如此，使听曲者从这动中有静的片刻转承之间获得了"别有深情一万重"的深切感受，更为之颤动心弦，从而高度赞扬了弹筝者的高超技艺以及对于筝女命运的深度同情。

全诗构思巧妙，铺陈精当，读来能唤起人们丰富的联想，随之动情不已。

听夜筝有感

【原典】

江州去日听筝夜①，白发新生不愿闻②。

如今格是头成雪③，弹到天明亦任君④。

【注释】

①去日：指过去的日子。

②白发新生：指刚刚长出白发。闻：听见。

③格是：一作"隔是"，已是之意。头成雪：指满头白发如雪。

④亦：也，表示同样、也是。任：任由，听凭。

【译文】

过去在江州任司马的时候，曾在夜里听筝，那时刚刚长出几根白发，但因为遭遇贬谪而感到筝音悲伤不想聆听。

　　如今已是满头白发如雪，只因世事看淡，听凭你弹到天亮，我也不会再为筝音凄切而心情波动。

　　【赏析】

　　写这首诗之前，白居易曾被贬为江州司马，当时处境凄凉，饱受贬谪之苦。所以在江州夜里听见筝音，不禁感怀身世，觉得筝音悲伤凄苦不忍再听。"白发新生"点明年纪，四十余岁，正是鬓边刚见白发的时候。如今已是满头白发如雪，久历沧桑，早已看淡世事。当时诗人已被召还朝，生活境遇和在江州之时截然不同。"弹到天明亦任君"，说明诗人此时生活顺遂，心境坦然，所以不会被筝音的悲喜所扰。

　　从"白发新生"到"头成雪"，人生匆匆而逝，诗人将不同时期对音乐的不同感受加以对比，在短小篇幅内写出了人生境遇的变化，在无奈的感叹中又加入诗人的自嘲。看似浅白易懂，如口语叹息一般，然而细思之，却令人不免心生慨叹：这真是韶华易逝，人生无常啊！

　　本诗采用今昔对比的艺术手法，曾经白发新生时"不愿闻"与现在已经白发成雪时的"弹到天明亦任君"形成鲜明的对比，以如此豁达之语表述悲切之情，突出表现了作者宦海沉浮、历经跌宕之后，表面淡然旷达，实则悲切凄苦的内心世界，令人不禁叹惋不已。

爱咏诗

　　【原典】

　　辞章讽咏成千首①，心行归依向一乘②。

　　坐倚绳床闲自念③，前生应是一诗僧。

【注释】

①辞章：诗词文章。

②归依：皈依或依靠之意。一乘：佛教语。是指引导教化一切众生成佛的唯一方法或途径。

③绳床：一种可以折叠的轻便坐具。以板为之，并用绳穿织而成。又称"胡床""交床"。

【译文】

写下辞章千余首，讽谕世事吟咏生平，内心逐渐皈依佛门暗自修行。

倚坐在绳床之上，闲来无事独自思量，或许我前生应是个喜欢吟咏的诗僧。

【赏析】

白诗的最大特点，就是浅白易懂，接近口语化。这首诗应该是他百无聊赖、随口闲吟之作。

白居易的一生，曾写下大量诗作，抒情达意上极通禅理。他的诗有闲适的、感伤的、讽谕的，流传下来的有三千余首。在历经人生的起起落落之后，诗人逐渐看透了世事沧桑，参悟了人生的真谛。他不仅逐渐淡出官场，而且诗风也融入了禅理。白居易在行文落笔处巧妙地将"诗"与"禅"合为一体，寻求"心行归依"的境界。这一天，诗人在闲坐之时，忽然了悟：自己如此喜爱吟诗，又钟爱参禅，前世一定是一个诗僧吧！用此诙谐幽默的语言，写出了诗人有趣的猜想，说明他深信三世轮回的佛教言论，是个虔诚的佛教徒。

这首诗以闲吟之态，咏出悠闲自得之意。全诗看似平白，实则充满了理趣，令人回味悠长。

杏园花下赠刘郎中①

【原典】

怪君把酒偏惆怅②，曾是贞元花下人③。

自别花来多少事，东风二十四回春④。

【注释】

①杏园：在长安朱雀门街东第三街通善坊，和曲江相连，唐代新科进士常在此举行宴会，称"杏园宴"。刘郎中：即刘禹锡，因为刘禹锡曾右迁赴任除主客郎中分司东都，故称之。

②惆怅（chóu chàng）：伤感，愁闷，失意。

③贞元：唐德宗李适的年号。白居易、刘禹锡都是贞元年间进士。

④东风二十四回春：指经历二十四个春天的轮回。

【译文】

都怪你端起酒杯为我敬酒，偏又惹起我心中的感伤，你我也曾在贞元年间同为进士，成为杏园花下饮酒人。

自从分别后，花开花落，不知经历了多少事，只记得东风吹拂大地，已经轮回二十四个春天。

【赏析】

时光荏苒，春去春回，杏园花开依旧。如今再次重游故地，端起酒杯却惹起百般惆怅。诗人单拈出"怪君"之意，将离别的忧伤与思念倾诉给友人。面对春暖花开，诗人却偏偏惆怅，是何因由？一句"曾是贞元花下人"悄然给出答案：想当年你我都是贞元年间的进士，少年中第，一同在代表荣耀的杏园花下饮酒赏花，意气风发，多么快意！可如今岁月改变了你我的模样，磨平了当初的果敢与锐气，怎能不令人惆怅呢？自从分别以来，长安城经历了宦官专权、藩镇割据、朋党之争的困扰，整个唐王朝一直处于动荡不安的混乱状态之中，而他们彼此也经历了无数宦海沉浮，不知不觉已经春去春回二十四载。这里的"多少事"饱含无尽沧桑之感，如今阔别二十四年之后的重聚，不提各自仕途的坎坷心酸，不提各自家人的零落，而只说这杏园的花朵都几历寒暑、几经风雨，更加衬托出世事的悲凉。花犹如此，人何以堪？全诗到此戛然而止，诗完意未绝，余味悠长。

衰荷

【原典】

白露凋花花不残①，凉风吹叶叶初干②。

无人解爱萧条境③，更绕衰丛一匝看④。

【注释】

①白露：二十四节气之一。正处夏、秋转折关头，暑气渐消，秋高气爽，花朵、草木上凝结了白色的露珠。

②干：干枯。

③解（jiě）：懂，明白。萧条：草木凋零的样子。

④更（gèng）：再，又。匝（zā）：周，环绕一周叫一匝。

【译文】

秋天的露水最易使百花凋残，唯有荷花仍傲然挺立，阵阵凉风吹动叶片，使荷叶开始变干。

没有人能懂这令人怜爱的萧条之美，只有我一人围绕这日渐衰落的花丛，一圈又一圈不停地观看。

【赏析】

这首《衰荷》是一篇非常动人的惜荷佳作。

人们常常喜欢在荷花盛开时去欣赏它亭亭玉立的秀美，却很少有人去观赏它秋风里凋落残败的形象，当然就更谈不到能看到它傲然挺立、静待枯萎时的壮美了。

这首诗中，诗人以独特的观感去描摹花枝和绿叶，以一种怜爱的视角去看待自然界的荣衰更替。诗中并没有对荷花衰残过度渲染，更没有孤寂凄冷的情绪抒发。虽然秋天的露水使荷花凋残，秋风的抽打使青青荷叶开始枯干，可这又有什么关系呢？一茎残荷，半蓬枯叶，未尝不是一种独特的壮美！"无人解爱萧条境，更绕衰丛一匝看"两句，描绘出初秋时节荷花所营造出来的萧条、孤寂、静美，而眼前这秋打残荷、将落未落的情景，却没有人能懂得和珍爱。此刻，诗人徘徊在花前，环绕池塘细细欣赏，满心怜惜。既怜惜那日趋衰败的荷花，也怜惜自己已然逝去的年华。这衰荷或许是诗人自喻，暗示自己虽年迈，却无畏而又有尊严地傲然挺立着，纵然无人欣赏，也一定要保持自己独特的风骨，决不妥协。

香山寺二绝①

【原典】

其一

空门寂静老夫闲②，伴鸟随云往复还。

家酝满瓶书满架③，半移生计入香山④。

【注释】

①香山寺：在今河南洛阳香山西坳。香山位于洛阳南十三公里，因盛产香葛而得名。

②空门：指佛寺。老夫：此为诗人的自称。

③家酝（yùn）：家中自酿的酒。

④生计：指生活。

【译文】

佛寺内一片寂静，老夫我自在清闲，每天悠然陪伴着鸟鸣，随着天上的闲云往复回还。

我的家中佳酿满瓶，书房里爱书堆满书架，半生宦海沉浮都已过去，晚年生活入住香山。

【赏析】

香山寺在今河南省洛阳市龙门山，白居易晚年退隐之后，定居在这里，并自号"香山居士"，可见他对这个地方的喜爱，因而即兴而作绝句二首。

这第一首可看作是诗人晚年生活的自述。中唐文人描写山寺孤寂的诗篇较多，而白居易笔下的山寺虽有静寂，但比别人多了一分闲情逸趣。且看眼前的香山寺：空山、空谷、空门，远离红尘喧嚣的诗人，此刻是多么闲适自在！每天都可以敞开心扉聆听飞鸟啁啾，淡看云卷云舒，好一个"伴鸟随云往复还"的雅致生活。况且回到家中，可以无拘无束地端起自家酿的美酒小酌酣饮，翻阅满架心爱的史书典籍，其潇洒适意之情自然流露而出，读之令人陶醉其中。像这样心中有禅、"在家出家"的惬意生活，谁不心驰神往呢？难怪诗人要"半移生计入香山"了。

【原典】

其二

爱风岩上攀松盖①，恋月潭边坐石棱②。
且共云泉结缘境③，他生当作此山僧④。

【注释】

①松盖：谓松枝茂密，状如伞盖。

②石棱（léng）：石头的棱角。此处专指多棱的山石。

③结缘：彼此结交善缘，此处指云与泉以欢喜心相见，互相结交。

④他生：来生，下一世。山僧：住在山寺中的僧人。

【译文】

登上爱风岩，到那青翠葱绿的松林里，攀上松树尽兴玩乐，坐在恋月潭边的石凳上，可以饱览潭上的风光。

而且还能共与云泉相会结缘，宛如进入人间仙境，来生我一定还要来到此地，当作这山寺中的山僧。

【赏析】

白居易晚年退隐之后，定居在香山一带，过着"在家出家"的惬意生活，并自号"香山居士"，可见他离开官场后，对参禅悟道、静心修养这种生活方式的追求。

本诗为白居易《香山寺二绝》中的第二首。开始前两句描写了香山寺周围美丽风景，隐含诗人对香山寺的爱恋及对佛门的向往，同时也道出了诗人不仅在山寺醉吟，而且将参禅悟道的信仰寓于闲情之中，使诗意饱满，理趣盎然。攀登山岩，与青松一起迎风而立，潭水边静坐，在山石上赏月，如此潇洒，如闲云野鹤，共与云泉相会结缘，与山风明

月相伴的生活状态，宛如进入仙境一般的闲情逸致，自然而然氤氲而出。最后一句"他生当作此山僧"，则将钟爱之情发挥到了极致，暗示出自己的心声：不仅今生大爱香山寺，来生还要做"此山僧"。全诗想象丰富，意趣浓郁。

第四部分 七言律诗

钱塘湖春行①

【原典】

孤山寺北贾亭西②，水面初平云脚低③。

几处早莺争暖树④，谁家新燕啄春泥⑤？

乱花渐欲迷人眼⑥，浅草才能没马蹄⑦。

最爱湖东行不足⑧，绿杨阴里白沙堤⑨。

【注释】

①钱塘湖：杭州西湖的别称。

②孤山寺：初名永福寺，后改名广化寺，在西湖白堤孤山上。贾亭：唐代杭州刺史贾全所建的贾公亭，在西湖，建于唐贞元年间。

③初平：远远望去，西湖水面仿佛刚好和湖岸及湖岸上的景物齐平。云脚：古汉语称下垂的物象为"脚"，如下落雨丝的下部叫"雨脚"。这里指下垂的云彩。

④暖树：向阳的树。

⑤新燕：春天初来的燕子。

⑥乱花：指纷繁开放的春花。渐：副词，渐渐地。欲：副词，将要，就要。迷人眼：使人眼花缭乱。

⑦浅草：指刚刚长出地面、还不太高的春草。才能：刚刚能。没（mò）：遮没，隐没。

⑧湖东：以孤山为参照物，白沙堤在孤山的东北面。行不足：形容百游不厌。

⑨白沙堤：即今西湖白堤，又称沙堤，在西湖东畔。

【译文】

在孤山寺以北，贾亭的西边之间，西湖的春水上涨，远远望去，水面仿佛与低垂的云朵齐平。

林荫里有几处传来黄莺的鸣啼，它们相互追逐争抢着向阳的枝头，那边是谁家春归的燕子，为了修筑新巢衔来春泥？

纷繁的春花开满枝头，渐渐地使人眼花缭乱，新长出来的小草青青翠翠，刚刚遮没马蹄。

最惹人喜爱的是湖东景色，尤其是那绿杨掩映的白沙堤，总是令行人流连忘返、沉醉痴迷。

【赏析】

白居易居住在杭州时，有关湖光山色的题咏很多。这首诗紧紧抓住环境和季节的特征，把刚刚进入春天的西湖景色描绘得生机盎然、恰到好处。

春水新涨，刚好与堤岸齐平。湖面上水气荡漾，云气低垂，水色天光交相辉映，连成了一片，简单勾勒出了湖上早春的轮廓。接下来，诗人选择了周遭事物的典型特征，以细致入微的笔触，描绘出一幅完整的画面：几只初春早飞的黄莺，争先抢占向阳的枝头；不知谁家燕子，为筑新巢衔来春泥。说"几处"，可见不是"处处"；说"谁家"，可见不是"家家"。因"早莺"与"新燕"的稀少，所以才能引起人们一种乍见的惊奇和喜悦。

"乱花"与"浅草"一联，写的虽也是一般春景，然而它和"白沙堤"有紧密的联系：春天，西湖到处都是绿毯般的嫩草；这洁白如银而又修长蜿蜒的白沙堤，是游人来往最为频繁之地。繁花似锦，令游人目不暇接，"渐欲迷人眼"表明了花朵逐渐盛开的过程。此刻诗人伫立远望，看得久了渐渐觉得眼花缭乱，如此表达，生动形象。而"没马蹄"则说明春草初生、既柔且短。"云脚""早莺""新燕""乱花""浅草"，这些景物被诗人巧妙地串联在一起，栩栩如生地描绘出早春西湖的蓬勃生机。

春题湖上

【原典】

湖上春来似画图，乱峰围绕水平铺①。

松排山面千重翠②，月点波心一颗珠③。

碧毯线头抽早稻，青罗裙带展新蒲④。

未能抛得杭州去，一半勾留是此湖⑤。

【注释】

①乱峰：参差不齐的山峰。

②松排山面：指山上有许多松树。

③月点波心：月亮倒映在水中。

④碧毯线头抽早稻，青罗裙带展新蒲：田野里早稻拔节抽穗，好像碧绿色毯子上的线头；河边菖蒲新长出的嫩叶，犹如罗裙上的飘带。抽，抽出，拔出。蒲，菖蒲，香蒲，是湖水中生长的一种水草。

⑤勾留：表示留恋之意。

【译文】

春天来了，湖面上像一幅美丽的图画，只见参差不齐的山峰环绕而立，倒影宛如在水面平铺。

傲然挺立的松树在山坡上铺排出层层翠色，月亮点染波心，仿佛嵌上一颗璀璨的珍珠。

田野里的早稻正在拔节抽穗，远远望去，就像是碧绿毯上冒出了金黄线头；河边菖蒲新长出的嫩叶，犹如青罗裙上的飘带随风飘舞。

我不能抛下杭州转身而去，有一半原因就是留恋这秀美迷人的西湖。

【赏析】

这是一首描写杭州西湖春景的诗。

开篇第一句鸟瞰西湖春日景色，首先总体概括这里"似画图"。然后以"乱峰"倒映水中之景引出下文，具体描绘如画的美景：群山参差错落，围绕着水平如镜的西湖；茂密的松树在山上层层排开，层峦叠翠；一轮圆月映入水中，好似一颗闪亮的明珠点缀。诗人用一连串精妙的比喻，勾画出西湖的旖旎风光。

要是在山水诗中嵌入农事，总给人雅俗相悖的感觉，不够协调。但白居易却能别出心裁地将二者融合一起，巧用碧毯上毛茸茸的线头，比喻早稻抽穗儿；用青罗裙飘拂的裙带，比喻摇曳的绿蒲叶，这样生动形象的比喻，新颖别致。

诗前六句都是写景，突出西湖之美。后两句则抒情，突出一个"恋"字，做到借景抒情，情景交融。全诗突出因这西湖景美、故有恋恋不舍之意，道出了自己此刻"一半勾留"的原因所在，同时也使诗的意境做到了完美的"物我归一"。

送王十八归山寄题仙游寺①

【原典】

曾于太白峰前住②，数到仙游寺里来③。

黑水澄时潭底出④，白云破处洞门开⑤。

林间暖酒烧红叶，石上题诗扫绿苔。

惆怅旧游无复到⑥，菊花时节羡君回⑦。

【注释】

①王十八：即王质夫，排行第十八，隐居在仙游寺蔷薇涧。仙游寺：在盩厔（zhōu zhì）县（今陕西周至），始建于隋开皇年间。

②太白峰：太白山，在今陕西周至县。

③数：几，几次。

④黑水：仙游潭，在今陕西周至县南中兴寺及仙游寺之间。其水黑色，又名黑水潭。

⑤洞门：指山洞入口。

⑥惆怅（chóu chàng）：哀伤、失意。旧游：昔日交游的友人。

⑦羡（xiàn）：因喜爱而希望得到。

【译文】

我曾经前去登览太白峰，多次到过那里的仙游寺中观赏。

寺中的潭水幽黑深不可测，只见澄澈的泉水从潭底涌出来，抬眼望去，白云破裂的地方正是洞天之门敞开的地方。

我们在林间燃烧飘落的秋叶烘暖美酒，开怀畅饮后在石壁上题诗，轻轻拂扫石上的青苔。

遗憾的是昔日交游的友人什么时候才能再相聚，待到菊花盛开时，希望你能再回来。

【赏析】

诗人曾多次到仙游寺游览，留下许多美好记忆。此后他很想旧地重游，但都未能如愿。因心生向往而不能实现，所以写为"寄题"。

开篇便交代了往日的游踪，"曾于太白峰前住，数到仙游寺里来"，描绘出寺里风光秀丽迷人，令人留恋不舍，所以多次到寺中游览，隐含了百看不厌之意，表达了诗人离别多年之后，依然不断忆起当年情景。

多次逗留，期盼再次游览，仙游寺的吸引力究竟何在？接下来的"黑水澄时潭底出，白云破处洞门开"两句，道出原因所在。这是诗人游览过程中印象最深的两大景观。"黑水"，并不是说水色漆黑，而是潭水深不可测，加上绿荫覆盖，不见天日，所以一眼很难望见潭底。一个"黑"字，正说明潭水之深。但是，当诗人仔细察看之时，才发现潭水竟然十分澄澈。山间的"白云"轻纱一般缥缈，笼罩着整个山峰，但是当诗人探寻幽深的"洞门"时，白云却非常善解人意，把白色的帷幕轻轻掀起，于是"洞门"便展现在诗人面前了。

自然景观美好迷人，固然令人印象深刻。而与友人一同在林间游玩的场景，更加使人难以忘怀。"林间暖酒烧红叶，石上题诗扫绿苔"，描绘出一幅为了畅饮而焚烧秋叶暖酒，为了题诗拂扫石上青苔，朋友间诗酒唱和的情景，场面温馨融洽、欢乐愉悦。"暖酒""烧叶""题诗""扫苔"，这一系列动作创造出一种充满生活气息、欢欣共饮的场景。尾联抒情，写出了诗人因不能旧地重游而产生深深的遗憾，期盼友人菊花开时能再来相聚。其感情自然流露，字里行间都洋溢着满满的思念与期盼之情。

八月十五日夜，禁中独直，对月忆元九①

【原典】

银台金阙夕沉沉②，独宿相思在翰林③。

三五夜中新月色④，二千里外故人心。

渚宫东面烟波冷⑤，浴殿西头钟漏深⑥。

犹恐清光不同见⑦，江陵卑湿足秋阴⑧。

【注释】

①禁中：禁苑中。指帝王所居宫内，也作"禁内"。直：同"值"。当值，值班。元九：即元稹（zhěn）。

②银台：代指月亮。金阙（què）：指天子所居住的宫阙。夕：泛指晚上。沉沉：形容程度深。

③翰（hàn）林：指翰林院。

④三五夜：即十五夜。

⑤渚（zhǔ）宫：春秋楚国的宫名，故址在今湖北荆州，此处代指江陵（今湖北荆州）。元稹时任江陵法曹。烟波：指烟雾苍茫的水面。

⑥浴殿：皇宫内的浴室。钟漏：钟和刻漏。借指时间、时辰。

⑦犹恐：仍然担心。犹：尚且仍然。恐：疑虑，担心。清光：清亮的光辉。此处指月光。

⑧卑湿：地势低下而潮湿。

【译文】

夜色深沉，一轮明月高升，月光笼罩着深邃幽眇的宫阙，我独自留宿在翰林院中值守，心中思念远在他乡的元稹。

十五的月色在夜半时分格外明朗清新，远在两千里之外的老朋友，你此刻一定也在月下将我思念。

江陵以东的江面烟雾苍茫湿冷，皇宫内浴殿西面的钟漏声声催促长夜已深。

仍然担心这清亮的光辉不能同时在两地呈现，可叹那江陵地势低下而潮湿，阴晴不定的天气充满整个秋天。

【赏析】

这是一首中秋佳节思念友人的诗篇，当时王安石是翰林院学士，元稹被贬谪到江陵任职。

此诗开篇两句点明今夜月色分外明朗，诗人独值禁中，对着皎洁明亮的圆月思念友人，引出下文。八月十五中秋佳节，在这月圆而明之时，最易引起人的思念之情。千里之外的友人，是否也在和自己同赏此一轮圆月？是否也在想念着自己？诗人因过于思念友人，以至于心中竟忧虑起江陵的天气，此时是阴是晴？毕竟江陵地势低下秋意正盛，天气阴晴不定。这一系列担忧之事，表现出诗人对友人的关怀之情。

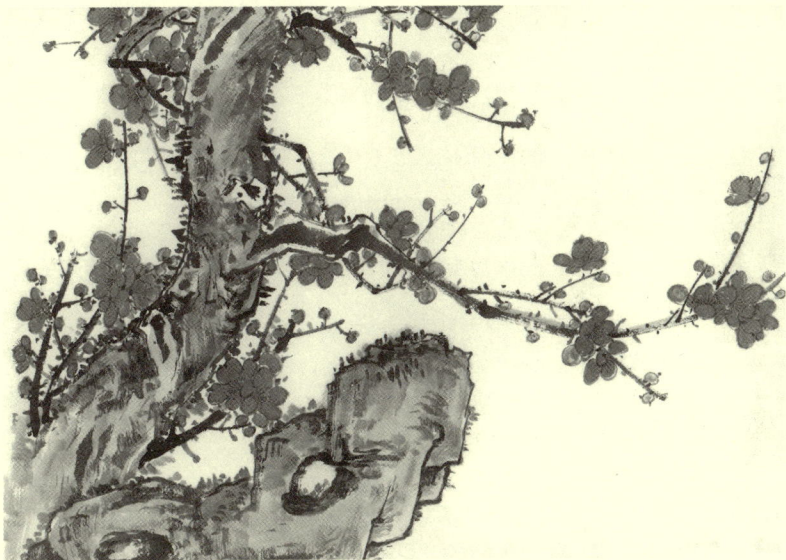

一般咏月的诗，多以明月寄托相思。此诗却别开一境，写诗人担心"清光不同见"，将相思之情更推进一步。诗人觉得两人虽然不能相见，但只要能共赏一轮圆月，也能稍慰思念之心。可见他对友人的思之深、念之切，其情绵邈，真挚动人！

杭州春望

【原典】

望海楼明照曙霞①，护江堤白蹋晴沙②。

涛声夜入伍员庙③，柳色春藏苏小家④。

红袖织绫夸柿蒂⑤，青旗沽酒趁梨花⑥。

谁开湖寺西南路，草绿裙腰一道斜⑦。

【注释】

①望海楼：作者原注上指出"城东楼名为望海楼。"曙霞（shǔ xiá）：又称朝霞。曙，指天刚亮时。

②堤：即白沙堤。蹋（tà）：同"踏"。

③伍员：即伍子胥，春秋时楚国人。其父兄皆被楚平王杀害。伍员逃到吴国，辅佐吴王阖闾打败楚国，又辅佐吴王夫差打败越国，后因受谗言诽谤，被夫差所杀。民间传说伍员死后封为涛神，钱塘江潮为其怨怒所兴，因此称为"子胥涛"。后来立祠历代相传纪念，名为伍公庙，立庙的胥山被称为"伍公山"。

④苏小：即苏小小，为南朝时期钱塘名妓。

⑤红袖：指织绫女。柿蒂：一种绫缎的花纹。诗人原注："杭州出柿蒂，花者尤佳也。"

⑥青旗：指酒铺门前的酒旗。沽（gū）酒：买酒。梨花：此指酒名。

⑦裙腰：比喻狭长的小路。

【译文】

望海楼沐浴着明丽的朝霞，晴朗的阳光下，护江堤上可以踩踏晶莹的白沙。

静夜里，海涛声声传入伍员庙；杨柳青青，将盎然春意悄悄藏入苏小小的家。

织绫女一双巧手织出人人夸赞的柿蒂花纹绫布，酒铺门前的酒旗迎风招展，买酒人络绎不绝，酿造美酒要趁着早春盛开的梨花。

是谁筑起这西南通向湖寺的道路？长满青草的小路像美人的绿色裙腰一样，在湖洲之中飘逸横斜。

【赏析】

这首诗是白居易担任杭州刺史时所写。

清晨，诗人登上望海楼，极目远眺，只见江面上旭日东升，霞光万丈。钱塘江水奔流入海，一道护江长堤在晴朗的阳光下闪着银光。首两句将城外白天的景色描写得雄伟壮丽。

"夜入"是想象之词，是由眼前所见的钱塘江联想到夜里春潮汹涌，涛声激荡之声震撼了山顶的伍公庙。柳枝渐绿，花露娇容，苏小小故居最早感知春意，蕴红蓄绿，等待勃发。一个"藏"字赋予了春姑娘顽皮淘气的性格。诗人巧妙地运用典故写景，不但展现了眼前景物，而且使人联想到伍子胥的壮烈，以及昔日苏小小故居前曾经的繁华，引人浮想联翩。

"红袖织绫夸柿蒂，青旗沽酒趁梨花"两句，则又将目光转到城内：街市两旁，各种各样的绫罗绸缎琳琅满目，都是织绫女新织就的上等佳品。梨花如雪，酒旗迎风招展。梨花酒恰恰酿好，慕名沽酒畅饮的人络绎不绝。其诗意之浓，色彩之美，读之令人心醉。末联又把目光移到远处，写最能代表杭州山水之美的西湖。是谁筑起西南通向湖寺的路？你看那长满青草的小路像美人的绿色裙腰一样，横斜在湖洲之中。

这首诗把杭州春日最有特征的景物都融合其中。不仅把杭州初春的景色写得美不胜收，洋溢着春的气息，而且更细致地描述了街市的热闹场景，展现了当时杭州城的繁华。

望月有感

注：自河南经乱①，关内阻饥②，兄弟离散，各在一处。因望月有感，聊书所怀，寄上浮梁大兄③、於潜七兄④、乌江十五兄⑤，兼示符离及下邽弟妹⑥。

【注释】

①河南：唐时河南道，所辖今河南省大部和山东、江苏、安徽三省的部分地区。

②关内：函谷关以西，今陕西关中地区。阻饥：遭受饥荒等困难。

③浮梁大兄：白居易同父异母的长兄白幼文，官任浮梁（今属江西）主簿。

④於潜七兄：白居易从兄，名不详，排行第七，时为於潜（今浙江临安区）县尉。

⑤乌江十五兄：白居易的从兄白逸，时任乌江（今安徽和县）主簿。

⑥符离：在今安徽宿县内。白居易的父亲在彭城（今江苏徐州）为官多年，因此把家安置在符离。下邽（guī）：县名，治所在今陕西省渭南市北。白氏祖居曾建在此。

【译文】

注：自从河南地区经历战乱，关内一带漕运受阻，致使饥荒四起以来，我们兄弟几人也因此流离失散，各自居住一方。因为看到月亮而有所感触，

便随性写成诗一首来聊表心中所想，寄给身在浮梁的大哥、在於潜的七哥、在乌江的十五哥和在符离以及住在下邽的弟弟妹妹们。

【原典】

时难年荒世业空①，弟兄羁旅各西东②。

田园寥落干戈后③，骨肉流离道路中④。

吊影分为千里雁⑤，辞根散作九秋蓬⑥。

共看明月应垂泪⑦，一夜乡心五处同⑧。

【注释】

①时难年荒：指遭受战乱和灾荒。荒：一作"饥"。世业：此处意为世代流传下来的家族产业。

②羁（jī）旅：指客居异乡的人。形容居无定所，漂泊流浪。

③寥（liáo）落：荒芜稀少、零落。干戈：本是两种武器，这里指代战争。

④骨肉：指父母兄弟子女等亲人。流离：指离散、流落他乡之意。

⑤吊影：形容身边没有亲人，独对着自己的身影感伤。吊：慰问。千里雁：比喻兄弟们相隔千里，如同孤雁离群一般。

⑥辞根：草木离开根部，比喻兄弟们各自背井离乡。九秋蓬（péng）：深秋时节随风飘转的蓬草，古人常用来比喻游子在异乡漂泊。九秋，秋天九十日，故称九秋。此处意为深秋。

⑦垂泪：落泪。

⑧乡心：思亲恋乡之心。五处：即诗题中所提到的分别居住在五处的亲人。

【译文】

那时正值灾难之年，家业荡然一空，我们兄弟几人因此客居异乡，各自分散在南北西东。

战乱过后，田园荒芜寥落，我们骨肉分离，纷纷逃散在异乡道路中。

自那以后我们吊影伤情，好像离群的孤雁，兄弟们各自背井离乡，如同深秋时节随风飘转断了根的秋蓬。

可此时，我们同看一轮明月随即伤心落泪，虽然是分别在五地，却有着同样怀念故乡的深情。

【赏析】

白居易所生活的中唐时期是一个多灾多难的时代，他从十多岁开始，就因屡经战乱灾荒而随家人多次迁徙，以至于四处漂泊。这一夜皆因举头望月而感伤于家族兄弟分散，故作此诗寄意抒怀。

全诗意在描述战乱给家庭带来的灾难，怀念诸位兄弟姊妹，表达了自己身世飘零的感伤情绪。原题目很长，为了便于阅读，在此选用了此诗的别名《望月有感》，原诗题中直接交代了写作的原因、背景，也可以当作序言。在这战乱饥馑、灾难深重的年代，祖传的家业荡然一空，兄弟姊妹为了生活而四处漂泊，甚至沦落到羁旅行役，天各一方。回首战乱后的故乡田园早已一片寥落凄清，破敝的园舍虽在，可是流离失散的同胞骨肉却各自奔波在流落异乡的道路之中。

诗人以"雁""蓬"作比：手足离散犹如那分飞千里的孤雁，只能顾影自怜；辞别故乡流离四方，又多么像深秋断了根的蓬草，随风飞去飘转无定。此处所用的比拟形象贴切，凄苦传神，深刻描述了诗人饱经战乱的零落之苦。孤单的诗人举头遥望夜空的明月，情不自禁联想到飘散在各地的兄长弟妹们，倘若此时大家都在举目遥望这轮勾起无限乡思的明月，应该也会和自己此刻一样潸然垂泪，今夜流散五处深切思念家园的心，必然都是相同的。诗人以奇妙的想象，勾勒出一幅五地望月、共生乡愁的图景，从而创造出一种情感浓郁、引人共鸣的艺术境界。

江楼月

【原典】

嘉陵江曲曲江池①，明月虽同人别离。

一宵光景潜相忆②，两地阴晴远不知。

谁料江边怀我夜，正当池畔望君时。

今朝共语方同悔，不解多情先寄诗③。

【注释】

①嘉陵江：长江支流，因流经陕西凤县东北嘉陵谷而得名。当时元稹以监察御史使东川，不得不离开京都，离开白居易。曲江池：故址在今西安城南，原为汉武帝所建，唐时扩建整修，成为著名游赏胜地。

②潜（qián）：默默地。

③不解：不懂，不理解。

【译文】

一个在曲折蜿蜒的嘉陵江岸，一个在风景秀美的曲江池，我们虽然同赏一轮明月，可人却两地分离。

一夜的时光里都在默默回忆，只可惜我们相隔太远，两地的阴晴冷暖全然不知。

谁会想到你在江边怀念我的夜晚，也正是我在曲江池畔遥遥望你之时。

今夜我们共同说着心里话时才知道一起懊悔，此前竟不懂这些离情之苦，早就应该寄去诗书以慰思念之情。

【赏析】

这是白居易写给元稹的一首赠答诗。本诗的前半部分是"追忆旧事"，写离别后彼此深切思念的情景：一轮明月，照在曲江池上。此情此景，与昔日二人同游的情景多么相似啊！昔日曲江边上你我一同诗酒谈笑，多么畅快惬意。可如今明月清辉如旧，月儿仍然这样圆满，人却已经分别两地，一个在嘉陵江岸，一个在曲江池畔，虽是同一轮明月，却不能聚在一起共同观赏。此刻诗人见月伤别，往日欢聚赏月的情景浮现在眼前，涌上心头。

诗人夜不能寐，思绪万千。继而想到嘉陵江岸与曲江池畔相距很远，不知道两地是否都是这样的"明月"之夜？"两地阴晴远不知"，在诗的意境创造上别出心裁，点明离人虽在两地，若能共赏一轮"明月"，心灵上多少还能有些慰藉，从而表现出心中更深切真挚的思念之情。

诗的后半部则写此刻诗人处于"新境"，却不见"旧友"在身边相伴。"谁料江边怀我夜，正当池畔望君时"，意思是说：谁料想到你在江边怀念我的夜晚，我也正在池畔把你深切想念啊！此处以"谁料"贯全联，表达出心中懊悔之意，似乎在说"若早知离别之苦无处诉说，就该早寄诗抒怀，免得尝尽这望月忧思之苦"，从而更进一层表达出白居易和元稹之间心有灵犀的默契以及深厚的情谊。"今朝共语方同悔，不解多情先寄诗"，以"今朝""方"表示"悔寄诗"之迟，暗写思念时间之长，进而以"共语"和"同悔"表达出双方思念的情思是一样的深沉。

江楼夕望招客①

【原典】

海天东望夕茫茫，山势川形阔复长②。

灯火万家城四畔，星河一道水中央③。

风吹古木晴天雨④，月照平沙夏夜霜⑤。

能就江楼销暑否⑥? 比君茅舍校清凉⑦。

【注释】

①江楼：杭州城东楼，又叫"望潮楼""望海楼"，也叫"东楼"。

②川：河流。阔：开阔。复：又，而且。

③星河：即银河，又称天河。

④晴天雨：形容风吹古木，飒飒作响，像雨声一般，但天空却是晴朗的，所以叫"晴天雨"。

⑤夏夜霜：形容夏夜里月照平沙，洁白似霜，所以叫"夏夜霜"。平沙：平地。

⑥就：到。消暑：消除暑气。

⑦校：同"较"。比较，较为。一作"较"。

【译文】

傍晚时分登楼东望，只见海天相连，一片苍茫，山势陡峭，河流开阔而绵长。

城的四周亮起了万家灯火，一道银河星光璀璨，倒映在水中央。

晴天时，风吹古树瑟瑟作响，仿佛正下着小雨，夏夜里，月光洒满大地，宛如遍地秋霜。

问君能否到江楼来消消暑气？这里与你的茅屋相比，的确要倍感清凉。

【赏析】

这首诗写于唐穆宗长庆三年（823 年）夏天。当时，白居易担任杭州刺史。有一天，他从江楼上俯瞰杭州城外的景色，被眼前的景致所吸引，于是写下了这首即兴之作，招朋友夜晚前来举杯同饮。

《问刘十九》是雪夜邀饮，令人感觉到融融暖意；这首诗则是以"望"字统领全篇，全篇景致紧扣"夕"字，将美好的景象徐徐打开。如此一来，即使暑夜招客亦会令人感到习习凉风。诗人为了招呼友人前来，以细腻的笔触，极力描绘出黄昏时分杭州城外的美丽景色：暮色渐暗，极目遥望，海天一色，万家灯火点缀在大江南北，星河闪烁倒映在水的中央。近处风吹古树，月照平沙。诗中"晴天雨""夏夜霜"两个比喻尤为绝妙。前者将风吹古木树叶的萧瑟声同雨声联系，令人耳目一新；后者将皓月照平沙的银白色同霜色比兴，形象贴切。看似不可思议，细思却合情合理，令景色透射出一股清凉气息。

尾句"能就江楼销暑

否？比君茅舍校清凉"，紧扣诗题"招客"，以殷勤的招呼，问客能来否？然后又恐友人不肯来，急切地补充一句"这里要比你的住处更加清凉舒适"。如此续笔令人感觉亲切有趣，而且这一设问，盘活全篇，使人物形象跃然纸上，也为全诗增添了光彩。

鹦鹉①

【原典】

陇西鹦鹉到江东②，养得经年嘴渐红③。

常恐思归先剪翅，每因喂食暂开笼。

人怜巧语情虽重④，鸟忆高飞意不同⑤。

应似朱门歌舞妓⑥，深藏牢闭后房中⑦。

【注释】

①鹦鹉：也叫"鹦哥"，羽毛鲜艳美丽，嘴弯似鹰，舌圆而柔软，能模仿人说话。古时官宦权贵之家多有饲养。

②陇西：泛指甘肃一带。陇西盛产鹦鹉。陇，即陇山，横亘于陕西、甘肃交界处。江东：即江南。

③经年：指一年以后或多年以后。嘴渐红：鹦鹉小的时候嘴不红，长大后逐渐变成红色。

④怜：爱惜，喜爱。巧语：指学会人说话。

⑤鸟：指鹦鹉。意：心思，志向。

⑥朱门：指富贵人家。因这些人家的大门都是用朱漆涂饰的，故称朱门。歌舞妓（jì）：指富贵人家蓄养的歌伎舞女。

⑦牢：束缚。

【译文】

陇西的鹦鹉被带到江东,喂养了几年后慢慢长大,它的嘴也渐渐变红。

人们常常怕它飞走,就事先剪短它的翅膀,每天只有给它喂食的时候,才暂时打开鸟笼。

人们喜爱它有灵巧的嘴会学人说话,虽然对它百般宠爱,但鸟儿想高飞的想法与人不同。

可怜那鹦鹉就像是富贵人家的歌伎舞女,总是被束缚禁闭,深藏在后房中。

【赏析】

白居易任苏州刺史时,看到百姓身受疾苦,虽然在同情之余他总是伸出援手,但有些事却是自己爱莫能助的,因此他很苦恼而又无奈。偶然看到笼中鹦鹉不禁思绪万千,于是写下了这首诗。

全诗看似写鹦鹉,实际上写的是那些被达官贵人养在家里的歌姬。表达了诗人在为这些"歌舞妓"长期被禁闭束缚的命运而鸣不平的大爱情怀。

鹦鹉从"陇西"被带到了"江东",离家万里。"经年"二字,暗示了它已离家多年。一个"常"字,暗寓了鹦鹉经常思乡念家,有心欲展翅飞去,却无奈被剪短了翅膀,欲飞不得。主人只有在喂食的片刻,才能将笼门打开。他们自认为是怜爱鹦鹉,对其"百般宠爱",似乎对鸟儿"情意深重",他们却不知这笼中之鸟的心意与主人迥然不同。它怀念在"陇西"的"高飞"岁月,它渴望自由自在地飞翔在天空中。"应似朱门歌舞妓,深藏牢闭后房中",这两句笔锋一转,一语道破一个社会现实:那些"歌舞妓"其实也和鹦鹉一样,都只是权贵们的玩物,可怜卑微,身不由己。

诗中通过描写鹦鹉被困笼中,表达了作者对歌舞妓命运的深切同情以及她们希望回归自由的愿望,表现了诗人伟大的人道主义精神。

欲与元八卜邻先有是赠①

【原典】

平生心迹最相亲②，欲隐墙东不为身③。

明月好同三径夜④，绿杨宜作两家春。

每因暂出犹思伴⑤，岂得安居不择邻⑥？

可独终身数相见⑦，子孙长作隔墙人⑧。

【注释】

①元八：名宗简，字居敬，排行第八，河南人。举进士，官至侍御史、员外郎、京兆尹。是白居易的诗友，两人结交二十余年。卜邻：即选择做邻居。

②心迹：心里的真实想法。

③欲隐墙东：指隐居墙东。《后汉书·逸民传》："君公遭乱独不去，侩牛自隐。时人谓之论曰：'避世墙东王君公'。"身：自己。

④三径：语出陶潜《归去来辞》中"三径就荒，松菊犹存"，后来代指隐士的住处。

⑤犹：尚且，还。伴：此指陪伴的人。

⑥岂得：怎么能。

⑦可独：岂独，岂止。

⑧长：长期，长久。

【译文】

我们平生志趣相投，感情最相亲近，都渴望隐居田园，做一个"无官一身轻"的闲逸之人。

一轮明月高悬夜空，将美好的光辉洒向往来的路径，绿杨婆娑，将怡人的春意洒落在两家的院心。

每当暂时出游尚且还希望有个好伙伴，长期定居又怎能不选择芳邻？

我们结邻后，不仅可以一生都能常相见，而且我们的子孙也能长久相处，做最好的隔邻而居之人。

【赏析】

白居易担任太子左赞善大夫之时，居住在长安昭国坊，与元宗简交好，多有往来。元宗简原本住在蓝田山，后迁入长安升平坊，白居易非常希望与他结邻而居，便写了这首七律相赠。

诗的前四句，作者极力写出两家结邻的相宜之处。首先点明二人是生平最好的知心朋友，之所以卜邻而居，是因为都想过与世无争的隐居生活，而绝非仅仅找个安身之地。此处引用"墙东""三径"和"绿杨"，都是有关隐居的典故，用典虽多，但并没有矫揉造作，而是凸显恰当自然。诗人借古代隐士的典故，含蓄地表达了自己想与其卜邻的愿望，并展开想象，描绘出两家结邻之后的情景：素月当天，绿杨拂地，佳景天然，岂能独赏？二人若能卜邻而居，三径得清辉同照，两家可春色平分，该是何等快意欢畅？此刻的"明月"和"绿杨"使人倍感温馨，两人在优美的环境中惬意地散步畅谈，从而反映了作者对结邻后的美好憧憬。诗中这两句"明月好同三径夜，绿杨宜作两家春"，因此成为了脍炙人口的比邻佳句。

后四句强调二人卜邻而居的意义：暂时外出，犹思良伴偕行；若要久居，哪能不选择佳邻？这样不仅是为了我们能时常相见，而且我们的子孙后代也可以永结芳邻，终身为伴。这里巧用暂出、定居、终身、后代，使诗意主旨由近及远，步步推进，层层深入，句句熨帖。进而将心中对未来生活的美好希冀描绘得温馨圆满，令人神往。由此充分表达了诗人真诚渴望卜邻的心情，好像是千方百计要说服对方接受他的要求，却也并没有卑微之意，而是在以真挚的情感，侧面诉说了想与朋友近邻而居的愿望。全诗语言朴实真挚，推心置腹，自然而然流露出一种殷切而纯真的情感。

与梦得沽酒闲饮且约后期①

【原典】

少时犹不忧生计②，老后谁能惜酒钱？

共把十千沽一斗③，相看七十欠三年④。

闲征雅令穷经史⑤，醉听清吟胜管弦⑥。

更待菊黄家酝熟⑦，共君一醉一陶然⑧。

【注释】

①梦得：指刘禹锡，字梦得。沽酒：买酒。后期：后会之期。

②犹：还，尚且。忧生计：担忧生活用度。

③十千：十千钱，意为酒价之高。沽：买。

④七十欠三年：诗人白居易、刘禹锡都生于772年，写此诗时两人都六十七岁。

⑤征：征引，指行酒令的动作。雅令：高雅的酒令，自唐以来盛行于士大夫之间的一种饮酒游戏。穷：寻根究源。经史：满腹的经纶才学。

⑥清吟：清雅地吟唱诗句。胜：胜过，超过。管弦：此指管弦演奏出的乐曲。

⑦待：等待，等到。菊黄：指菊花盛开的时候，通常借指重阳节。家酝：家中自己酿的酒。

⑧共君：与你一起。陶然：形容闲适欢乐的样子。

【译文】

年少时尚且都不知为生活而忧虑，年老以后谁还疼惜这几个酒钱？

你我一同争着拿出十千钱买来一斗好酒，开怀畅饮后醉眼相看，都已是七十岁只差三年。

闲来无事，为了寻求高雅的酒令而不惜去穷搜经书史籍，酒醉后聆听清雅的吟咏胜过倾听管弦。

等到菊花黄时自家的酒已酿熟，我再与你一醉方休，一同共享生活的闲适怡然。

【赏析】

白居易后半生与刘禹锡相交甚笃，常有诗词唱和，世人并称"刘白"。

二人不仅志趣相投，境遇相似，也是同庚。面对这样的知交，当然不能无诗无酒，一定是要举杯痛饮、诗歌唱酬的。不过这篇诗题中"闲饮"二字，就已经不经意间透露出诗人寂寞而又闲愁难遣的心境。

首两句表面上是抒写朋友聚会时的兴奋、买酒时豪爽争付酒钱和闲饮时的欢乐，实则骨子里却包含着极为凄凉沉痛的感情。"共把十千沽一斗"是一种充满豪气的夸张，一个"共"字既体现出两位老友虽然囊中银钱不多，却争相解囊、同沽美酒时的真挚情感，也暗示出二人有相同的处境，同病相怜，同样想以酒解愁闷之心。

二人坐定之后，彼此端详，同样脸上布满皱纹，同样的白发苍苍。二人无言对视，彼此都感慨万千。两人当时都是六十七岁，即为"七十欠三年"。同样怀有匡时救世的志向和满腹经纶的才学，却只能空怀满腔抱负担任闲职，如此"闲征雅令""醉听清吟"，虚掷时光。这种怀才不遇的酸楚，此刻只有他二人才能够彼此理解，故而惺惺相惜。

酒已尽，而彼此却兴犹未尽。于是诗人便邀请刘禹锡待到重阳佳节时再来家中聚会痛饮：那时候我家里自酿的菊花酒已经熟了，到时候和你一起喝个痛快，一醉方休！"共君一醉一陶然"句，既表现了挚友间的深情厚谊，又弥漫着淡淡的离愁。诗人连用了两个"一"字，将期望再聚的情感，表述得真诚而美好。

览卢子蒙侍御旧诗，多与微之唱和。感今伤昔，因赠子蒙，题于卷后①

【原典】

早闻元九咏君诗②，恨与卢君相识迟③。

今日逢君开旧卷，卷中多道赠微之。

相看掩泪情难说④，别有伤心事岂知?

闻道咸阳坟上树⑤，已抽三丈白杨枝⑥。

【注释】

①侍御：官名。唐代称殿中侍御史、监察御史为侍御。

②元九：即元稹，字微之。因排行第九，所以称元九，是白居易的挚友。

③恨：遗憾之意。卢君：卢子蒙，名贞，范阳人，"香山九老"之一，曾为殿中侍御史，是元稹的好朋友，与元稹多有诗文唱和。

④掩泪：掩面流泪。

⑤咸阳坟：大和五年（831 年）七月，元稹卒于鄂州，葬于咸阳奉贤乡洪渎原。

⑥抽：抽出，这里形容树木生长迅速。

【译文】

很早以前就听过元稹吟咏你的许多诗，遗憾的是我与卢君你相识太迟。

今天正赶上你翻阅往日的旧作，发现这些诗作中有很多写的是赠给微之的诗。

143

你我相互对望忍不住掩面流泪，无限伤情难以诉说，别有的一番伤心事岂是他人能知？

斯人已去，听说咸阳那边元稹坟头边上的树，已经长出了三丈多高的白杨枝。

【赏析】

白居易晚年与"香山九老"之一的侍御卢子蒙交往频繁，偶然翻阅卢子蒙的诗集，发现集子里有不少诗篇是赠给好友元稹的。而此时元稹已去世十年了。白居易思念好友，不禁心酸落泪，于是执笔蘸满浓墨，在诗集最后空白页上写下了这首诗。

此诗首句便开始叙事，描绘出与卢子蒙对坐谈心追忆往事的情景。想当年虽然早就听元稹说起卢子蒙的才华，但始终未得相识。二人相见结为好友时，彼此颇有相见恨晚之意。这一次诗人与卢子蒙相聚，恰逢他翻阅旧日诗卷，诗人近前细读，发现其中有很多都是写给元稹的诗。诗集中看到元稹的名字，眼前便闪现出元稹的影子。三十多年前与元稹论诗衡文，睥睨当世、谈笑风生的情景，又重新展现在眼前。"相看"一句，描绘了两人一瞬间的神态：两个老人你望着我，我望着你，老泪纵横，却都不说一句话。

诗篇至此，一种无声之恸，弥漫开来。两人的"别有伤心事"，是因为斯人早已逝去，被一抔黄土掩埋，一晃多年，坟上树木都已经很高了。时间流逝，岁月匆匆，悼念之情却与日俱增。

这首诗直抒胸臆，淳朴自然，袅袅深情呼之欲出，将悼亡的主旨步步升华，层层加深，凄怆感人。

岁晚旅望

【原典】

朝来暮去星霜换①，阴惨阳舒气序牵②。

万物秋霜能坏色，四时冬日最凋年。

烟波半露新沙地，鸟雀群飞欲雪天。

向晚苍苍南北望③，穷阴旅思两无边④。

【注释】

①星霜：因星辰每年一转，霜每年遇寒而降，古人常以星霜代指年岁。

②阴惨阳舒：古时以春夏为阳，以秋冬为阴。气序：节气，季节。

③向晚：临近傍晚的时候。苍苍：无边无际、空阔辽远。

④穷阴：古代以春夏为阳，秋冬为阴，冬季又是一年中最后一个季节，故称穷阴。此处指冬尽年终之时。旅思：指羁旅的愁思。

【译文】

早晨来了，夜晚离去，斗转星移，雨霜转换，阴气消散、阳气舒展，牵动季节更替，如此年复一年。

秋天的霜能令植物凋残衰败，四季之中冬季是全年最为萧瑟的极点。

烟波隐隐，刚刚露出水中一片沙地，鸟雀就已成群飞去，转眼成了黑云压城的将要下雪的天气。

傍晚时分，环顾四周暮色苍茫辽远，年终岁末之时还要羁旅他乡，不禁愁思无边。

【赏析】

这首诗约作于白居易前去赴任江州司马的途中。当时正值冬季。冬日万物凋敝，景象萧条、寂寥。而此时的白居易惨遭贬谪，心情沮丧。在这岁末年终之际，在这羁旅他乡之时，写景寓情，情发于中，纷纷诉诸笔端。

首句起得高远，从星霜节序"朝来暮去"和"阴惨阳舒"说起，晨昏交替、季节转换，宇宙空间一直都按照固有规律循环往复，不可逆转。秋霜能改变植物的命运，使之凋残衰败，而冬天又是一年四季当中萧瑟之最极点。光景流年，本来没什么可说的，可偏偏赶在万物凋残的冬季，黑云压城的欲雪天，诗人却羁旅在外，心中必然会生出无边愁绪，百般惆怅。

"烟波半露新沙地，鸟雀群飞欲雪天"两句，描写了冬雪欲来时的江边景象：烟波半隐沙地，鸟雀结伴而飞，诗人观察敏锐细腻，用字准确有力，大有使天地变色、万物惊动般的力量。最后落脚在愁绪无边上：时序变化，天地变色，羁旅他乡，仕途不顺。种种因素叠加在一起，此刻诗人内心的愁苦凄凉可想而知。所以说，整首诗蕴藉深沉，韵味悠长。

题岳阳楼①

【原典】

岳阳城下水漫漫②，独上危楼凭曲阑③。
春岸绿时连梦泽④，夕波红处近长安。

猿攀树立啼何苦，雁点湖飞渡亦难。

此地唯堪画图障⑤，华堂张与贵人看⑥。

【注释】

①岳阳楼：在今湖南岳阳城西门城头，紧靠洞庭湖畔。

②漫漫：大水无边无际的样子。

③危楼：高楼。凭：倚、靠。曲阑：即曲栏。指曲折蜿蜒的栏杆。

④梦泽：即云梦泽，古代面积极大，包括长江南北大小湖泊无数，江北为云，江南为梦。到唐代，一般称洞庭湖为云梦。

⑤堪：能，可以。图障：指绘有图画的屏风或屏障。唐人喜欢绘画山水作为屏障，张挂在厅堂上。

⑥华堂：华丽的厅堂。张：张挂。

【译文】

岳阳城下的江水声势浩大，无边无际，我独自登上高楼、倚靠栏杆、向远处眺望。

春天，岸边草木的绿色与洞庭湖的水色相接，晚霞与水波相映，红波近处临近国都长安。

山猿站在树上何必哭得那么凄惨，大雁若想从这浩渺无边的湖上横空飞过也很艰难。

这个地方风景壮阔美丽，只能画成画障，挂在贵富人家华丽的厅堂里供他们观看。

【赏析】

这一年春天，白居易从江州去往忠州赴任，他乘船沿长江逆流而上，途经岳州（今湖南岳阳）时，登上了洞庭湖畔的岳阳楼，眺望那烟波浩渺的湖面和远岸优美如画的春景，不禁感慨万千，于是挥笔写下了这首诗。

白居易这一生几经贬谪，饱受流离漂泊之苦，所以在他的诗中，时常流露出淡淡的哀怨和对京城的眷恋之情。诗人以"水漫漫"一词，将洞庭湖的浩渺描绘得生动形象。"春岸绿时连梦泽，夕波红处近长安"两句，则对洞庭湖的广阔作了更进一步的描绘。而"近长安"正是诗人眺望夕阳映照下的洞庭湖景色时，不由想起了国都长安，而引发了对长安的浓浓思念之情。"猿攀树立啼何苦，雁点湖飞渡亦难"两句，则点出洞庭湖的幽邈艰险，用"猿啼""雁渡"暗示出自己此刻正无端遭受贬谪之苦，所处环境十分恶劣。最后两句是诗人奇异大胆的设想，觉得可以将洞庭湖这般浩渺艰险的风景画成图画，装饰屏风，供那些贵人们观看。或许只有这样，那些奢侈享乐的贵人们才能体会到猿啼雁飞、流民逐客的行旅奔波之苦。而这里所指的贵人是谁？任凭读者自己去揣测，从而含蓄地抒发了诗人心中对人世不公的怨愤之情，耐人回味。

入峡次巴东^①

【原典】

不知远郡何时到^②，犹喜全家此去同^③。

万里王程三峡外^④，百年生计一舟中^⑤。

巫山暮足沾花雨^⑥，陇水春多逆浪风^⑦。

两片红旌数声鼓^⑧，使君艛艓上巴东^⑨。

【注释】

①入峡次巴东：进入三峡再依次向巴东而去。峡，此处指西陵峡、巫峡、瞿塘峡三峡。东起湖北宜昌，西至重庆奉节，绵延七百里。巴东，县名，在今湖北巴东西北。

②远郡：此处指忠州，管辖巴东之地。

③喜：可喜的，高兴的。同：共同，陪同。

④王程：指朝廷规定的上任期限。

⑤百年生计：指全家人的前途、命运，都载在这只船上。

⑥巫山：在今重庆东北，东邻巴东，西接奉节。足：充足，下透。沾（zhān）花雨：沾湿花枝的细雨。

⑦陇（lǒng）水：指长江上游。古人以为长江源出陇外。逆浪风：指东风。江水自西而下，故称东来之风为逆浪风。

⑧两片红旌（jīng）：双旌为刺史仪仗。红旌，红旗。数声鼓：因江道狭窄，行船多击鼓为号。

⑨艛艓（lóu dié）：指有楼的小船。

【译文】

前路漫漫，不知那遥远的郡县（忠州）何日到达，不过可喜的是，这一次可以全家同行。

受王命差遣，远赴万里之外的三峡，全家人的前途、命运都载入这一叶小舟之中。

巫山的夜晚下着充足的细雨，沾湿了花瓣枝头，陇水之地的春天多是东风，我们只能逆水行舟。

船上的两面红旗迎风招展，偶尔听到数声鼓点，这正是刺史我乘坐有楼的小船赴任到巴东。

【赏析】

这首诗约作于元和十四年（819年）春。元和十年（815年），白居易因宰相被刺案，上书言事，被贬为江州司马，不久又移官忠州（今重庆市忠县）。这是他由江州赴任忠州刺史，途经三峡时所作。

全诗分为两部分：前四句首先交代全家乘船同行，是奉了王命出任忠州刺史。现在虽然已经行程过半，到了三峡之外，但是前路茫茫依然艰险。白居易这次前往巴东，表面看来是升迁，但忠州是一个偏远的郡县，实际上和流放荒远之地没有多大差别，所以他此刻满腹惆怅，忧心忡忡。他遥望远方，禁不住低吟叹息“不知远郡何时到”？这近似于口语一般的淡淡一句，不知包含了诗人心中多少忧伤。细细品味，其中大有长路漫漫，前途未卜的苦涩滋味。不过诗人很快乐观地调整心态，转忧为喜：“喜"的是能够一家人都在"一舟中"，相伴同行。

后四句写景兼抒情，但诗人并没有着意去写三峡的凶险和壮美，却特别写了"沾花雨"和"逆浪风"。这"沾花雨"和"逆浪风"看似实写，其实不难体味其中的弦外之音。"我"本是满腹才华，却不能得到充足的雨露滋润，反而处处是迎着东风逆浪而行！可见，诗人之所以偏偏写了"雨"和"风"，特别是"逆浪"，看来是别具深意，令人回味悠长。

西湖晚归回望孤山寺赠诸客

【原典】

柳湖松岛莲花寺①，晚动归桡出道场②。

卢橘子低山雨重③，栟榈叶战水风凉④。

烟波澹荡摇空碧⑤，楼殿参差倚夕阳⑥。

到岸请君回首望⑦，蓬莱宫在海中央⑧。

【注释】

①柳湖：因西湖旁多种植柳树，故有此称谓。松岛：即孤山。莲花寺：佛寺的通称。

②归桡（ráo）：归船。桡，船桨。道场：佛教做法事之处，即指佛寺。

③卢橘（jú）子：枇杷的果实。重（zhòng）：沉重。

④栟榈（bīng lú）：即棕榈。战：交相互动。凉：指水、风的清爽。

⑤烟波：湖上的水汽与微波。澹（dàn）：水波纡缓的样子。一作"淡"。荡：摇动。空碧：指水天交相辉映。

⑥参差（cēn cī）：高低错落的样子。倚：靠着，这里有映照之意。

150

⑦君：指各位客人。回首：回头。

⑧蓬莱宫：传说海上有仙山，名叫蓬莱。而孤山寺中亦有蓬莱阁，这里一语双关。

【译文】

在波光潋滟的柳湖附近的孤山上有座莲花寺，傍晚听完高僧讲解佛经后，人们划船离开佛寺道场。

只因这山中雨水浓重，枇杷的果实低垂，棕榈的叶子随着清风拂动互相碰撞，带来水一般的清凉。

湖上烟波弥漫，在一碧万里的天空下微波摇荡，楼台殿阁参差不齐，依偎着暖暖的夕阳。

等船行到对岸请各位再回头观望，孤山寺仿佛仙山上的蓬莱宫，稳稳地坐落在水中央。

【赏析】

这首诗约作于长庆二年（822年）秋至长庆四年（824年）夏，当时白居易在杭州任刺史。曾去西湖孤山寺里参加一个法会，离开法会后写了这首诗。

首联显然是对"西湖晚归"缘由的一个交代，在写作手法上颇见技巧。诗人从西湖乘船到孤山，然后再登上莲花寺，如同镜头摄影一样缓缓推进，紧接着众人纷纷从道场里走出来。这两句从大处写起，由景到人，层次分明，主从有序，给人以清晰明快之感。

颔联则是从小处着笔，描写了众人归途所见。"卢橘子低山雨重，枇榈叶战水风凉"，枇杷硕果累累，沉甸甸惹人喜爱。经历一场山雨过后，果枝愈加低垂，果香四溢；棕榈树树高叶大，清风拂来，抖落水珠，带来一片清凉。这里巧用一个"重"字、一个"凉"字，宛如画龙点睛之笔，足见诗人细致入微的洞察力和炼字入微的文字功底。

颈联描绘船行湖上所见之景。在宽阔的湖面上，烟波萦绕如临仙境，碧蓝的湖波水天一色，随山势而建的亭台楼阁，错落有致。在夕阳晚照的余晖中，红砖绿瓦，金光时隐时现，一路旖旎风光，宛如在仙境中穿行。

尾联写船行到岸，回眸处，才发现最美在湖中。因而诗人发出由衷的感慨："到岸请君回首望，蓬莱宫在海中央"，至此重又落笔到"回望孤山赠诸客"的题旨，将人们带入圣境，便猛然而止。这首诗写景含情，情景交融。全诗脉络清晰，从众人走出孤山寺起，到岸边回望孤山寺作结，宛若一篇优美的游记，读之如同随诗人同行同游，令人感觉耳目欣然。

西湖留别

【原典】

征途行色惨风烟①，祖帐离声咽管弦②。

翠黛不须留五马③，皇恩只许住三年。

绿藤阴下铺歌席，红藕花中泊妓船④。

处处回头尽堪恋⑤，就中难别是湖边⑥。

【注释】

①征：远行。风烟：景象，风光。

②祖帐：古代送人远行，在郊外路旁为饯别而设的帷帐。亦指送行的酒筵。离声：别离的声音。咽（yè）：阻塞，声音因阻塞而低沉。

③翠黛：眉的别称。古代女子用螺黛（一种青黑色矿物颜料）画眉。此处借指女子。五马：汉时太守乘车用五马驾辕，此处代指白居易刺史的身份。

④妓船：有歌姬唱歌跳舞的游船。

⑤尽：全，都是。

⑥就中：其中。

【译文】

即将离开杭州远行，此番路途遥遥，风景惨淡，祖帐内饯别酒宴因离别而悲伤，管弦之声也变得呜咽。

美丽的女子不必挽留我，因为皇上只恩准、允许我在此执事三年。

翠绿的藤蔓下我曾铺席设宴而歌，那红色的藕花丛中，停泊着歌姬们乘坐的游船。

每到一处都有可回首的风景，处处都是那么值得留恋，其中最难割舍的就是这美丽的西湖边。

【赏析】

白居易一生极爱西湖，写下许多首关于西湖的诗作，"西湖留别"应该是他离任时写下的最后一首关于西湖的诗。

即将出发离开杭州，路途漫长遥远，诗人心中有千般眷恋、万般不舍。所以看到沿途的景物也觉得黯淡，失去往日的明丽色彩；饯别的酒宴也因离别而压抑；丝竹管弦之声也感觉呜咽，充满悲伤。"征途行色惨风烟，祖帐离声咽管弦"两句，自然而然地渲染出即将离别的悲伤压抑之感。

既然留恋不舍，为什么还要离开？这一句"皇恩只

许住三年"很快给出了答案。原来诗人是皇命难违,身不由己啊!其中"只许"二字,道出浓浓的悲伤与无奈。

杭州城的"绿藤阴下""红藕花中",诗人歌舞宴饮、登舟游玩,都曾留下很多美好的回忆。这么多值得留恋的地方,最难舍的就是西湖了。此刻的"处处回头",满溢着处处回忆、处处留恋。寥寥几字便将离别不舍之意表现得无比忧伤、情难自已。结尾一句笔锋回转,点出"难别"之最是"湖边",暗合主题的"西湖留别",完美收官。

故衫

【原典】

暗淡绯衫称老身①,半披半曳出朱门②。

袖中吴郡新诗本③,襟上杭州旧酒痕④。

残色过梅看向尽⑤,故香因洗嗅犹存⑥。

曾经烂熳三年著⑦,欲弃空箱似少恩⑧。

【注释】

①绯(fēi):大红色。唐代官员三品以上穿绯色官服。称(chèn):适合,相配。

②曳(yè):拖着。

③吴郡:指唐代苏州,作者曾任苏州刺史。新诗本:指作者在苏州写的诗。

④杭州:白居易曾官为杭州刺史。旧酒痕:以前喝酒留下的痕迹。

⑤残色:残留的颜色。此指衫上的绯色已经褪落。过梅:经过梅雨季节发过霉。向尽:颜色淡得快没有了。

⑥故香:残留的香气。指衣服上熏过的香。

⑦烂熳（màn）：古同"烂漫"。坦率自然，毫不做作；豪放不羁，不受拘束。著（zhuó）：附着，穿着。

⑧弃：抛弃。少恩：情意太薄，不近人情。

【译文】

颜色暗淡的大红色官服与我这衰老的身材很相称，我半披半拖地走出红色的大门。

衣袖里面藏着在苏州所写的新诗本，衣襟上还残留着以前在杭州喝酒时留下的污痕。

经过梅雨季节发霉，官服上的红色看上去已经完全褪落，但经过洗涤的官服，仍然还能闻到过去熏香的淡淡芬香。

曾经豪放不羁的三年里，一直将它穿着在身，现在想将它抛弃放入空箱，似乎有些不近人情。

【赏析】

在才华出众的诗人笔下，简直无事不可入诗。普普通通的一件"旧衣衫"，竟然也能写出一首蕴意深刻的小诗来。虽说歌咏的只是一件穿过的旧衣衫，但诗人对旧衫的色、香、襟袖、穿衫的种种经历，都能娓娓道来。一件旧衫，便是他坎坷生活的见证。诗人看似在咏旧官服，实则是在感慨自己多舛的身世。

这首诗虽然是白居易自我解嘲之作，却别具深意：写故衫颜色暗淡，暗寓穿衫之人已是垂暮之年；写衫袖藏诗、衣襟酒痕，实际写着衫之人曾经历过的诗酒欢会；写故衫色香犹存，实际写着衫之人才华仍在，芳香的气节犹存；"欲弃空箱似少恩"写出了主人对故衫的深情难以割舍，实际在写穿此衫之人对旧时岁月的无比怀念，此处言说旧衣不可弃，实则在暗喻旧臣不宜疏远，就此感叹统治者的无情。

全诗不加雕琢，语言表达细腻准确，张弛有度，浑然天成。将一件旧衣服写得曲折多情，切换自由，不但看出作者文字功底之深，也足见其潜藏于心的真性情。

正月三日闲行

【原典】

黄鹂巷口莺欲语①，乌鹊河头冰欲销②。

绿浪东西南北水，红栏三百九十桥③。

鸳鸯荡漾双双翅，杨柳交加万万条④。

借问春风来早晚⑤，只从前日到今朝⑥。

【注释】

①黄鹂：坊名，在苏州。

②乌鹊：河名和桥名。乌鹊桥，是苏州城中最古的石拱桥。销：古同"消"。意为消散、消融。

③红栏三百九十桥：诗人原注"苏之官桥大数。"大数，约数。

④交加：交叉，错杂。

⑤早晚：意为何时。

⑥前日：前天，即正月初一。

【译文】

黄鹂巷口的黄莺即将鸣啼，乌鹊河河面的冰也将要消融。

碧波荡漾的浪花汇集了东西南北而来的流水，带有红栏杆的何止是三百九十座桥。

一对对鸳鸯在水中展开双翅追逐嬉戏，披上新绿的杨柳枝条交织在一起，随风飘摇。

试问春风你是什么时候来的？原来只是从前天转眼就走到了今朝。

【赏析】

这首诗是白居易任职苏州刺史时所写。当年他自京城外放苏州任职,内心自然有些许失意,当他看到春天萌发的景象,便以诗句记下了这一份闲适之情。

正月三日,诗人就敏感地感觉到了周围的细微变化,惊喜地报告春天已到来。此处的黄鹂、乌鹊语意双关,诗人巧用地名来描绘即将苏醒的春意。"莺欲语""冰欲销",说明春虽未至,但已经不远了。

三、四句以"绿浪"对应"红栏","东西南北"的方位词对应"三百九十"的数词,如此巧对偶得,不求工而自工,达到了自然流畅之妙。且看渐渐苏醒的一泓春水,碧波荡漾,与东南西北的水流汇集在一起,体现出一派纵横交织之美。绿浪倒映红桥,色彩鲜艳夺目,更显苏河风情万种。

"鸳鸯荡漾双双翅,杨柳交加万万条"两句,则更进一步描写出透着春意的细节特色:鸳鸯双双,甜情蜜意,嬉戏而知水暖;千万条杨枝柳丝,相互交织,柔润泛绿。诗人也被自然界的自然物态所影响，心情豁然开朗，顿觉自由自在，欢心雀跃。故而在尾联衍生出活泼的一问一答："借问春风来早晚，只从前日到今朝"。春风究竟是什么时候来的呢？哦！好像只是从前天到今朝这一步之遥。诗人巧妙地自问自答，极富情趣。而春来仅短短三日，已令满城变化一新，凸显出春天来得不知不觉，时光流转速度之快，进而表达了要珍惜光阴的思想感情。

全诗语言平易浅近，清新自然，既可以作为唐代苏州繁荣的历史见证，又仿佛是一幅苏州特有的风景画，颇具有"诗史"意义。

夜归

【原典】

半醉闲行湖岸东，马鞭敲镫辔珑璁①。

万株松树青山上②，十里沙堤明月中③。

楼角渐移当路影，潮头欲过满江风。

归来未放笙歌散④，画戟门开蜡烛红⑤。

【注释】

①镫（dèng）：挂在马鞍两旁供脚蹬的物件。辔（pèi）：驾驭牲口的嚼子和缰绳。珑璁（lóng cōng）：同"璁珑"。象声词，形容玉石碰击声。

②青山：指万松岭在杭州东南的凤凰山上，夹道栽松。

③沙堤：用沙石等筑成的堤岸。此处指白堤。

④笙歌（shēng gē）：泛指奏乐唱歌。

⑤画戟（jǐ）：唐时官府门前多列戟，作为仪饰。戟，古代一种合戈、矛为一体的长柄兵器。

【译文】

半醉半醒地信步闲游在西湖东岸，鞭子敲打马镫辔头，发出清脆如玉石般的撞击声。

万松岭上长着万余株茂密青翠的松树，十里沙堤蜿蜒在月光的笼罩中。

随着月亮慢慢移动，楼角投下的阴影挡在路上，潮水就要来临，整个江面上开始起风。

回来后发现夜宴歌舞还没散场，府门外的画戟仪仗威严挺立，而门内的蜡烛正红。

【赏析】

此诗约于白居易任杭州刺史时所作。

首联"半醉闲行湖岸东，马鞭敲镫辔珑璁"，即交代出诗人半醉微醺、在湖边骑马闲行的场景。"半醉"说明诗人刚刚从酒宴上走出来；而能够听见马鞭碰到马镫和辔头的清脆声音，则说明四周寂静，没有任何嘈杂纷扰。在这静谧的夜里，明月当空，洁白的清光映照在十里沙堤之上；远处青山上生长着茂密的松林，郁郁葱葱。诗人乘醉夜游，尽兴而归。细心的他发现随着月亮的偏移，高楼的影子也随之移动，投在归途的路上。而洒满月光的路上忽然有楼角暗影遮挡，总能让人不禁然想到仕途的坎坷。况且潮水就要来临，江面上开始起风，这又不能不让人联想到风云变幻的政治，总是令人胆战心惊。此刻他深夜晚归，发现笙歌未散，仪仗的威严尚在而蜡烛独红，瞬间一股寂寞悄然爬上心头。这首诗与白居易所写的《宴散》"笙歌归院落，灯火下楼台"一样，于繁华之中蕴藏一袭冷清孤寂的味道，发人深思。

醉赠刘二十八使君①

【原典】

为我引杯添酒饮②，与君把箸击盘歌③。

诗称国手徒为尔④，命压人头不奈何⑤。

举眼风光长寂寞⑥，满朝官职独蹉跎⑦。

亦知合被才名折⑧，二十三年折太多⑨！

【注释】

①刘二十八使君：即刘禹锡，刘禹锡在同宗同辈兄弟姊妹之间排行为第二十八，所以如此称呼。使君：汉代称呼太守为刺史，汉以后是对州郡长官的尊称。

②引杯：举杯。

③箸（zhù）：筷子。

④国手：指国内最优秀的人才。徒为尔：白白努力了。尔，而已，了。

⑤不奈何：无可奈何。

⑥举眼：抬眼。

⑦蹉跎（cuō tuó）：不顺利，多有波折。

⑧合被：应该被。合，应该。命中注定的意思。才名：才气与名望。折：折损，损害。

⑨二十三年：刘禹锡于公元805年（唐顺宗永贞元年）旧历九月被贬连州刺史，赴任途中再贬朗州司马。十年后，奉诏入京，又复贬任连州刺史，转夔、和二州刺史。直至公元827年（唐文宗大和元年），才得以奉诏回京，如此前后二十三年。

【译文】

你为我举杯斟酒，我们一同开怀共饮，我拿着筷子为你敲击盘碗吟诗唱歌。

可惜你诗才一流堪称国手，却白白努力了，命中注定你受压制而不能出人头地，却也无可奈何。

抬眼看别人风风光光，唯有你一直孤独寂寞，满朝文武都在升迁，只有你一直多有波折。

按理说你的才名太高，老天也会让你遭受点挫折，可是你已经遭遇二十三年的磨难，也实在是坎坷太多！

【赏析】

唐敬宗宝历二年（826年），刘禹锡在和州刺史之任上被贬谪返回洛阳，途经扬州时，与早年相识的白居易相遇，这是他们分别二十多年后的第一次见面。老友相逢，悲喜交集，一想到老朋友多年来遭受压制，白居易深表同情和感慨。于是，在宴席上写下了这首诗送给刘禹锡。

就白居易的交往来说，他一生有两个要好的朋友：年轻的时候跟元稹交往最深，两人并称"元白"。而晚年则跟刘禹锡的关系最近，二人友谊深厚，并称"刘白"。"为我引杯添酒饮，与君把箸击盘歌"，正因为二人相互赏识，才有这样无拘无束的把酒言欢、吟诗作乐。"诗称国手徒为尔，命压人头不奈何"，可以看出诗人对刘禹锡的极尽赏识，同时也为他的命运坎坷而叹息。一个才华横溢的"国手"，却遭遇"长寂寞"的对待，不能不说刘禹锡的命运太悲催了。作为刘禹锡的好友，白居易真心为刘禹锡感到为世不公：虽然说你的才名太高，老天会让你遭受点挫折。但是遭遇二十三年的磨难，也太多了！诗人在为刘禹锡鸣不平，暗暗将矛头指向了上层统治者，指责他们不珍视人才，错失贤良。

白居易的这首诗对被贬归来的刘禹锡有着极大的安慰。刘禹锡看后，当场以诗回赠，写下了有名的《酬乐天扬州初逢席上见赠》，诗中吟出了"沉舟侧畔千帆过，病树前头万木春"的千古名句，体现了一种难能可贵的乐观与豁达精神。人们大都知道刘禹锡的《酬乐天扬州初逢席上见赠》，或许很少有人知道白居易的这首《醉赠二十八使君》。其实这是两首关系紧密的唱和之作，可谓诗坛上的一段佳话。

晚桃花

【原典】

一树红桃亚拂池①，竹遮松荫晚开时。

非因斜日无由见②，不是闲人岂得知。

寒地生材遗校易③，贫家养女嫁常迟。

春深欲落谁怜惜④，白侍郎来折一枝⑤。

【注释】

①亚：通"压"。

②无由见：没有办法看见。

③寒地生材：这里借指出身寒门的人才。校：通"较"。比较，较为。

④春深：春意浓郁。

⑤白侍郎：诗人自称，白居易时任刑部侍郎。

【译文】

一树盛开的红桃花枝丫低垂，随风拂扫水池，只因被那茂盛的松竹遮蔽而延迟了开花时间。

若非阳光斜射透入林中还不容易发现它，若不是我这样寻幽探胜的闲人，它又怎会被得知。

可惜这桃花长得不是地方，就像出生寒门的才子比较容易被忽视，而穷人家的女儿常常比富人家的女儿出嫁迟。

这春意正浓的时候，桃花快要凋零了，不知有谁能来怜惜，今天机缘巧合被我欣赏，待我亲手折取一枝。

【赏析】

这首诗是白居易在长安时所作，是由"桃花晚放"而伤悲"寒士易弃"的感慨之作。

正值春深之际，诗人偶然邂逅了晚开的"一树红桃"。也正是这晚开的桃花触动了诗人柔软的内心，使他不由自主地发出深沉的联想与感慨。诗中，诗人不仅描绘了孤单生长在水边的桃花，更因其命运的冷清与孤寂，产生了怜惜和珍爱之情。

"一树红桃亚拂池，竹遮松荫晚开时"，先勾画出桃花灼灼盛开的美艳形象，它的枝丫伸向池塘的水面，在微风的吹拂下，摇曳生姿。只可惜翠竹掩映，青松遮盖，使它因为被遮蔽而很少见到日光，所以开放较晚。但它虽然远离百花又迟了花开，却不受环境影响，毅然展现出自己独特的风姿与个性。

"非因斜日无由见，不是闲人岂得知"，这是一个巧妙的自然过渡。诗人感叹这美丽的花儿只因偶然的机缘才被人发现，若不是日光斜照，打破幽暗，又怎能欣赏到这"一树红桃"？倘若诗人不是一个喜欢寻幽探胜之人，就不会知道在这"竹遮松荫"的幽静之处，还会有如此艳丽动人的桃花。

"寒地生材遗校易，贫家养女嫁常迟"两句是全诗的主旨所在。因为生长在贫寒之地，很容易受到冷落和遗弃，花木是这样，人也如此。所以诗人呼吁，不应因为家世贫寒而不予重用，而应当唯才是举，广纳贤良，这样国家才会日益昌盛。

"春深欲落谁怜惜，白侍郎来折一枝"，写诗人独具慧眼，爱惜这满树卓然动人的桃花，折取一枝带回去欣赏。此花有幸，尚能得诗人怜惜，而诗人自己呢？言外之意，委婉含蓄，发人深思。

放言五首　并序①

序：元九在江陵时②，有《放言》长句诗五首③，韵高而体律，意古而词新。予每咏之，甚觉有味，虽前辈深于诗者，未有此作。唯李颀有云："济水至清河自浊，周公大圣接舆狂④。"斯句近之矣。予出佐浔阳⑤，未届所任⑥，舟中多暇⑦，江上独吟，因缀五篇⑧，以续其意耳⑨。

【注释】

①放言：言论放肆、无所顾忌、畅所欲言的意思。

②元九：即元稹，"九"是其排行。他在元和五年（810年）被贬为江陵士曹参军。其间曾作《放言五首》，见《元氏长庆集》卷十八。

③长句诗：指七言诗，是相对五言诗而言，故而五言诗为短句。

④李颀（qí）：唐代诗人，开元十三年（725年）进士，以写边塞题材诗为主，风格豪放，慷慨悲凉，七言歌行尤具特色。这里列举其两句诗见于他的《杂兴》诗。济水：古水名。河：指黄河。周公：姓姬名旦，周武王弟，成王之叔，武王死后，成王年幼，周公摄政，管、蔡、霍三叔陷害，制造流言，诬蔑周公要篡位。周公于是避居于东，不问政事。后成王悔悟，迎回周公继续辅政。接舆（yú）狂：传说是春秋时楚国的一个隐士，他以佯狂避世，故此说"接舆狂"。因他曾迎着孔子的车而歌，故称接舆（见《论语·微子》《庄子·逍遥游》）。舆，本指车厢，亦泛指车。

⑤予：我。出佐浔阳：被贬出京，到江州去做司马，辅助治事。浔（xún）阳，指江州，或称浔阳郡。治所在今江西省九江市。

⑥未届所任：还没到达任所。届，到。

⑦暇（xiá）：空闲时间。

⑧缀（zhuì）：撰写。

⑨续其意：谓续元稹《放言》之意。耳：语气叹词。

【译文】

序：元稹住在江陵时，曾经写有《放言》长句诗五首，其诗韵高而体律，诗意古朴而用词新颖。我每次吟咏它，都觉得特别有韵味，即使前辈有精深于写诗的人，也未必能有这样的诗作。只记得李颀曾有诗句说："济水至清河自浊，周公大圣接舆狂。"这诗句就很接近他了。我被贬出京，到江州去任司马，辅助治事，还没到达任所，在小船中闲暇时间较多，于是江上独吟，因此也撰写了五篇，以此接续元稹《放言》之意吧。

【原典】

其一

朝真暮伪何人辨①，古往今来底事无②；

但爱臧生能诈圣③，可知宁子解佯愚④？

草萤有耀终非火，荷露虽团岂是珠；

不取燔柴兼照乘⑤，可怜光彩亦何殊⑥？

【注释】

①伪：虚伪，假的。辨：分辨。

②底事：何事。

③臧（zāng）生：指臧武仲。矮小奸诈，却赢得"圣人"之名。

④宁（nìng）子：指宁武子，又称甯子，春秋时期卫国大夫。孔子曾评价他说："宁武子，邦有道，则知；邦无道，则愚"。佯愚（yáng yú）：伪装愚笨。

⑤燔（fán）柴：古代祭天仪式。烧火用的柴。兼：及。照乘：照乘之珠，意为明亮。

⑥殊：不同。

【译文】

早上说是真的，晚上又改说是假的，真假谁能分辨，从古到今什么怪事没有发生过；

世人只知道喜欢像臧生那样能以奸诈赢得的"圣人"，又哪知道还有像宁武子那样"邦无道则装傻"的人呢？

草野中的萤火虫能发出的光亮终究不是真火光，荷叶上的露珠虽然圆润晶莹，又岂真是珍珠；

假如不取来薪柴点燃大火，与"照乘明珠"来作比较，又如何判定那可怜的草萤之火、荷露之珠的不同之处呢？

【赏析】

根据序文可知，这是白居易被贬赴江州途中所作。当年白居易因上疏急请追捕刺杀宰相武元衡的凶手，遭当权者忌恨，被贬为江州司马。这组"放言"诗则针对人世真伪、祸福、贵贱、贫富、生死等畅所欲言，宣泄了对当时朝政的不满和对自身遭遇的愤愤不平。

本诗为第一首，放言政治上的真伪难辨。

诗中开篇首两句单刀直入，以反问的句式概括指出：这世道，一会儿真，一会儿假的，真真假假层出不穷，从古到今什么真假难辨的事情没发生过？接下来"但爱臧生能诈圣，

可知宁子解佯愚"引用了两个历史著名的典故加以佐证：臧武仲奸诈而号称"圣人"，宁子大智却佯装愚笨，虽然都是作伪，但性质不同。然而可悲的是，世人偏偏喜欢像臧武仲那样的假圣人，却不晓得世间还有宁子那样大智若愚的高贤。然后诗人采用对比的手法，说明纵使萤火虫会发光，但终究不是火；荷叶上的露水虽然晶莹剔透，但毕竟不是珍珠。在此讽谕了那些能以闪光、晶莹的外观炫人的"伪君子"，可悲的是人们偏偏不明就里而被其假象所蒙蔽的社会现象。结尾两句是诗人的叹息之语。如果连燃柴大火、明亮宝珠都茫然不识，又怎么能够判定萤与火、露与珠的不同之处呢？

诗人借助形象比喻阐明哲理，将抽象的道理具象化，采用以问为答的方式成诗，不仅具有咄咄逼人的气势，更有义愤填膺的气魄。

【原典】

其二

世途倚伏都无定①，尘网牵缠卒未休②。
祸福回还车转毂③，荣枯反覆手藏钩④。
龟灵未免刳肠患⑤，马失应无折足忧⑥。
不信君看弈棋者⑦，输赢须待局终头。

【注释】

①倚伏：即《老子》所说"祸兮福之所倚，福兮祸之所伏"，简言"倚伏"。

②尘网：犹尘世，即人世。古人常把现实世界看成是束缚人的罗网。卒：完毕，终了。

③回还：同"回环"，谓循环往复。车转毂（gǔ）：像车轮转动一样。毂，本指车轮中心部分，此指车轮。

④荣枯：本指草木盛衰，常用来比作政治上的得志与失意。手藏钩：古时藏钩之游戏。

⑤龟灵：古人认为龟通灵性，故常用龟甲占卜吉凶。灵，动词，通灵。

刳（kū）肠患：指剖腹挖肠祸患。此处指龟虽通灵性能占卜，自己也难免被人杀掉的祸患。刳，剖腹，杀戮。

⑥马失：引用塞翁失马典故。

⑦弈（yì）棋者：下棋的人。

【译文】

世事无常，祸福难以确定，红尘如罗网缠绕，始终没有停止。

祸福轮回就像车轮转动一样，荣辱得失反复不定，就像在玩猜钩游戏。

龟虽通灵性常用作占卜，却无法预知自己被人剖腹挖肠而死的祸患，塞翁的马若丢失，应该就没有后来儿子摔断腿的忧患。

倘若你不信就请看下棋的人，是输是赢必须等到棋局终了才会知道。

【赏析】

这是《放言》第二首诗，诗人借用典故，以诗言理，主要讲的是祸福得失的转化。

第一个典故"世途倚伏"，以老子的"祸兮福之所倚，福兮祸之所伏"，阐述了祸福之间的倚伏关系，说明世事无常，祸福难以确定。"祸福回还车转毂，荣枯反覆手藏钩"，则用更加形象具体的比喻，来诠释这种奇妙的关系：祸福之间的轮回就像车轮一样转换不停，荣辱反复不定就像玩手中猜钩的游戏一样无法预测。世间的事情，变幻莫测，谁又能分辨得清呢？

"龟灵未免刳肠患"一句，则更有意趣。古人认为龟能通灵，故常用龟壳做占卜之物。诗人却别出心裁，转而叹息：龟虽通灵性，也无法预知自己被人杀掉的命运。这对于灵龟来说，又是一种多么大的讽刺啊！"马失应无折足忧"一句，则运用了"塞翁失马"的典故，说如果当初塞翁的马丢掉了，也就不会有后来失马复归后他儿子的腿被摔断的祸患结局了，从而说明坏事可以转变成好事，好事也可以转变为坏事的道理。结尾作者又强调说：不信你就看看那些下棋的人，哪个不是等到局终才能分出输赢？

【原典】

其三

赠君一法决狐疑①，不用钻龟与祝蓍②。

试玉要烧三日满③，辨材须待七年期④。

周公恐惧流言后⑤，王莽谦恭未篡时⑥。

向使当初身便死⑦，一生真伪复谁知⑧?

【注释】

①君：你。或指作者的好友元稹。法：办法，方法。决：决定，解决，判定。狐疑：狐性多疑，故用狐疑指犹豫不定。

②钻龟：古代卜算法用龟甲，钻之或灼之，观其纹路以卜吉凶。祝蓍（shī）：筮法用蓍，以蓍草排列计算，预测事物变化。蓍：多年生草本植物，全草可入药，茎、叶可制香料。

③试玉：古人用火烧检测玉石的真伪，相传真正的玉石火烧三日而不热。

④辨材：指辨别木质的优良。相传优良的豫章木须生长七年才能看出。

⑤周公：周公姬旦，周武王之弟。成王年幼时，周公曾摄政，受到管叔、蔡叔诬陷后，避居而走。后成王悔悟，迎周公归来辅政，才得一方太平。

⑥王莽（mǎng）：汉孝元皇后的侄儿。初时伪作谦恭俭让，颇得重用，秉国政。后来谋权篡汉自立国号。篡（cuàn）：篡位，臣子夺取君主的权位。

⑦向使：假如。便：就。

⑧真伪：真假。复：又。

【译文】

送给你一种解决犹豫的办法，不需龟甲占卜、也不用祝拜蓍草茎来定断。

检验玉的真假需要火烧满三天，辨别木材的优劣还要等待七年。

周公害怕流言蜚语的诬陷便避居而走，王莽篡位之前伪作俭让恭谦。

假使这些人一开始就死去了，一生的真假又有谁能明辨？

【赏析】

这是一首富有理趣的好诗。诗中以极通俗的语言说出了一个道理：时间是检验真理的法宝，真相只需时间来揭示！

此诗开篇就开门见山地告诉友人一个决断狐疑的方法，而且很郑重地用了一个"赠"字，似乎在说明这是自己的经验之谈。接下来没有急于直说方法，而是给人以悬念，转而用试玉、辨材作比，"试玉要烧三日满，辨材须待七年期"，表明要想知道事物的真伪优劣只有让时间去考证，只有经过一定时间的观察比较，其真实面目终会呈现。随后以周公、王莽事件作例证："周公恐惧流言后，王莽谦恭未篡时。"这是在告诉友人，凡事要从长远角度去考量，甚至不惜从整个历史的发展去判断，而不能只根据一时一事的表面现象早下结论，否则就会真假难辨，甚至把周公当成篡权者，把王莽当成谦恭的君子了。如此委婉曲折地道出，时间是澄清一切事实真

相、辨明善恶是非的妙法良方。

最后以"向使当初身便死，一生真伪复谁知"总结全篇。假使这些人早早就死去了，一生的真假又有谁能知道呢？就是说，如果凡事过早地下结论，就会被一时的表面现象所蒙蔽，以至于冤屈好人。作者此时用意在于表明像他自己以及友人元稹这样受诬陷的贤人，是经得起时间考验的，只要保重自己，耐心等待"试玉""辨材"期满，自然就是澄清事实的时候。

全诗主旨明确，出语委婉，如抽丝剥茧，层层深入，充满哲理，言辞却又不显枯燥。

【原典】

其四

谁家第宅成还破①，何处亲宾哭复歌②？

昨日屋头堪炙手③，今朝门外好张罗④。

北邙未省留闲地⑤，东海何曾有定波⑥？

莫笑贱贫夸富贵⑦，共成枯骨两如何⑧？

【注释】

①第宅：指宅第，住宅。成还破：建成后再去毁坏。

②亲宾：亲戚与宾客。哭复歌：哭过之后再唱歌。复：又。

③堪（kān）：能，可以，足以。炙（zhì）手：热得烫手。比喻权势炽盛。

④张罗：本指张设罗网捕捉鸟兽。常以此形容门庭冷落、人迹稀少。

⑤北邙（máng）：山名，亦作北芒。即邙山，在洛阳东北。汉魏以来，王侯公卿死后多葬于此。后人常泛指墓地。未省：未曾，没有。

⑥何曾：何尝。

⑦贱贫：贱弱，卑贱贫困。夸：夸耀。

⑧枯骨：指死者的朽骨。如何：怎么样。

【译文】

谁家住宅建成后就去拆毁破坏，哪有亲朋宾客哭了以后马上还能唱起歌来？

昨天屋内外还是门庭若市挤满了人，简直热得烫手，今天门外就可能变得门可罗雀，备受冷落。

北邙山墓葬众多，从来没有留下空闲土地之时，东海何曾有过波涛稳定的时候？

不要嘲笑卑贱贫困而去夸耀高官富贵，这两种人死后都会成为枯骨，又有什么不同呢？

【赏析】

这首诗通篇阐述了世事变化、人生无常的观点。

诗人开篇就发问："谁家第宅成还破，何处亲宾哭复歌？"谁家的宅邸建成后还立刻去毁坏？哪有亲朋宾客哭后马上就能再唱歌？世间的事情，并不是以人的意志为转移的。譬如门第的荣衰、个人的悲喜，总是令人无能为力，正所谓"人生之无常"。颔联"昨日屋头堪炙手，今朝门外好张罗"，以"昨日"与"今朝"做对比，昨天屋内外还门庭若市挤满了人，今天就可能面对门可罗雀备受冷落的命运，这就是所谓的"荣辱之无常"。颈联"北邙未省留闲地，东海何曾有定波"两句，诗人将眼界放远，环顾寰宇之内，北邙山埋葬那么多的王侯贵族，几乎没有留下空闲土地，东海波翻涛涌，几曾有稳定的时候？此谓"世象之无常"。人死后都会成为枯骨，富贵贫贱又有何不同呢？此处的"莫笑贱贫夸富贵，共成枯骨两如何"是反问，更是真诚的告诫之语。前面的"莫"字管"笑"与"夸"二字，就是说不要随意嘲笑他人和夸耀自己。所谓贫贱、富贵之人，到生命终结之时的归宿都是一样的。这两句也是通篇文意的总结：一切的一切，都在运行变化之中，在变化中发展、前进、衰退、灭亡，人生也是如此！

【原典】

其五

泰山不要欺毫末^①，颜子无心羡老彭^②。

松树千年终是朽，槿花一日自为荣^③。

何须恋世常忧死^④，亦莫嫌身漫厌生^⑤。

生去死来都是幻，幻人哀乐系何情？

【注释】

①泰山：位于山东省泰安市中部，气势雄伟磅礴，有"五岳之首""天下第一山"之称。毫末：毫毛的末端。比喻极其细微。

②颜子：即颜回，字子渊。春秋时鲁国人。贫而好学，在孔丘弟子中以德行著称，被后世儒家尊为"复圣颜子"。但早卒，死时年仅三十余岁。老彭：指彭祖。传说中的长寿者。旧时以彭祖为长寿的象征或代名词。

③槿（jǐn）：即木槿花。开花时间较短，一般朝开暮落。

④忧死：担心死去。

⑤嫌身：嫌弃自己。漫：随便。厌生：厌弃人生。

【译文】

泰山不能因为自己气势雄伟就去欺辱、损坏细微之物，英年早逝的颜回无意羡慕老聃和长寿的彭祖。

松树活了千年之后终究要死去而腐朽，槿木仅开花一天也自我以为很荣耀。

何必因为眷恋尘世繁华而常常担心自己会死去，也不要嫌弃自己没有成就而随便去厌弃人生。

生来死去其实都是一种虚幻，而虚幻的人生悲欢又该牵系怎样的悲喜情怀呢？

【赏析】

这首诗围绕人生，发散思维，阐述了自然界自有其运转法则：事物的大小都是相对而言的；生死不过是一场虚幻，人寿长短各有一定，因此不必盲目地羡慕他人长寿，以至于自己整天忧心忡忡。诸事种种无常，理应坦然面对。

首联运用典故，例举颜回，意在说明他虽是孔子最得意的门生，敏而好学，才德兼备，可惜只活了三十几岁，而彭祖长寿，活了几百岁。寿命的长短，非人力所能及。英年早逝的颜回会羡慕长寿的彭祖吗？答案是：不会。为什么呢？进而引出下文。因为"松树千年终是朽，槿花一日自为荣"。就是说，即使松树苍翠挺拔，高耸入云，可千年之后终究要死去而腐朽。再看那木槿花，它虽然矮小娇艳，朝开暮落，但它短短一天的绽放也自觉无比荣耀。这说明生命的意义不在于长短，而在于能够美丽绽放。所以诗人不甘沉寂，不甘平淡，热切地希望能像木槿花一样，展现出自己的才华抱负。可这种愿望却因为种种原因无法实现。只能转而叹息：不要眷恋尘世，常常担心死去；也不要嫌弃自己怀才不遇、没有成就而厌弃人生。

总而言之，生与死其实都不过是一种虚幻罢了！与其说这是诗人面对生活的坦然，不如说是他历尽波折之后的无奈。

编集拙诗成一十五卷，因题卷末，戏赠元九、李二十①

【原典】

一篇长恨有风情②，十首秦吟近正声③。

每被老元偷格律④，苦教短李伏歌行⑤。

世间富贵应无分⑥，身后文章合有名⑦。

莫怪气粗言语大⑧，新排十五卷诗成。

【注释】

①元九：指元稹，字微之。李二十：指李绅。这两人都是白居易的好友。

②长恨：指白居易曾经创作的著名长诗《长恨歌》。此诗叙述唐玄宗与杨贵妃的爱情悲剧，其中对唐玄宗的重色误国进行了某些讽刺，所以他自认为这首诗有风情，有美刺之旨。

③秦吟：指白居易于贞元、元和之际创作的一组反映民间疾苦的著名讽谕诗——《秦中吟》。正声：指《诗经》中的"雅诗"，诗中有许多政治讽刺诗，而《秦中吟》是劝谏皇帝改革弊政的政治讽谕诗。

④老元：指元稹。偷：朋友间的戏词，实际上是学习、效仿的意思。格律：作诗在字数、句数、平仄、押韵等方面的格式。

⑤短李：指李绅。因为他长得短小精悍，以诗著名，所以人称"短李"。伏：通"服"，佩服，服气。

⑥应：大概。无分：没有缘分。

⑦身后：指死后。

⑧莫：不要。言语大：夸口，说大话。

【译文】

一篇《长恨歌》多么有文采风情，十首《秦中吟》则是贴近匡时济世的正声。

常常被元稹拿去效仿我诗中的格律，苦了李绅而让他也不得不佩服我的歌行。

人世间的富贵大概与我没有缘分，死后也只有这些诗文才能留下以适合我的声名。

不要笑我气粗、满口说大话，反正我新编的十五卷诗集现在已经完成。

【赏析】

白居易曾因写下讽谕诗针砭时弊，触怒了朝中权贵而遭谗被贬到江州（今江西九江），他也曾因此痛苦，愤激不已，但对自己的追求并不后悔。回想自己虽然仕途受挫，但多年来所创作的几百首诗文却足以自矜。于是，他将这些诗按照类别编成十五卷，并题了这首诗。

此诗题为"戏赠"，即卷后题诗兼有与友人戏谑之意，故而语言风格极为轻松诙谐，但也不失其深意。

诗人首先列举了自己诗作中最有名气、流传最广的代表作《长恨歌》和《秦中吟》，意在表明自己的创作用心以及诗篇所具有的社会意义；据说元稹写诗曾受白居易的启发，李绅、白居易同作乐府，但白居易的新乐府诗居上，令李绅自叹不如，所以这里戏称"老元偷格律""短李伏歌行"，可见元、李、白三人之间的关系非同一般；接下来的"世间富贵应无分，身后文章合有名"，这两句显然是诗人结合自己命运遭际所发的牢骚。这里虽有对自己诗才的自诩，但也蕴含着不平和辛酸；最后，诗人以"莫怪气粗言语大"故作自傲的语气，夸饰自己新编诗集后的得意心情。

仔细品味，这首诗表面上是自矜自诩，略带自我夸耀，是与友人的戏谑之言，但实质是充满了辛酸和自嘲，而在当时的社会背景之下，也只能以"戏赠"之词聊以自慰了。

池鹤（其一）

【原典】

高竹笼前无伴侣，乱鸡群里有风标①。

低头乍恐丹砂落②，晒翅常疑白雪消。

转觉鸬鹚毛色下③，苦嫌鹦鹉语声娇。

临风一唳思何事④？怅望青田云水遥⑤。

【注释】

①风标：风度、品格。

②乍（zhà）：猛然，忽然。恐：唯恐，担心。丹砂：又名朱砂，是一种红色的矿物，可以入药。

③鸬鹚（lú cí）：水鸟名，俗称鱼鹰。下：低下。

④唳（lì）：鸣叫。

⑤怅望（chàng wàng）：惆怅地看望或观看。

【译文】

在高高的竹笼前没有自己的同伴，在乱哄哄的鸡群之中却有着自己独特的风度品格。

猛然低下头时，唯恐头顶上的丹砂掉落；展翅晒太阳的时候，总是担心白色的羽翼消失。

转眼看到鸬鹚，觉得它毛色污浊低下，实在讨厌鹦鹉的学舌声过于谄媚、矫揉造作。

你满目惆怅地望向青青的田野和那云水之遥，你昂头对风整天鸣叫，到底所想是什么？

【赏析】

这是一首托物言志、以物寓人的诗篇。鹤的鸣叫声很美，而且有着优雅的仪态、洁白的羽毛，所以文人们常以仙鹤比喻君子。本诗借物抒怀，诗人以囚鹤自喻。因为当时白居易被贬江州司马。所以诗中一个"怅"字，表达了诗人对仕宦生活的厌倦以及心中对归隐生活的极度向往。

首两句"高竹笼前无伴侣，乱鸡群里有风标"，显而易见，这是一只被囚养的鹤，虽然它的品格和仪表与众不同，在鸡群中赫然站立，但也因"无伴侣"而感到孤独。

"低头乍恐丹砂落，晒翅常疑白雪消"两句，从表面上看，是丹顶鹤害怕低下头，将头上象征高贵的标志丹砂掉落，晒翅的时候担心白色的羽毛消失，而实际上是诗人想表达屈服和卑微、孤高和圣洁存在的意义。由此，一个清高孤傲而又不愿意对世俗妥协的铮铮铁骨形象脱颖而出。

"转觉鸱鹩毛色下，苦嫌鹦鹉语声娇"，此两句以"鸱鹩的毛色污浊"和"鹦鹉的谄媚柔弱"的特性与池鹤作比，突出池鹤既不会像鸱鹩那样侍奉权贵，也不会像鹦鹉那样讨好别人，由此暗中强化了诗人自己的风度和节操。

"临风一唳思何事？怅望青田云水遥"，写出了池鹤在囚笼里长鸣，满目惆怅望向远方，那遥不可及的云水之乡才是它梦想的天堂。此刻丹顶鹤所思的，或许不仅仅是宝贵的自由。正如此刻诗人自己，虽然被困厄偏僻之地，但不失自己孤高的品格，期待终有一天能鹤唳云端，飞向自己向往的云梦之乡。

第五部分 古体诗

六月三日夜闻蝉

【原典】

荷香清露坠①，柳动好风生。

微月初三夜②，新蝉第一声③。

乍闻愁北客④，静听忆东京⑤。

我有竹林宅，别来蝉再鸣。

不知池上月，谁拨小船行？

【注释】

①坠：落，掉下。

②微月：犹眉月，新月。指农历月初的月亮。

③新蝉：初夏的鸣蝉。

④乍（zhà）：刚，起初。北客：此处指诗人自己。

⑤东京：唐代常称洛阳为东京。

【译文】

阵阵荷香扑面，静夜里传来荷叶上露珠滴落的轻响，柳梢轻轻拂动，清爽的晚风带来阵阵清凉。

六月初三夜，弯弯的新月微露，初夏的蝉开始了第一声鸣唱。

忽然听到蝉鸣，不由得使我这个羁旅的北客愁绪万千，侧耳细听，更是倍加思念东都洛阳。

我在那里有一处种满竹林的宅院，如今久别故乡，想必现在也已经有了声声蝉鸣。

不知道那倒映着月影的池塘，还有谁能在那里划拨小船，悠然泛舟纳凉？

【赏析】

此诗首联写得十分清新优美，"荷香清露坠，柳动好风生"带给人们视觉上的愉悦。时值夏初，荷花正盛。阵阵淡雅的香气扑面而来，荷叶上晶莹的露珠儿随风滑动、轻轻坠落水中。夜风清凉，柳枝婀娜随风轻舞，荷塘清雅怡人的景致，立刻浮现在读者的脑海中。

"微月初三夜"点明了时间，为六月初三的夜晚。宁静的夜色中，诗人因为忽然听见新蝉的第一声鸣叫，从而引发了无限遐思。如此乍然听见蝉鸣，诗人有一霎的愁绪涌上心头。为什么呢？因为他想起自己远离的家乡洛阳，凝神细听，倍加思念起家乡的亲朋故旧，更是由此蝉鸣想起了往年在自家池畔聆听蝉鸣、池上泛舟赏月、酌饮吟诗的悠然情景。

诗人以荷香、清露、柳枝、微月、新蝉等意象组合在一起，构成一幅夏夜唯美的图景。而以"新蝉第一声"盘活全诗，勾起自己对故宅竹林、池上月、小船悠游的思念。这里虽然不言愁苦，乡思却绵邈悠长。结句"不知池上月，谁拨小船行"，可见诗人的想象新颖别致，令人随之生出无限遐想。

种桃杏

【原典】

无论海角与天涯，大抵心安即是家①。
路远谁能念乡曲②，年深兼欲忘京华③。
忠州且作三年计④，种杏栽桃拟待花⑤。

【注释】

①大抵：大概，大都。表示总括一般的情况。

②乡曲：故乡的小曲。泛指乡音。

③年深：时间久长。京华：即京城。

④忠州：即今日重庆忠县。白居易曾被贬任忠州刺史，并在此居住了一段时间。且：表示暂时。三年计：三年的计划。

⑤拟：打算。

【译文】

不管是身在天涯还是海角，大概只要是能够心安的地方就可以称作是家。

路途遥远，谁还能想起故乡的小曲儿，时间久了也将渐渐忘记了京城的繁华。

在忠州暂且要做好住上三年之久的打算，所以我亲手栽种杏树和桃树，等待它们开花。

【赏析】

此诗为白居易被贬忠州后所作。

从诗句内容来看，白居易写这首诗的时候，似乎已从被贬谪的郁闷情绪中走出来了，并渐渐喜欢上了忠州，沉浸在没有朝臣相互挤压的闲适之中，所以才有了他此时在逆境里安之若素、自得其乐的言辞：不管是天涯还是海角，只要是能够使心灵安静的地方都可以为家。如此与世无争的在他乡谪居，路途遥远，早已经听不见故乡的小曲儿，时间久了也渐渐忘记了京城的繁华。诗人此时对远离喧嚣的简朴生活已经慢慢接受，并开始"种杏栽桃"，打算安心长居于此。"三年计"是随遇而安的坦然，更是仕途坎坷所带来的无奈，而"拟待花"则是诗人对未来生活的美好向往。

全诗语浅意深。看似乐观、旷达的背后，却透出思乡心切、自我安慰的酸楚。"无论海角与天涯，大抵心安即是家"两句尤为精妙，后人多有效仿，大诗人苏轼也曾有《定风波·常羡人间琢玉郎》化用其意。

村居苦寒

【原典】

八年十二月①，五日雪纷纷②。

竹柏皆冻死③，况彼无衣民④。

回观村闾间⑤，十室八九贫⑥。

北风利如剑，布絮不蔽身⑦。

唯烧蒿棘火⑧，愁坐夜待晨⑨。

乃知大寒岁⑩，农者尤苦辛⑪。

顾我当此日⑫，草堂深掩门⑬。

褐裘覆绝被^⑭，坐卧有余温。

幸免饥冻苦，又无陇亩勤^⑮。

念彼深可愧^⑯，自问是何人？

【注释】

①八年：指元和八年（813年）。

②五日雪纷纷：大雪纷纷扬扬连续降了五天。

③竹柏皆冻死：原本竹柏耐寒，经冬不凋。此处的竹柏冻死属罕见寒冬。竹柏，竹子和柏树。皆，全，都。

④况：况且。彼：那些。无衣民：指没有衣服穿的平民百姓。

⑤回观：环视，遍观。村闾（lú）：村落、村庄。闾，原意里巷的大门，因此用为里巷的代称。

⑥十室八九贫：十户人家有八九户是贫困人家。

⑦蔽（bì）：遮，挡。

⑧蒿棘（hāo jí）：蒿草与荆棘。亦泛指野草。

⑨愁坐夜待晨：指穷人忧愁之中苦坐一夜，等待清晨来临。

⑩大寒岁：指特别寒冷的年景。

⑪农者：种田的人。尤苦辛：尤其痛苦酸辛。

⑫顾：回头看，泛指看。当：值，在。此日：指在酷寒的时候。

⑬草堂：使用茅草搭建的房子，旧时自称山野之间的住所。深：隐藏。掩门：闭门。

⑭褐（hè）裘（qiú）：布面的裘皮外衣。绝（shī）：粗绸。

⑮又无陇（lǒng）亩勤：指没有种田的农耕之苦。垄亩，田亩，田间。

⑯念彼深可愧：想到那些便深深感到惭愧。

【译文】

元和八年十二月特别寒冷，连续五天都是大雪纷纷。

就连耐寒的竹柏也都被冻死，更何况没有冬衣可穿的平民。

遍观村落之中那些房舍，十户人家有八九家都是清贫之家。

北风凛冽如同锋利的刀剑，衣裳单薄，无法遮蔽、侵袭身体的寒风。

唯有烧一些荆棘与蒿草，满面忧愁地坐在火边苦苦等待天明。

看到这些才知道在这大寒的年景，最艰辛痛苦的便是贫民。

再看看我现在的生活，可以悠然在草堂中紧紧关上房门。

穿着裘皮衣裳、铺盖着粗绸棉被，行起坐卧都能感觉到温暖。

幸运的是不仅免受饥饿寒冷之苦，也不用付出在田间耕作的辛勤。

每当念及于此便深感愧疚，扪心自问我不能为民解忧，算是一个什么人？

【赏析】

唐宪宗元和六年（811 年）至元和八年（813 年），白居易因母亲逝世，离开官场，回家居丧，退居于下邽渭村（今陕西渭南县境）老家。此诗记载了唐元和年间发生的一场重大寒灾后，他亲眼目睹的现实生活实录，具有非常重要的历史价值。

元和八年的十二月下了一场罕见的大雪。因连续五天大雪纷飞，使得天气异常寒冷，就连经冬不凋的竹子和柏树都被冻死了。其寒冷程度，说明这是一个极不寻常的严冬。诗人由此想到了那些穷困得平日就衣不蔽体的贫民会是怎样的生活呢？所以镜头由大雪漫天转到了"回观村闾间"，只见十户人家，几乎有八九户都是在贫困之中度日如年。北风凛冽，如利剑般穿透单薄的衣裳，此刻即使身着棉衣也丝毫不能抵御寒冷侵袭，更何况是缺衣少被的贫民，被冻得瑟瑟发抖，痛苦地挣扎在死亡线上，只能靠多烧蒿草荆棘，熬过漫长的黑夜，等待清晨的来临。其"苦寒"状况，如同跋涉在政治黑暗的隧道中，令诗人万分同情：在这样严重的寒灾来临时，最痛苦难挨的，就是这些可怜的平民百姓啊！

诗人目睹贫民的悲惨境遇，回首再看看自己：虽无豪宅，但尚有私宅草堂可以容身；虽无绫罗绸缎，但尚有粗绸皮裘可以御寒。每天待在温暖的房宅，大门紧闭，行起坐卧都很暖和，不仅免于像村民那样的冻饥之苦，而且没有在陇亩田间辛勤耕作之劳累，相比之下是幸运的。可是幸运之下又多了一分反思。末两句"念彼深可愧，自问是何人"，是诗人自己的惭愧自问：我算是什么人呢？不事农耕，未尝辛苦，却能得到这样的待遇！这不仅仅是作者的扪心自问，更是对于当时社会情态的鞭挞与叩问。

诗人虽然此时退居在家守丧，但看到贫民在困苦中煎熬，还能发出如此出自肺腑的自问自责，实在是难能可贵。而那些位高权重的高官和王侯将相们，是不是更应该深刻反省一下呢？

吾雏

【原典】

吾雏字阿罗①，阿罗才七龄②。

嗟吾不生子③，怜汝无弟兄④。

抚养虽骄呆⑤，性识颇聪明⑥。

学母画眉样，效吾咏诗声⑦。

我齿今欲堕⑧，汝齿昨始生⑨。

我头发尽落⑩，汝顶髻初成⑪。

老幼不相待⑫，父衰汝孩婴⑬。

缅想古人心⑭，慈爱亦不轻⑮。

蔡邕念文姬⑯，于公叹缇萦⑰。

敢求得汝力？但未忘父情。

【注释】

①吾雏（chú）：古人对年幼女儿的爱称。雏，幼小的（多指鸟类）。字：名字。

②七龄：七岁。

③嗟（jiē）：文言叹词，表示叹息。不生子：没有儿子。

④怜：怜惜。汝（rǔ）：你。

⑤抚养：对年幼者的抚育教养。骄呆：儿童天真可爱而不懂事。骄，同"娇"。

⑥性识：天分，悟性。颇（pō）：很。

⑦效：模仿。

⑧我齿今欲堕（duò）：如今我的牙齿快要掉下来了。

⑨汝齿昨始生：你的牙齿昨天刚刚长出。

⑩我头发尽落：我的头发快要掉光了。

⑪汝顶髻初成：你的头发刚刚能梳成发髻。髻，盘在头顶或脑后的发结。

⑫不相待：不能相互等待。

⑬父衰汝孩婴：父亲已经衰老，可你还是个小孩子。

⑭缅（miǎn）想：遥想。

⑮慈：慈爱。

⑯蔡邕（yōng）念文姬：东汉蔡邕之女，名琰，字文姬。九岁能辨琴，颇有才名。后没于番邦，又被曹操花重金赎回。

⑰于公叹缇萦（tí yíng）：西汉齐太仓令淳于意有五女，幺女名缇萦。后淳于意因故获罪，入京受肉刑。临行前叹息："生子不生男，缓急非有益"，后来缇萦随父进京，上书汉文帝，父亲得赦免，缇萦因此被称为汉代孝女。

【译文】

我的女儿名字叫阿罗，今年阿罗才七岁。

叹息我没能生得儿子，可怜你没有兄弟。

虽然阿罗看上去略显娇憨，但天性十分聪明可爱。

时而学她母亲描画眉毛，时而又模仿我吟咏诗文。

如今我的牙齿快要掉了，而你的牙齿昨天才刚刚长出来。

我的头发眼看就要掉光，而你的头发刚能梳成发髻。

我们一老一幼不能相互等待，为父已衰老而你还是个孩童。

遥想那些古人们疼爱子女的心情，这份爱都是真挚而又深沉。

蔡邕思念异域的女儿蔡文姬，淳于意感叹多亏有敢于上书皇上的女儿缇萦。

怎敢期望得到你的反哺之力？只希望你不要忘记这份父女深情。

【赏析】

这首诗相当于一封父亲写给女儿的信。诸如"吾雏"这亲昵的称呼，饱含着白居易对女儿满满的疼爱之情，同时塑造了一位伟大的慈父形象。

白居易的女儿"阿罗"，刚刚七岁，生性娇憨，天真可爱，且聪慧过人。"嗟吾不生子，怜汝无弟兄"两句，表明白居易此时没有儿子，仅此一女，对唯一的"掌上明珠"自然是满心疼爱。七岁的孩子，正是喜欢模仿的时候。"阿罗"学着母亲的样子梳妆画眉，学着父亲的样子吟咏诗文。其可爱模样，逗人喜欢。可见诗人追随着爱女的身影，满心满眼的疼爱，溢于言表。

"我齿今欲堕，汝齿昨始生。我头发尽落，汝顶髻初成"四句，是诗人用自己的衰老和女儿的成长做对比：一个齿欲堕，一个齿初生；一个发尽落，

一个鬟初成。相互对比之下，虽然自感衰老，但无半点儿自伤之意，而是看着女儿逐渐长大，满怀欣慰，其感情细腻而真切，舐犊之情满满。

　　然而"老幼不相待"，诗人已经垂垂老矣，可女儿尚幼，因而字里行间又不免表露出心中对女儿无限的爱与对她未来的担忧。诗人遥想古人，将自己这份泛滥得无处安放的父爱，延伸到对女儿长大后的憧憬：九岁的蔡文姬可以听音辨琴，十五岁的缇萦敢于上书救父，这些"别人家的"女儿们都那么优秀！可亲爱的女儿，我不期望你能做些什么，只要你永远记得父亲对你的疼爱以及我们之间相处的这些美好时光，就已经足够了！由此不难看出，白居易和普天之下所有的父亲一样，对儿女的爱只有付出，不求回报。此中的殷殷之情，感人肺腑。

江南遇天宝乐叟①

【原典】

白头病叟泣且言②，禄山未乱入梨园③。

能弹琵琶和法曲④，多在华清随至尊⑤。

是时天下太平久，年年十月坐朝元⑥。

千官起居环佩合⑦，万国会同车马奔⑧。

金钿照耀石瓮寺⑨，兰麝熏煮温汤源⑩。

贵妃宛转侍君侧⑪，体弱不胜珠翠繁⑫。

冬雪飘飖锦袍暖⑬，春风荡漾霓裳翻⑭。

欢娱未足燕寇至⑮，弓劲马肥胡语喧⑯。

幽土人迁避夷狄⑰，鼎湖龙去哭轩辕⑱。

从此漂沦落南土⑲，万人死尽一身存。

秋风江上浪无限，暮雨舟中酒一尊^⑳。

涸鱼久失风波势^㉑，枯草曾沾雨露恩^㉒。

我自秦来君莫问，骊山渭水如荒村。

新丰树老笼明月，长生殿暗锁春云^㉓。

红叶纷纷盖欹瓦^㉔，绿苔重重封坏垣^㉕。

唯有中官作宫使^㉖，每年寒食一开门^㉗。

【注释】

①天宝：唐玄宗年号。乐叟（yuè sǒu）：老年乐师。此叟曾在长安梨园作乐工，侍奉唐玄宗。

②泣且言：一边哭一边说。

③禄（lù）山：指安史之乱首领安禄山。梨园：唐玄宗设立的音乐机构。

④琵琶（pí pa）：一种弹奏乐器。法曲：一种古代乐曲。东晋南北朝称作法乐，因其用于佛教法会而得名。原为含有外来音乐成分的西域各族音乐，后与汉族的清商乐结合，并逐渐形成隋唐的法曲。

⑤华清：华清宫。在今山西临潼骊山北麓，中有华清池。至尊：最尊贵的人。指玄宗皇帝。

⑥年年十月坐朝元：唐玄宗每年冬十月去骊山华清宫，到次年春始回长安。朝元，阁名，在骊山顶上。

⑦千官：指朝臣，有时亦包括命妇。起居：群臣平日朝见皇帝，称为起居，原有问候生活情况的意思，后成朝廷制度。环佩：衣带上系的佩玉。合：聚集。

⑧万国：周代本指诸侯。这里泛指各地地方长官与周边各族的使者。会同：古代诸侯朝见天子的通称。

⑨金钿（diàn）：女子所戴镶嵌金花宝石的头饰。石瓮（wèng）寺：唐代名刹。在骊山半腰石瓮谷中，寺以谷命名。

⑩兰麝（shè）：香料。温汤源：温泉的源头，在华清宫九龙池上游。

⑪贵妃：指杨贵妃。宛（wǎn）转：柔媚的体态。

⑫体弱不胜珠翠繁：指身体娇弱得好像禁不起金珠翠玉首饰的重量。

⑬飘飖（yáo）：飘荡，飞扬。

⑭荡漾：吹拂。霓裳（ní cháng）：舞衣，《霓裳羽衣舞》服饰。翻：飘扬。

⑮欢娱：欢乐。燕寇：代指安禄山等人。因安禄山曾兼范阳、平卢、河东三镇节度使；范阳、平卢两镇皆在古燕国（今河北北部）地，故曰"燕寇"。

⑯弓劲马肥：弓强劲，马肥壮。胡语喧（xuān）：古代对北方和西北各族的称呼。安禄山部众均为胡人，此句指胡骑遍地，潼关失守，长安被胡人占领。喧：大声说话，声音杂乱。

⑰豳（bīn）土人迁避夷狄（dí）：周族原居豳地，后因戎狄侵扰，古公亶父率族迁到岐山下的周原。这里指唐玄宗避安禄山之乱逃离长安。夷狄，古代对四方各族的通称。

⑱鼎湖龙去哭轩辕：传说黄帝在荆山铸鼎，鼎成乘龙而去，后人称此处为鼎湖。这里指唐玄宗去世。轩辕，即黄帝，姬姓，居轩辕之丘，号轩辕氏。

⑲漂沦：漂泊沦落。南土：指江南。

⑳尊（zūn）：同"樽"，古代盛酒的器具。

㉑涸（hé）：干涸。风波：谓江湖之水，风起波动，浩渺无涯。

㉒雨露恩：指皇帝的恩惠。

㉓长生殿：在临潼华清宫内。

㉔欹（qī）瓦：倾斜不正的屋瓦。

㉕坏垣（yuán）：倒塌的墙。垣，矮墙，泛指墙。

㉖中官：宦官。宫使：宫中使臣。这里指派往华清宫祭扫的使臣。

㉗寒食：寒食节，古代祭扫的日子，在农历清明前一天。相传春秋时晋国介子推辅佐重耳回国，后隐于山中。重耳放火烧山逼他出来，他抱树烧死。重耳为悼念他，禁止在他死日生火煮饭，只吃冷食，以后相沿成俗。

【译文】

白头老翁拖着病体边说边哭泣，安禄山作乱前我曾是皇宫里的梨园子弟。

能弹奏琵琶参与演奏法曲，常常在华清宫随侍至高无上的皇帝。

那时的天下久享太平，每年十月，皇帝都要驾幸华清宫，暂住一些时日。

那时候总有千官争相请安，摇曳的环佩和鸣叮当作响，各国朝见的车马飞奔，络绎不绝。

石瓮寺里，到处闪耀着钗光钿影；温泉源头，熏煮兰麝的芬芳缥缈缭绕。

体态婀娜的贵妃媚态百生，紧紧跟随在君王身旁，娇弱得像是禁不起珠翠的繁重。

冬雪飘飘的时候，穿着温暖的锦袍；春风荡漾之际，霓裳羽衣舞动翩翩。

欢乐还没享够，安禄山的叛军已杀到京城，到处是强弓硬弩、战马奔腾，胡人的语音喧哗。

唐玄宗只好舍弃国都逃避夷狄，数不清的难民流离失所，不久玄宗皇帝也乘龙而去。

至此我也几经辗转飘零，流落到南方，同行的万千之众都已死去，如今只剩下我一人。

从那以后，我驾驶一叶孤舟顺水漂流，饱受江上无尽的风浪之苦，几杯淡酒，聊以消磨雨中的黄昏。

就像是干涸的鱼儿长期失掉风浪的凭仗，枯草只能怀恋曾经沾过雨露的深恩。

我虽然从秦川来到这里，你也不用再细追问，昔日繁盛的骊山渭水现在都已如同荒村。

只剩下新丰的老树依旧笼罩在明月中，幽暗的长生殿深锁，黯淡了黄昏。

枯萎飘零的红叶纷纷掩埋了屋瓦，一层层的绿苔重重封锁了断壁残垣。

现在只留下以前的中官充当宫使，每年的寒食节才开一次宫门。

【赏析】

唐穆宗时期，白居易以中书舍人的身份，上疏论述如何解决河北藩镇之乱的问题，未被采纳。这时，朝政日荒，朋党相互倾轧，白居易不愿再次卷入朝政旋涡，于是就请求离京外任，得到皇上恩准后出任杭州刺史。在这风景秀美的江南，他遇到了一位唐代天宝年间的宫廷乐叟，交谈之中听到他叙述自己的遭遇和华清宫昔日的繁华之后，不禁念昔伤今，感慨唐王朝的盛衰变迁，于是作了此诗。

诗中大部分内容都是天宝乐叟的自述。诗人从"白头病叟泣且言"句开始，用了大量篇幅记录乐叟的身世遭遇。原来这位乐叟是天宝年间玄宗皇帝的"梨园子弟"。他亲身经历了"安史之乱"，见证了唐王朝从极度兴盛转向衰败的过程。唐玄宗在位前期，在政治上的确大有作为，曾开创了唐朝的极盛之世——开元盛世。但是到了后期，他开始沉溺于美色管弦的享乐之中，不理朝政。据史书记载，唐玄宗精通音律，为了满足享乐，他曾亲选大量乐人到梨园中，并亲自教习，文中这位"白头病叟"就是其中之一。

当年天下太平，"乐叟"可以天天随着玄宗在华清宫研习乐曲，然而歌舞管弦的靡靡之音，已经令英明神武的皇帝失去了励精图治的初心。"千官起居环佩合，万国会同车马奔"两句，说明了太平盛世的繁荣；"金钿照耀石瓮寺，兰麝熏煮温汤源"两句，展露出玄宗皇帝奢侈豪华的生活状态。当年的杨贵妃千娇百媚，婀娜婉转地随侍在君王身边，他们二人一同游宴，一同欣赏《霓裳羽衣舞》。然而，殊不知这看似太平祥和的背后却暗潮涌动、风云迭起，"欢娱未足"便戛然而止。原来杨贵妃当初宠信的"干儿子"安禄山已经带着胡人攻入潼关，直逼长安，皇帝的宝座已然岌岌可危。"燕寇至""胡语喧"，最终导致玄宗皇帝仓皇出逃，继而又忧郁而死。从此，以演奏宫廷音乐为生的乐叟自然就失去了依靠，也失去了安逸享乐的生活，只能凭借一叶小舟漂泊在江南。秋风江上，暮雨舟中，日日夜夜，只有借酒浇愁、苦度余生而已。就像离开水而干涸的鱼儿失去了风浪的助势与庇护，就像半黄的枯草，只能空忆从前的"雨露"之恩。

从"我自秦来君莫问"句开始，是诗人的视角，他向"天宝乐叟"叙述华清宫当今的状况：红叶纷纷，绿苔重重。宫门紧闭，残垣欹瓦，早已没有了往日的繁华，而是"骊山渭水如荒村"。全诗以叙述的口吻，展现出一幅人间物换星移、王朝由盛到衰的图景。前后对比如此强烈，不禁令人感慨万千！

宿紫阁山北村

【原典】

晨游紫阁峰^①，暮宿山下村^②。

村老见余喜^③，为余开一尊^④。

举杯未及饮，暴卒来入门^⑤。

紫衣挟刀斧^⑥，草草十余人^⑦。

夺我席上酒，掣我盘中飧^⑧。

主人退后立，敛手反如宾^⑨。

中庭有奇树^⑩，种来三十春^⑪。

主人惜不得^⑫，持斧断其根^⑬。

口称采造家^⑭，身属神策军^⑮。

主人慎勿语^⑯，中尉正承恩^⑰。

【注释】

①紫阁峰：终南山的著名山峰，又名佛掌峰。在今陕西西安南百余里。每年晚春早秋之时，在朗朗晴日之下，山顶三道紫色石层在阳光照射之下，紫气氤氲升腾，蔚为壮观，紫阁山由此而得名。

②暮宿：傍晚投宿。

③余：我。

④开一尊（zūn）：设酒款待的意思。尊，同"樽"。

⑤暴卒：蛮横粗暴的士兵。

⑥紫衣：指穿紫色官服的神策军头目。挟（xié）：用胳膊夹着。

⑦草草：杂乱粗野的样子。

⑧掣（chè）：抽取。飧（sūn）：晚饭。亦泛指熟食，饭食。

⑨敛（liǎn）手：双手交叉，拱于胸前，表示恭敬。

⑩中庭：古代庙堂前阶下正中部分，为朝会或授爵行礼时，臣下站立之处。奇树：珍奇的树。

⑪三十春：指树龄已经三十年。

⑫惜：心疼，爱惜，吝惜。

⑬持斧断其根：拿着斧头砍断树根。持，拿着。

⑭采造家：指官府专管采伐、建筑派出的人员。

⑮神策军：指中唐时期皇家的禁卫军。

⑯慎（shèn）勿语：很小心的样子，不敢说话。

⑰中尉：神策军的最高长官。承恩：得到皇帝的宠信。

【译文】

清晨去游览景色绮丽的紫阁峰，傍晚投宿在山下小村中。

村中老者见到我十分高兴，为我摆酒设宴，盛情款待我这位远道而来的客人。

我们刚端起酒杯还没来得及畅饮，一群飞扬跋扈的士兵冲进大门。

为首的那人身上穿着紫色官衣，带着刀斧，乱哄哄的大概有十几个人。

他们夺去我们席间的美酒，又抢走了我们盘中的佳肴。

主人吓得急忙退后站立，恭敬地拱手行礼，反而像是前来做客的客人。

院子里长着一株珍奇的大树，主人栽种它已有三十多个春秋。

主人虽然爱惜它，却无力阻止，眼睁睁看着他们举起斧头砍断树根。

他们口口声声称是为皇上伐木建造的采造家，是皇帝所属的御用神策军。

我告诉主人千万小心不要乱说话，要知道神策军中尉现在正深受皇上的宠信。

【赏析】

这是一首揭露社会现实的诗篇。诗中开头两句，诗人对自己住宿在紫阁山北村的缘由作了说明，原来诗人是因"晨游紫阁峰"天色已晚，故而"暮宿山下村"。山村的屋主人热情好客，开樽设宴款待白居易。可是"举杯未及饮"，便乱哄哄闯入了一伙人。为首之人是身着紫衣的官人，他们携带刀斧，飞扬跋扈，气势汹汹，目中无人。诗人用"暴卒""草草""紫衣挟刀斧"等词句，刻画了闯入者的恶劣形象，一时间使人如坠雾里，这伙人是干什么的？难道是遇到了强盗？进而引出下文。

不过此时诗人避而不言，继续描写这伙人的恶行。他们不仅"夺我席上酒，掣我盘中飧"，自顾自地吃喝，其中"夺"和"掣"两个字，更是生动体现了这伙人的强横行径。忽然他们看中了屋主人栽在庭院里三十年的珍奇树木，于是就不容分说"持斧断其根"。"主人惜不得，持斧断其根"两句，可想而知的画面就是主人爱惜自己精心培育的奇树，而另一方不管不顾地强行硬抢。此处寥寥数语，便将"暴卒"的恶行描述得十分饱满具体。诗人身为左拾遗，虽然官位不高，但毕竟是有官职在身的人，却丝毫不被对方看在眼里，可见对方来头不小。

抢酒食之时，主人退后敛手，对"暴卒"恭敬如宾，暗自隐忍；砍树之时，却改变了态度上前去阻止，这表明主人对树有特殊感情。诗人为了揭示其心理，先用两句诗写树："中庭有奇树，种来三十春"。这棵树是主人亲手种的，已长了三十年。"暴卒"要砍它，主人当然会"惜"，会有阻拦。可"惜不得"说明，主人纵然是不舍，也无能为力，只能眼睁睁看着树被人砍倒拖走。因为这伙"暴卒"是宫廷"采造家"，而且是"身属神策军"。可是这"神策军"非同小可，正是皇帝属下当红的禁卫军。原来，唐宪宗时期，经常调用神策军修筑宫殿。因此，就出现了"身属神策军"而兼充"采造家"的"暴卒"。作为神策军，已经炙手可热了；又兼充"采造家"，担任专门为皇帝修建宫殿和树立功德碑的任务，自然就更加为所欲为，不可一世了。

"主人慎勿语，中尉正承恩"，应当是诗人听见"暴卒"们自报家门以后，转而悄声向屋主人的劝告。说是劝告，其实更多的是讽刺。讽刺的矛头透过暴卒，指向暴卒的后台——势焰熏天的"中尉"；又透过中尉，刺向了中尉的后台——皇帝！这一连串的关系网，揭露了宦官掌握禁卫军大权，因此目空一切，纵容士兵横行不法的丑恶行径，深刻反映了朝廷的昏暗，百姓敢怒不敢言的社会现实。

赢骏

【原典】

骅骝失其主①，赢饿无人牧②。

向风嘶一声③，莽苍黄河曲④。

塌冰水畔立⑤，卧雪冢间宿⑥。

岁暮田野空⑦，寒草不满腹⑧。

岂无市骏者⑨？尽是凡人目⑩。

相马失于瘦⑪，遂遗千里足⑫。

村中何扰扰⑬，有吏征刍粟⑭。

输彼军厩中⑮，化作弩骀肉⑯。

【注释】

①骅骝（huá liú）：赤色的骏马。相传为周穆王八骏之一。

②赢（léi）饿：瘦弱饥饿。无人牧：没有人去放养。

③向风：临风。嘶（sī）：马叫。

④莽（mǎng）苍：广漠荒凉的样子。黄河曲（qū）：黄河岸边。

⑤塌（tà）：同"踏"。水畔（pàn）：水边。

⑥卧雪冢间宿：宿在荒冢和雪地中。

⑦岁暮（mù）：指岁末，一年将终时。田野空：指田野里什么都没有。

⑧寒草：指枯草。不满腹：指吃不饱。

⑨岂无：难道没有。市：买。

⑩尽是：都是。凡人目：指平常人眼光。

⑪相马：观察品评马之优劣。

⑫遂（suì）：于是，就。遗：漏掉。千里足：千里马。

⑬扰扰：形容纷乱的样子。

⑭刍粟（chú sù）：多指供军队用的饲料和粮食。

⑮厩（jiù）：马圈。

⑯驽骀（nú tái）：指劣马。

【译文】

一匹赤红色的骏马失去了它的主人，变得瘦弱不堪，饥饿难耐却没有人将它放养。

它孤单地迎风而立，长嘶一声，向莽莽苍苍的黄河岸边走去。

踏着薄冰试探前行，又不得不在水畔站立，累了就躺卧在冰雪中，夜晚露宿在荒凉坟地。

正值年终岁尾，田野里到处空荡荡，寒风中稀疏的枯草无法填饱它的腹中饥。

难道就没有能识千里马之人将它买回家吗？只可惜看到它的人都是一副凡俗的目光。

那些相看此马的人都嫌弃它骨瘦如柴，于是错失了得到千里马的机会。

不知山村中发生了什么事如此吵吵嚷嚷，原来是有官吏前来征缴军用饲料和粮食。

可怜这匹宝马沦落到被官吏牵到军营的马厩中，被当作劣马杀死的地步，成了官吏的盘中肉食。

【赏析】

这是一篇借马抒怀的著名诗篇。

相传"骅骝"是周穆王"八骏"之一，同时也是宝马良驹的代称。白居易笔下的这匹马，和"骅骝"一样，毛色赤红，神骏非凡，但不幸的是这匹马失去了主人，因"无人牧"而饿得瘦弱不堪。诗中从"向风嘶一声"开始，诗人连用六句，分三层递进表明了这匹"羸骏"目前的处境十分悲惨。诗人先以"向风嘶一声"，展现"羸骏"孑然独立，临风悲嘶的"孤"；接下来又以北风萧萧、黄河苍茫，来衬托"羸骏"凌风不惧的"傲"；接着用立冰河、宿雪冢，来衬托"羸骏"无处容身的凄惨。此情此景本已足够悲凉，但诗人并未收笔，而是将笔锋再次递进，以"寒草不满腹"点出这匹马本已经瘦弱不堪，却依然寻不到可以饱腹的草料。如此严冬落雪，天寒地冻，空荡荡的荒野里只剩下稀疏的枯草，"羸骏"无法饱食，饥寒交迫。至此将其悲惨境况推到极致，惹人悲悯。

本是一匹宝马良驹，却沦落到如此境地。"岂无市骏者？"是深刻的诘问，更是灵魂的叩击！难道就没有能识别千里马之人吗？然而真相却是"尽是凡人目"！这是诗人无比沉痛的叹息。那些买马的人都嫌弃它骨瘦如

柴，所以必然会错失了得到"千里马"的机会。"有吏征刍粟"，本以为这匹马能得到官吏的领养，然而最终的命运却更为令人心寒：这匹无人赏识的千里良驹被牵到"军厩中"，被当成劣马杀掉了，其结局怎能不令人唏嘘不已！

此诗通篇言马，而实际上是在借马喻人。诗人通过描写"羸骏"的遭遇，寄寓了满腹才学之人得不到重视，怀才不遇的愤懑和失落之情。

感鹤

【原典】

鹤有不群者①，飞飞在野田②。饥不啄腐鼠③，渴不饮盗泉④。

贞姿自耿介⑤，杂鸟何翩翾⑥。同游不同志⑦，如此十余年⑧。

一兴嗜欲念⑨，遂为矰缴牵⑩。委质小池内⑪，争食群鸡前。

不惟怀稻粱⑫，兼亦竞腥膻⑬。不惟恋主人⑭，兼亦狎乌鸢⑮。

物心不可知⑯，天性有时迁⑰。一饱尚如此⑱，况乘大夫轩⑲。

【注释】

①不群：不合群。此处指不平凡，高出于同辈。

②飞飞：指处于飞行的状态。

③饥：饥饿。啄（zhuó）：鸟类用嘴叩击并夹住东西。腐（fǔ）鼠：腐烂的死老鼠，比喻毫无价值的东西。

④盗泉：古泉名。故址在今山东省泗水县东北。旧时亦常喻不义之财。《淮南子·说林训》："曾子立廉，不饮盗泉。"

⑤贞姿：坚贞的资质。耿（gěng）介：正直，不同于流俗。

⑥杂鸟：别的鸟，指凡鸟。何：哪里。翩翾（piān xuān）：轻飞貌。

⑦同游不同志：虽然同行但志向不同。

⑧如此十余年：这样过了十几年。

⑨兴：起。嗜（shì）欲念：贪食之心。

⑩遂（suì）：就，于是。矰缴（zēng zhuó）：拴着丝绳的短箭，用于射鸟。牵：牵制，束缚。

⑪委质：弃身，置身。意为卑躬屈膝，投靠当权。

⑫不惟（wéi）：不仅，不但。怀：贪图。稻粱（liáng）：稻和粱，谷物的总称。古时常用来代指俸禄。

⑬兼（jiān）：并且。竞腥膻（xīng shān）：争夺肉食。

⑭恋主人：指谄媚上司及皇帝。

⑮狎（xiá）乌鸢（yuān）：与乌鸢为伍。狎，亲近，接近。乌鸢，乌鸦和老鹰，均为贪食之鸟。

⑯物心：指世间万物的心思。

⑰天性：指人先天具有的品质或性情。时迁：随着时光变迁。

⑱尚：还，仍然。

⑲况：况且。乘：乘坐。大夫轩：引用"卫鹤"典故。春秋时，卫懿公爱鹤，让鹤乘坐大夫乘坐的车子。后人用"卫鹤"喻指放弃操守、追逐富贵利禄之人。

【译文】

鹤群中有一只不合群的野鹤，离开群体，独自飞行在野外田间。饿了也不吃田间腐坏的老鼠，口渴了也不喝盗泉的水。

这只鹤姿质坚贞、气节正直而不肯苟合，哪像其他鸟类那样飘忽轻浮地飞翔。它即使与凡鸟同飞也没有相同志向，像这样特立独行已十多年了。

只因一时起了贪欲的念头，于是就被猎人的弓矢射中抓牢。将它放在一个小小的笼池中，在无法忍受的饥饿面前，只能与群鸡争抢食物了。

它不仅仅是想着去贪吃稻粱，而且去争夺肉食。不仅留恋主人，而且去亲近贪食的乌鸦和老鹰，竟然与杂鸟同流合污了。

世间万物的心思我们无法知晓，但知道它们的天性是可以随时改变的。只为求得一饱尚且如此，更何况是追逐富贵利禄的权柄呢？

【赏析】

这是一首寓言诗。虽然全篇都在围绕这只"不合群"的鹤展开描述，实际上却是在借鹤喻人，讽刺那些立志不坚、甘于堕落、为了贪念而放弃操守的人。

鹤本是一种惹人喜爱的鸟类，古人还有将鹤归为仙禽的说法。诗人单独选取这样一种高雅独特的动物入手，别有深意。此诗一开始说有一只鹤，卓然不群，自由自在，高翔于田野之上。说它"饥不啄腐鼠，渴不饮盗泉"，表明它品质高洁、不同流俗，与寻常的鸟儿大不相同。这只鹤具有高尚的节操，即使是偶尔与众鸟共同飞舞，但志向却截然不同。这种情况一直保持了十余年，未改初衷，说明这只鹤当初的确是志存高远，不愿堕入凡尘、同流合污的。

然而"一兴嗜欲念"，使这只卓然不群的鹤的生活发生了变化，仿佛从云端跌落凡尘之中。它终因贪食而被猎人的"矰缴"束缚牵绊，委身在"小池内"，争食在"群鸡前"。曾经的那种不食腐肉的耿直，不饮盗泉的清高，转眼间都成为了过眼云烟，被抛到了九霄云外。可悲的是，这只鹤不仅贪吃稻粱五谷，并且开始学会争夺肉食了；不仅学会谄媚主人，还与乌与鸢这样贪得无厌的杂鸟为伍。

一念之差，终身沦陷。就如同那些当初曾经洁身自好、秉持操守的人，因为一个微小的贪念，授人以柄，变成了自己以前鄙夷不屑的庸俗之人、名利之徒。"物心不可知，天性有时迁"，世间万物的心思皆不可捉摸，天性也会随着时间流逝而改变的，有多少人能不改初衷，不忘初心呢？鹤为能求得一饱尚且如此，何况那些追逐富贵利禄之人呢？

纵观全诗，篇幅虽小，却意蕴深远，颇有社会教育意义。

赠元稹

【原典】

自我从宦游①，七年在长安②。所得唯元君③，乃知定交难④。

岂无山上苗⑤，径寸无岁寒⑥。岂无要津水⑦，咫尺有波澜⑧。

之子异于是⑨，久处誓不谖⑩。无波古井水，有节秋竹竿。

一为同心友，三及芳岁阑⑪。花下鞍马游⑫，雪中杯酒欢⑬。

衡门相逢迎⑭，不具带与冠⑮。春风日高睡⑯，秋月夜深看⑰。

不为同登科⑱，不为同署官⑲。所合在方寸，心源无异端⑳。

【注释】

①从：参与。宦（huàn）游：旧谓外出求官或做官。

②七年：从二十八岁到三十五岁，白居易均在长安先后参加进士、特科等考试。

③唯（wéi）：单，只。元君：元稹。白居易的好友。

④乃知：才知道。定交：成为挚交。

⑤岂无：难道没有。山上苗：比喻奸佞小人，以同利为友，经不得风吹雨打。

⑥径寸：微小。

⑦要津：重要渡口，泛指水陆交通要道。此处比喻显要的地位。

⑧咫（zhǐ）尺：形容时间短暂或近在眼前。波澜（lán）：波涛。比喻起伏变化的心思难测。

⑨之子：这人。即元稹。异于是：不同于这些人。

⑩不谖（xuān）：不会忘记。

⑪一为同心友，三及芳岁阑（lán）：一经结为好友，已满三年。岁阑，岁终。

⑫花下鞍马游：花开的时节一起骑马出游。

⑬雪中杯酒欢：雪天的时候一起举杯言欢。

⑭衡门：横木为门。原指简陋的房屋，此处代指白居易长安居所。

⑮不具带与冠：系腰带和戴帽子，指不必为礼仪束缚。具，穿戴。带与冠，腰带与帽子。

⑯春风日高睡：春天太阳很高了还在睡觉。

⑰秋月夜深看：秋天夜很深了还在一起赏月。

⑱为：因为。同登科：一同科考及第。

⑲不为同署（shǔ）官：不是因为同在一个地方做官。

⑳方寸：指心。心源：心性。无异端：没有不同见解。

【译文】

自从我进入仕途为官，有七年时间都是居住在长安。所结交的好朋友只有元稹一个，方才知道结交挚友的艰难。

难道没有小人物可交吗？只因他们经不住一年一度的酷寒。难道没有身居要职的大人物可交吗？只因他们虽然近在咫尺，但脸色说变就变。

元稹与他们不同的地方就是，即使经过很长时间也不会忘记自己许下的誓言。像是没有波澜的古井之水，又像是秋天节节分明的竹竿。

一经结为好友，已经满满三年。我们二人曾一起骑马悠游赏花，也曾一起在雪天中举杯开怀畅饮。

在各自家中相互迎来送往，不拘小节，根本无须穿戴发带与发冠。我们二人既可以在春天睡到太阳高照，又可以在秋天夜晚畅聊赏月到深夜。

我们二人交好不是因为曾经一起登科及第，也不是因为同署官位。只是因为二人心意契合，内心深处都没有异念杂源。

【赏析】

这首诗是白居易赠元稹之作中较早的一篇。

白居易为了求仕为官，曾长期在长安参加科考。身居异乡的他曾真诚地想结交一些志同道合的同辈人，但他当时只是一介"贫贱"学子，没人愿意结交他这样无钱无势之辈，想来他为交友也是处处碰壁，备受冷落。在他所接触的人之中，有如"山上苗"的小人物，可往往经不住世情冷暖的左右；有如"要津水"的大人物，虽有时亲近，但脸色说变就变而无法长久。就在他有感"定交难"之际，就在人家时不时地给他脸色看的时候，元稹如同一道温暖的阳光照进他的生命里。元稹于他，是种不同的存在。二人同登科，同署官，又有同样的文学观念，他们共同倡导了中唐时期的文学革新运动，彼此惺惺相惜，互为知己。

在白居易衣食时断时续的困难时期，是元稹用微薄的薪俸接济他。后来元稹为求仕而丢失节操，为世人所鄙弃，唯有白居易惜他如初。两人虽不能同在一地，却彼此牵挂，书信往来从来没有间断过，留下很多思念彼此的动人诗篇，因此成就了知交挚友的一段佳话。在白居易的眼里，友人

元稹既如古井无波，又如秋竹节节分明，十分优秀。所以才会有如此发自肺腑的相惜。真正的友人，是可陋室粗茶相待，可衣冠不整匆匆相迎的。想必只有相知甚深的朋友，才能如此不拘俗礼吧。他二人"花下鞍马游，雪中杯酒欢"，既可以一同在春天睡到太阳高照，又可以在秋天夜里赏月畅聊彻夜不眠。诗人在此言道：二人如此交好，并不是因为一起登科及第，也不是因为同署为官，而是"所合在方寸，心源无异端"。正所谓：君子之交贵于心，只有知心的朋友，才是真正的朋友，这是亘古不变的交友之道。

李都尉古剑①

【原典】

古剑寒黯黯②，铸来几千秋③。白光纳日月④，紫气排斗牛⑤。

有客借一观，爱之不敢求。湛然玉匣中⑥，秋水澄不流⑦。

至宝有本性⑧，精刚无与俦⑨。可使寸寸折，不能绕指柔⑩。

愿快直士心⑪，将断佞臣头⑫。不愿报小怨，夜半刺私仇。

劝君慎所用，无作神兵羞⑬。

【注释】

①李都尉（wèi）：汉朝李陵曾官拜骑都尉。六朝及唐人往往称其为李都尉。

②寒黯（àn）黯：意思是说剑气阴森逼人。

③几千秋：即几千年。此为大约数字。

④纳日月：如同吸收了日月的光芒。

⑤紫气：旧时认为是宝物的光气。斗牛：二十八宿中的斗宿和牛宿。此处形容剑气可冲上天际。

⑥湛（zhàn）然：清澈貌。此诗中形容剑光。玉匣：指精美的剑鞘。

⑦秋水澄不流：意思是清澈如秋水，但不流动。

⑧至宝：最珍贵的宝物。

⑨精刚无与俦（chóu）：意思是说此古剑纯粹坚硬的程度是其他武器所不能比拟的。俦，同辈，伴侣。

⑩不能绕指柔：宝剑乃百炼成钢，刚者不可化为柔。这里诗人反用刘琨《重赠卢谌》中"何意百炼刚，化为绕指柔"之意。

⑪直士：刚正不阿之人。

⑫佞（nìng）臣：谄上欺下的奸臣。

⑬神兵：神奇的兵器。此借指宝剑。

【译文】

这是一柄剑气阴森逼人的古剑，自铸成以来，已经历了几千个春秋。那白色的剑光可收纳日月的光辉，那紫色的剑气可向上冲斗牛星宿。

有一位客人想借去观赏一番，只因那宝剑的主人无比珍爱它而不敢说出请求。那宝剑在玉匣中也掩盖不住它的清澈发亮，好像澄明的秋水止而不流。

最珍贵的宝物自有它的本性，它体内所含有的精纯与坚刚无与伦比。虽然能使它一寸寸地折断，却不能让它化作绕指般的弯柔。

它只愿意让正直的人士手起剑落大快心意，想去用它来斩断奸臣的人头。却不希望被用来报复个人小小怨恨，在夜半时分偷偷去刺杀他人泄愤私仇。

我奉劝你使用它时务必小心谨慎，不要让这样的神兵利器因你而抱愧蒙羞。

【赏析】

这是一首借物言志的诗篇，约作于白居易担任左拾遗期间。

诗中开篇两句"古剑寒黯黯，铸来几千秋"，描绘出这把古剑历经几千年以后，依旧寒光凛凛、剑气逼人的独特性质，从而刻画出这把宝剑的不凡。诗人先不言其锋利，仅见其外表寒光闪烁，就知道这是一柄削铁如泥的绝世宝剑。"几千秋"则言明剑的"古老"之意。古而且利，自然是为稀世之宝。为了进一步渲染这柄宝剑，诗人继而写出了"白光纳日月，紫气排斗牛"，意思是说，这把宝剑闪烁的白光如同吸收了日月的光芒，紫色的剑气可直上九霄气冲斗牛。在此，诗人以夸张的手法极力表现宝剑的非同凡俗之处。

客人看到匣中宝剑，剑身清澈发亮，好像澄澈的秋水止而不流，故而极为喜爱。"有客借一观，爱之不敢求"两句，以旁观者的视角，表明主人对宝剑无比珍爱的态度。为此更进一步表现出古剑的珍贵。

"至宝有本性，精刚无与俦"，是指它不仅剑光闪烁，具有华美的外表，而且品质非凡，精纯与坚硬都是无与伦比的。即使"寸寸折"，也不肯化为"绕指柔"，可见其秉性刚强，犹如士之可杀而不可辱的英雄气节。接下来的"愿快直士心，将断佞臣头"两句，是诗人希望它可以斩断奸臣的人头，大快人心。表现了诗人的刚直之性、浩然之气以及欲为朝廷荡涤污秽、铲除奸邪的伟大抱负，铿锵有力，正气凛然。"不愿报小怨，夜半刺私仇"两句，点明了宝剑并不是解决私人恩怨、夜半仇杀的利器，而是凝聚凛然正气、斩奸除恶的珍惜之物。最后诗人以叮嘱的语气告诫持有者："劝君慎所用，无作神兵羞。"意思是说：这样锋利的兵器，应该使用在最恰当的地方，劝君使用时务必小心慎重，不要让神兵利器为你营私的所作所为而蒙羞。

这首诗以古剑为题，层层展开，逐级深入。比喻新颖，妥帖自然而又不着雕饰痕迹。全诗通过描述一把宝剑的正气凛然、刚直不阿，表明诗人自己内心深处的为官原则。

观刈麦①

【原典】

田家少闲月，五月人倍忙。夜来南风起，小麦覆陇黄②。

妇姑荷箪食③，童稚携壶浆④，相随饷田去⑤，丁壮在南冈⑥。

209

足蒸暑土气，背灼炎天光⑦，力尽不知热，但惜夏日长⑧。

复有贫妇人，抱子在其旁⑨，右手秉遗穗⑩，左臂悬敝筐⑪。

听其相顾言⑫，闻者为悲伤⑬。家田输税尽⑭，拾此充饥肠。

今我何功德⑮，曾不事农桑⑯？吏禄三百石⑰，岁晏有余粮⑱。

念此私自愧⑲，尽日不能忘⑳。

【注释】

①刈（yì）：割断。

②覆（fù）陇（lǒng）黄：小麦黄熟时遮盖住了田埂。覆，盖。陇，同"垄"，这里指农田中种植作物的土埂，泛指麦地。

③妇姑：媳妇和婆婆，这里泛指妇女。荷箪食（hè dān shí）：用竹篮盛的饭。荷，背负，肩担。箪食，装在箪笥（sì）里的饭食。

④童稚（zhì）携（xié）壶浆（jiāng）：小孩子提着用壶装的汤与水。浆，古代一种略带酸味的饮品，有时也可以指米酒或汤。

⑤饷（xiǎng）田：给在田里劳动的人送饭。

⑥丁壮：青壮年男子。南冈（gāng）：南面的山冈。此处泛指田间。

⑦足蒸暑土气，背灼炎天光：双脚受地面热气熏蒸，脊背受炎热的阳光烘烤。

⑧但：只。惜：盼望。

⑨其：代指正在劳动的农民。

⑩秉（bǐng）遗穗：拿着从田里拾取的麦穗。秉：拿着。遗穗：指收获农作物后遗落在田里的谷穗。

⑪悬：挎着。敝（bì）筐：破篮子。

⑫相顾言：互相看着诉说。顾：视，看。

⑬闻者：白居易自指。为（wèi）悲伤：为之悲伤。

⑭输税（shuì）：缴纳租税。输，送达，引申为缴纳，献纳。

⑮我：指作者自己。何：什么。

⑯曾（céng）不事农桑：一直不从事农业生产。曾，一直、从来。事，

从事。农桑，农耕和蚕桑。

⑰吏（lì）禄（lù）三百石（dàn）：当时白居易任周至县尉，一年的薪俸大约是三百石米。石，古代容量单位，十斗为一石。吏禄，官吏的俸禄。

⑱岁晏（yàn）：一年将尽的时候。晏，晚。

⑲念此：想到这些。

⑳尽日：整天，终日。

【译文】

种田的农家成年累月都很少有闲暇时光，人们到了五月更是加倍繁忙。夜里刮起了南风，覆盖田垄的小麦已经成熟泛黄。

妇女用竹篮担着食物，儿童提壶里盛满了水和浆汤，他们相互跟随，到田里去送饭食，男人们都在南山冈劳作。

他们双脚受地面的热气熏蒸，脊背上烤晒着炎热的阳光。精疲力竭忙着劳作，仿佛不知道天气的炎热，只知道珍惜夏日天长的时光。

还有一位贫苦农妇，抱着孩子跟在割麦者的身旁。她右手拾着遗落地面的麦穗，左臂上挂着一个破筐。

听她回过头来述说家境，听到的人都为她感到悲伤。为了缴租纳税，家里的田地都已卖光，只好到这里拾些麦穗填充饥肠。

如今我有什么功德，从来都不去从事农耕蚕桑？然而还能年年领取三百石的薪俸，到了年底还有余粮。

想到这些我的内心感到惭愧，终日也不能淡忘。

【赏析】

这首诗是白居易任陕西盩厔（zhōu zhì）（今陕西省周至县）县尉时，有感于当地人民劳动艰苦、生活贫困所写的一首诗。

诗的一开头，首先交代了所处背景，点明是五月麦收的农忙季节。"少闲月""人倍忙"，表明了农家生活的辛苦。妇女领着小孩往田里去，给正在割麦的男人送饭送水。因为所有的"丁壮"都在田里忙碌。农民在南冈麦田低着头割麦，脚下暑气熏蒸，背上烈日烘烤，已经累得精疲力尽，还不觉得

211

炎热，只是珍惜夏日天长，希望能够多干点活儿。诗人以细腻的笔触，描绘出这些农民辛苦劳碌的情景。然而还有更悲惨的是：一个贫穷的妇人，怀里抱着小孩，手里提着破篮子，在割麦者旁边捡拾遗落的麦穗，看着令人倍觉心酸。诗人听见她在和旁人述说自己的家庭情况，更是为她感到悲伤难过。原来，她家的田地已经为了缴纳官税而卖光了，如今无田可种，无麦可收，只好靠拾一些麦穗充饥。"家田输税尽"句，点出封建社会恶劣的剥削本质，生活在最底层的农民饱受欺凌，境遇悲惨。这两种悲惨的情景，看似有差异，却又暗含关联。前者描述割麦农民劳动的辛苦，后者揭示了赋税的繁重。诗人的潜台词是：今日的拾麦者，也曾是昨日的割麦者；而今日的割麦者，也很可能成为明日的拾麦者。强烈的讽谕意味，不言自明。

"今我何功德，曾不事农桑"，这两句是诗人由农民生活的痛苦联想到自己生活的舒适，感到深深的惭愧。他毫不避讳地将农民和作为朝廷官员的自己对比，就是希望"天子"有所感悟。这样的写作手法巧妙而委婉，可谓用心良苦。

妇人苦

【原典】

蝉鬓加意梳①，蛾眉用心扫②。几度晓妆成③，君看不言好。

妾身重同穴④，君意轻偕老⑤。惆怅去年来⑥，心知未能道⑦。

今朝一开口，语少意何深。愿引他时事⑧，移君此日心。

人言夫妇亲⑨，义合如一身⑩。及至死生际，何曾苦乐均⑪？

妇人一丧夫，终身守孤子⑫。有如林中竹⑬，忽被风吹折⑭。

一折不重生，枯死犹抱节⑮。男儿若丧妇⑯，能不暂伤情？

应似门前柳，逢春易发荣⑰。风吹一枝折，还有一枝生。

为君委曲言⑱，愿君再三听。须知妇人苦⑲，从此莫相轻⑳。

【注释】

①蝉鬓（chán bìn）：古代妇女的发饰之一，其鬓发薄如蝉翼，黑如蝉身，故称。加意：指非常留心。

②蛾眉：蚕蛾触须细长而弯曲，因此比喻女子美丽的眉毛。扫（sǎo）：描画。

③晓妆：晨妆。

④妾（qiè）身：旧时多为已婚女子对自己的谦称。重（zhòng）：认为重要而认真对待。同穴（xué）：指夫妻合葬，亦用以形容夫妇相爱之坚。

⑤轻：轻率，随便。偕（xié）老：常特指夫妻相偕到老。《诗·邶风·击鼓》："执子之手，与子偕老"。

⑥惆怅（chóu chàng）：伤感，愁闷，失意。去年来：自去年以来。

⑦心知未能道：心里知道却不能说出来。

⑧引：用。他时：昔时，往日。

⑨夫妇亲：夫妻相亲相爱。

⑩义合如一身：情谊相合如同一人之身。

⑪何曾苦乐均：何时有过痛苦、欢乐平等的时候呢？

⑫孤孑（gū jié）：孤单；孤独。

⑬有如：犹如，好像之意。

⑭折：断。

⑮枯死犹抱节：本指竹子虽干枯而竹节犹在。此处借喻妇人夫亡仍坚守节操。

⑯丧妇：死了妻子。

⑰逢春易发荣：遇到了春天就会再次生机勃勃、欣欣向荣。

⑱委曲言：婉转，转折而含蓄地说。

⑲须知：必须知道，应该知道。

⑳莫相轻：不要轻视、嫌弃。

【译文】

今天我特意留心梳妆发髻，用心地描画了弯眉。多少次晨起梳妆完毕，你看见后都不曾说好。

妾身我重视百年后同穴安葬，可你却轻视白头偕老。令人愁闷的是，自从去年以来，心有感知却不能说出心中的烦恼。

今天早上一定要开口对你说，话语虽少意义却何其深奥。但愿能引证从前事实，转移你现在的心情。

人常说夫妻相亲相爱，结合在一起就像是同一具身体。然而等到遇上了生死关头，何曾是共同分担快乐与烦恼？

妇人一旦死去了丈夫，一辈子就得孤单忍受孤独寂寞。这就好像是生长在林中的竹子，忽然间被风吹折。

一旦折断就不会再重新活过来，直到枯死还在坚守气节。男人倘若死了妻子，又怎能不暂时伤情呢？

但他们却好像是门前的垂杨柳，每逢到了春天就容易重新发芽繁茂。就算是有一枝被风吹断，却还有另一枝新生。

我向你委婉陈述这些心里话，希望你能再三仔细听清。要晓得妇人的痛苦，从今以后不要再将妇人看轻。

【赏析】

这首诗大约于元和年间诗人退居渭村时所作，反映了男女在婚姻中地位不平等的主题。

封建社会中男尊女卑的现象存在了几千年，广泛被认为是理所当然。诗人却把这种不平等公然揭示出来，以妇人的视角，细腻含蓄地倾诉自己的不幸处境，情感真挚、委婉动人，表现了诗人对妇人命运的深刻体察和深切同情。

首两句中的"蝉鬓""蛾眉"，暗示女主人公其实是位极其美丽的女子。她着意梳妆，用心画眉，打扮得妩媚动人，只为了"取悦"自己的丈夫。怎奈她已不是丈夫心头的"白月光"，再怎么盛装打扮也换不来丈夫的赞美。"妾身重同穴，君意轻偕老"，是这位痴情女子发自心底深深的叹息。她今生唯一的愿望就是想夫妻恩爱，不离不弃，生则同床，死则同穴。可丈夫却"轻偕老"，不愿恪守"执子之手，与子偕老"。"惆怅去年来，心知未能道"两句，可知原来丈夫的薄情无义，女子早已知道，只是不肯说破而已。两人之间早已无话可谈，但她仍试图用从前的恩爱之事唤回丈夫的心。寥寥数语，将一个痴情女子柔肠百结，甘愿委屈自己去迎合丈夫，明知丈夫早已背叛却唯恐失去，只能暗自隐忍的内心活动刻画得淋漓尽致，极为传神。

人人都说夫妻恩爱，情投意合，如浑然一体。同患难，共安乐；同生死，共荣辱。可至"死"至终，"何曾苦乐均"？诗人大胆假设：如果一个妇人死了丈夫，就好像林中的竹子被风吹断，终身守着孤单寂寞，甚至"枯死犹抱节"。而一个男子如果死了妻子，也许会暂时悲伤一阵子，但他必定会像"门前柳"一样，逢春而动，还会生机勃勃，欣欣向荣，再次茂盛，再次迎来春天。诗人如此婉转地再三说出这些话，是为了什么呢？原来是说给那些负心薄幸的男子听的，望君能明白"妇人苦"，对待妻子不要轻视、嫌弃，不要辜负她的一片痴心盛情。

这首诗的难能可贵之处，在于诗人能在男尊女卑的时代，替万千女性鸣不平，发出心底的呼声，具有感人的力量，同时也具有一定的社会意义。

秦中吟 （选七首）

【原典】

重赋

厚地植桑麻①，所要济生民。生民理布帛②，所求活一身。

身外充征赋③，上以奉君亲④。国家定两税⑤，本意在忧人。

厥初防其淫⑥，明敕内外臣⑦：税外加一物，皆以枉法论⑧。

奈何岁月久，贪吏得因循⑨。浚我以求宠，敛索无冬春⑩。

织绢未成匹，缲丝未盈斤⑪。里胥迫我纳，不许暂逡巡⑫。

岁暮天地闭，阴风生破村⑬。夜深烟火尽，霰雪白纷纷⑭。

幼者形不蔽，老者体无温⑮。悲端与寒气，并入鼻中辛。

昨日输残税，因窥官库门⑯：缯帛如山积，丝絮似云屯⑰。

号为羡余物，随月献至尊⑱。夺我身上暖，买尔眼前恩。

进入琼林库⑲，岁久化为尘！

【注释】

①厚地：是大地的意思，与"高天"相对。植：栽种。

②生民：人民。理布帛：将丝麻织成布帛。

③身外：身外之物，指满足自身生活需要之外的布帛。

④奉：供养。君亲：君王与父母。亦特指君主。

⑤两税：即两税法，唐德宗时宰相杨炎所定。

⑥厥（jué）：文言代词，相当于"其""之"。防其淫：防止滥增税目。

⑦明敕（chì）：明令训示或告诫。

⑧枉法：违法，此指违反两税法。

⑨因循：沿袭、照旧不变的意思。

⑩浚（jùn）：本意表示疏通水渠，这里指榨取钱财疏通人际关系以便求得恩宠。敛（liǎn）索：搜刮索取。无冬春：不分冬春。

⑪缲（sāo）丝：抽茧抽丝。盈：满。

⑫里胥（xū）：指里长。迫我纳：强迫我缴纳。逡巡（qūn xún）：迟疑，延缓。

⑬阴风：冷风。

⑭霰（xiàn）雪：呈颗粒状的雪。

⑮幼者：指小孩。形不蔽：指衣不蔽体。老者体无温：年纪大的人浑身冻得冰凉。

⑯残税：余税，指尚未交清的税。窥（kuī）：从小孔、缝隙或隐蔽处偷看。

⑰缯帛（zēng bó）：丝绸之统称。丝絮：不能织帛的丝，可用以絮衣，俗称丝绵。云屯：如云之聚集，形容盛多。

⑱羡余：盈余的财务。这里指超额征收的赋税。月：即"月进"，每月进奉一次。至尊：最尊贵，最崇高。多指皇帝。

⑲琼林库：泛指皇帝积贮私财的内库。

【译文】

在大地上种植桑麻等作物，是为了给百姓提供生活所需。人民努力纺麻织布，是为了能养活身家性命。

除了要满足自己所需以外，还要作为赋税供奉给皇帝。国家制定两税法，其实本意是为了推行仁政，为民解忧。

在税法推行之初，皇上明令昭告内外大臣防止滥增税目。如果有谁在税赋之外滥加其他税目，超额勒索任何一次财物，都要按照违法论罪。

怎奈天长日久，贪官污吏又开始像以前一样横征暴敛。为了榨取钱财疏通关系去加官进爵，他们不分冬春地搜刮、勒索人民。

丝织的绢帛还没有成匹，蚕茧缫出的丝还没装满一斤，里胥就来逼我们缴税了，而且还不许任何人怠慢延迟。

年终岁尾的时节，天寒地冻，阴冷的寒风席卷破败的村落。夜深人静的时候，万家烟火早已散尽，米粒般的大雪铺天盖地。

孩子们衣不蔽体，老人也冻得浑身冰凉、瑟瑟发抖。所有的悲叹与袭人的寒气，全都化作了鼻子中的辛酸。

因为昨天白天曾去补缴尚未纳完的税金，所以恰好偷看到官库里的情况。只见国库中的丝织品堆积如山，厚厚的棉絮就像天空中的云层一般。

这些美其名曰的"羡余物"都是百姓的血汗，每个月都会有人进献给皇帝。贪官们强行夺取我们老百姓身上穿的衣物和吃的粮食，换取朝廷对他们的恩宠。

而这些丝织品一旦进入了宫中宝库，就永不得见天日，天长日久最终会化作灰尘。

【赏析】

这首诗以农民的口吻揭露了"两税"法实行中的弊端，并描述了当时沉重的赋税给百姓生活带来的苦难与心酸，表达了诗人心中对老百姓寄予的深切同情。

开篇描绘出这样一个场景：皇帝号召百姓在大地上广种桑麻，是为了给百姓提供生活所需。人们纺麻织布，仅仅是为了能让自己生存下来。老百姓生活在社会最底层，地位卑微，除了简陋的自身消费，其余的全都要以赋税的形式进献给朝廷。前六句，仅用三十个字，就道出了老百姓的心酸境地。"所求活一身"，点出百姓多么简单而又可怜的愿望，却需要用加倍的艰辛去努力获取。

据记载，德宗时，宰相杨炎制定了"两税"法，就是规定分春秋两季征税，本意是为了"减轻农民负担"。开始的时候，为了防止滥征乱收，朝廷下达了明文规定："税外加一物，皆以枉法论。"也就是说，除了两税之外，再征收任何东西都要以违反法律论处。可是，时间久了，"上有政策，下有对策"，地方官又开始胡乱征缴了。地方官为了"求宠"，得到上级官员赏识，"敛索"无度，不分冬春。面对横征暴敛，老百姓苦不堪言，"织绢未成匹，缲丝未盈斤。里胥迫我纳，不许暂逡巡"，寥寥几句便将百姓的苦楚写得明明白白：绢未成匹，丝品不足一斤，可见东西少得可怜。可那么少的一点东西，还要被飞扬跋扈的里胥催缴，更令人气愤的是不许稍加迟缓。这本已经很苦了，而"岁暮天地闭，阴风生破村"之句，则更把这苦难加深了一层。夜晚很冷，还下起了大雪，"幼者形不蔽，老者体无温"，常年织绢缲丝之人，却衣不蔽体，在寒夜里瑟瑟发抖，个中心酸，引人悲悯。

那么多的丝织品都到哪里去了？"昨日输残税，因窥官库门"两句，借某位缴税的百姓之口陡然一转，如猛然推开一扇厚

重的大门，让人看到官库里堆积如山的缯帛，厚如云层的丝絮。这些美其名曰的"羡余物"，都是百姓的心血和汗水，准备进献给皇帝。可皇宫根本用不完那么多的丝织品，全都堆积在"琼林库"中，经年累月，都会腐烂掉。"夺我身上暖，买尔眼前恩"，既是愤恨，亦是发自肺腑的呐喊，怎能不发人深省！

【原典】

伤宅①

谁家起甲第②，朱门大道边③？

丰屋中栉比④，高墙外回环。

累累六七堂⑤，栋宇相连延⑥。

一堂费百万，郁郁起青烟⑦。

洞房温且清⑧，寒暑不能干⑨。

高堂虚且迥⑩，坐卧见南山⑪。

绕廊紫藤架，夹砌红药栏⑫。

攀枝摘樱桃，带花移牡丹。

主人此中坐，十载为大官。

厨有臭败肉⑬，库有贯朽钱⑭。

谁能将我语⑮，问尔骨肉间⑯。

岂无穷贱者，忍不救饥寒？

如何奉一身⑰，直欲保千年⑱？

不见马家宅，今作奉诚园⑲。

【注释】

①伤：伤怀，感伤。

②起：兴建。甲第：甲等宅地。古代皇帝赐给臣子的住宅有甲乙等级之分，甲第是赐给封侯者住的。

③朱门：红色的大门。原是古代天子对有功诸侯的一种赏赐，后来贵戚功勋家住宅的大门也常自涂红漆，以示尊贵。

④丰屋：房屋高大。栉（zhì）比：像木梳齿一样排列，形容多而密。

⑤累累：连贯成串的样子。堂：正房，高大的房子。

⑥栋（dòng）：房梁。宇：屋檐。相连延：相互连接绵延。

⑦郁郁：烟云盛多貌。青烟：青云。这句形容厅堂高耸、壮丽的景象。

⑧洞房：指深邃的内室。温且清：冬天温暖而夏天清凉。

⑨干：干扰。

⑩虚且迥（jiǒng）：空旷而且深远，宽敞高爽之意。迥：远。

⑪南山：即终南山，其主峰在长安南。

⑫红药：即红色芍药花。

⑬臭败肉：指肉多得吃不完而腐臭了。唐杜甫有诗《自京赴奉先县咏怀五百字》："朱门酒肉臭，路有冻死骨"。

⑭贯朽钱：钱堆积太多，由于长期不用，以致串钱的绳子霉烂，故称贯朽钱。贯：串钱用的绳子。

⑮将我语：把我的心里话传达出去。

⑯尔：你。此指这个大宅院的主人。骨肉：这里广指父老亲朋。

⑰如何：怎么，为什么。奉：奉养。

⑱欲：想，要。

⑲奉诚园：原为唐司徒马燧旧宅。马燧死后，其子马畅将园中大杏赠宦官窦文场，文场又献给唐德宗。德宗认为马畅不以大杏献己，意存轻慢，派宦官封了他的杏树。马畅恐惧，因此把住宅献给德宗。被德宗改为奉诚园，废置不用。

【译文】

抬眼看见红漆大门矗立在大路旁边，不知这是谁家修建了这么优等的宅院？

里面排列着无数宽绰的房屋，外面环绕着一道高大结实的墙垣。

六七座堂屋一座挨着一座，梁栋和屋檐相互联结绵延。

建一座堂屋花费银钱一百多万，院落里郁郁苍苍的气象仿佛升起了凌霄的云烟。

幽深的房子冬暖夏凉，寒冷和炎热都不能将它侵袭。

高耸的堂屋宽阔而且高爽，不论是坐着还是躺卧，都能望见秀美的南山。

环绕走廊的是爬满紫藤的花架，台阶两旁是开满芍药花的栅栏。

举手便可攀折枝条采摘樱桃，移植成活的牡丹带着花朵在风中摇颤。

主人就住在这阔绰的宅院里，一连十年都在做大官。

厨房里有吃不完的肉任它腐烂，库房里用不完的铜钱已经朽坏了穿钱绳。

试问谁能把我的心里话传达出去，问一问你身边的父老亲人。

难道没有看到那些贫贱的人在困苦中煎熬？你又怎能忍心不去解救他们的饥寒？

为什么只知道奉养自己，却总想将大富大贵保住千年？

难道你没看见唐代以豪奢著名的马家宅院，如今早已废弃，被改作皇家的奉诚园？

【赏析】

唐代中期，那些达官、贵人、宦官、将帅们竞相追求奢华，大兴土木，广建豪宅。诗人通过对权贵豪华宅第由胜到衰的描绘，揭露和抨击了唐朝上层社会的奢侈风气。

诗人以"谁家起甲第，朱门大道边"开篇，既似疑问又似自言自语：这是谁家兴建的豪华宅第？朱漆的大门开在大道旁边如此显赫。接下来的六句，皆详细描绘这座豪奢宅第的奢华以及富丽堂皇：一排排房屋状如梳齿，排列整齐；高高的围墙在外面曲折回环，气派异常。这里以"丰屋""高墙""栋宇相连"，构造出其恢宏的气势。然后言道，造"一堂费百万"，何况"累累六七堂"，这是多么大的手笔，可见主人极为富有，身份必定也是非同一般。

这样好的宅第，自然是冬暖夏凉，宽敞明亮。更何况地理位置好，可以"坐卧见南山"，而且园里有"绕廊紫藤"低垂，芍药夹道芬芳。可见宅院主人对庭院的细节设计也是费了一番功夫。在当时，"樱桃"还是很少见，一般是作为贡品送进宫中的；"牡丹"更是价值不菲，"一丛深色花，十户中人赋"（白居易《买花》）。而宅第的主人，居然将这两样堂而皇之地栽进园中，可见他在朝廷中的地位何其显赫。诗人先以"攀枝摘樱桃，带花移牡丹"点出主人之奢侈；再以"厨有臭败肉，库有贯朽钱"交代主人之富有。穷奢极欲的主人只图自己享乐，对老百姓的疾苦视而不见，平时"不救饥寒"，还幻想着自己能富贵千年。

诗人对这些达官贵人极为愤慨，毫不留情地抨击讽刺道："不见马家宅，今作奉诚园。"当年马燧的豪华宅第，如今已是废弃的奉诚园，荣华瞬息，富贵易逝，转眼一切皆成空，充分表达了诗人对民生疾苦的关注以及对国家命运的担忧。

【原典】

伤友

陋巷孤寒士①，出门苦恓恓②。
虽云志气在，岂免颜色低。
平生同门友③，通籍在金闺④。

曩者胶漆契⑤，迩来云雨暌⑥。

正逢下朝归，轩骑五门西⑦。

是时天久阴，三日雨凄凄⑧。

蹇驴避路立⑨，肥马当风嘶。

回头忘相识，占道上沙堤⑩。

昔年洛阳社⑪，贫贱相提携⑫。

今日长安道，对面隔云泥⑬。

近日多如此，非君独惨凄⑭。

死生不变者，唯闻任与黎⑮。

【注释】

①陋巷（lòu xiàng）：简陋的巷子。一说是指狭小简陋的居室。孤寒士：指出身低微的贫寒士人。

②苦恓恓（xī xī）：孤寂零落的样子，忙碌不安的样子。

③平生：向来，平素，往常。同门：同师受业。

④通籍（jí）：籍是二尺长的竹片，上写姓名、年龄、身份等，挂在宫门外，以备出入时查对。通籍指记名于门籍，可以进出宫门。因此后来便称做官为通籍。金闺：指金马门。亦代指朝廷。

⑤曩（nǎng）者：以往，从前，过去。胶漆契（qì）：犹言胶漆交。比喻深厚的交情。

⑥迩（ěr）来：最近以来。云雨暌（kuí）：像云雨一样不相会。暌：违背，不合，乖离。

⑦轩（xuān）骑：车骑。五门西：长安大明宫南面有五门。《唐六典》卷七大明宫："南面五门，正南曰丹凤门，东曰望仙门，次曰延政门；西曰建福门，次曰兴安门。"其中建福门为百官出入之门，故诗云"五门西"。

⑧凄凄（qī qī）：形容寒凉。

⑨蹇（jiǎn）驴：跛蹇驽弱的驴子。避路立：指躲在路旁避雨。

⑩沙堤：唐代专为宰相通行车马所铺筑的沙面大路。

⑪洛阳社：即白社。指隐士居所。

⑫提携（xié）：照顾。

⑬隔云泥：云在天，泥在地，意思是相隔之远。

⑭惨凄（cǎn qī）：悲惨凄凉。

⑮唯闻：只听说。任与黎：唐代任公叔、黎逢的合称。两人交谊深厚。

【译文】

住在陋巷中孤苦卑微的贫寒之士，出入家门常常是一副凄苦孤寂、忙碌不安的样子。

虽说志气高远，但在现实中怀才不遇，也难免不顾颜面而低下头颅。

平素在同一师门受业的好友，有的已经在朝廷做官。

以前友好得像胶漆那样不离不弃的交情，近来却像是云雨相背违一般。

正好遇到好朋友下朝回家的时候，车骑走过宫廷五门的西边。

当时天空已经阴沉很长时间也不开晴，雨水渐渐沥沥下了整整三天也不见停。

寒士骑着跛蹇驽弱的驴子站在路旁避雨，好友则是骑着肥马迎风嘶鸣。

擦肩而过后回头看了看，竟然忘记了曾是相识的人，友人径直走上了象征身份的沙堤。

遥想当年在洛阳社，虽然贫贱，却能互相提携。

如今在长安大道上，相逢于对面却如同相隔云泥。

近来的现实多是这样，并不是只有你一个人独自凄惨。

能够铸成生死之交而永不改变的，只听说唐代曾经有过任公叔与黎逢。

【赏析】

这是一首感慨世态炎凉，叹息交友不终之作。

白居易年少时，家境贫寒，为了生计奔波在长安，饱受世情冷暖，尝尽受人白眼与冷落的滋味。"陋巷孤寒士，出门苦恓恓"两句，其实也是诗人自身的写照。常言道："人在屋檐下，不得不低头"，"孤寒士"虽然满腹经纶，志向高远，怎奈在现实面前也避免不了违心低头、看人脸色。以前一起读书学习的朋友，一旦在朝廷中做了官，就出现了"曩者胶漆契，迩来云雨睽"这样的情景，所以诗人感叹以前如胶似漆的挚交，可如今连见面也很难了。

从"是时天久阴"句开始，诗人共用六句描绘出寒士与故友相逢的场景。阴雨连绵的天气里，寒士因为跛脚的驴子行走不快，只好在路边的屋檐下避雨。恰逢友人下朝归来，奢华的马车嘶鸣而过，转眼就上了皇帝专门为重要官员修筑的沙堤。友人回头看着寒士，却根本没有记起他是谁，只道是一个落魄的贫民在避雨罢了！寒士对朋友如今的视而不见感到伤情。他想起"昔年洛阳社，贫贱相提携"的日子，如今却"今日长安道，对面隔云泥"，真是世态炎凉啊！

然而世间的人大多都是如此"现实"的：一旦飞黄腾达，就会忘记之前的贫贱之交。倘若此时想去追问谁能生死不变的话，恐怕也只有唐代的任公叔与黎逢了！或许正是现实生活中的这样一场相逢，在诗人敏感的心灵上，留下了终生难忘的阴影。

【原典】

轻肥①

意气骄满路②，鞍马光照尘③。

借问何为者④，人称是内臣⑤。

朱绂皆大夫⑥，紫绶或将军⑦。

夸赴军中宴⑧，走马去如云。

樽罍溢九酝⑨，水陆罗八珍⑩。

果擘洞庭橘⑪，脍切天池鳞。

食饱心自若⑫，酒酣气益振⑬。

是岁江南旱，衢州人食人⑭。

【注释】

①轻肥：语出《论语·雍也》："乘肥马，衣轻裘"，代指达官贵人的奢华生活。

②意气骄满路：行走时意气骄傲，好像要把道路都"充满"了。意气：指意态神气。

③鞍马：指马匹和马鞍上华贵的金银饰物。

④借问：指询问，请问。

⑤内臣：原指皇上身边的近臣，这里指宦官。

⑥朱绂（fú）：指朱衣。因唐制五品以上官员才能穿朱色衣服。皆：全，都。

⑦紫绶（shòu）：绶为丝带，用以系印。

⑧夸：夸耀。军：指左右神策军，皇帝的禁军之一。

⑨樽罍（zūn léi）：樽与罍都是盛酒器。罍似坛。亦指饮酒。九酝（yùn）：一种经过重酿的美酒。

⑩水陆罗八珍：水上与陆地所产的各种美食。

⑪擘（bò）：剖。洞庭橘（jú）：洞庭山产的橘子。

⑫鲙（kuài）切：将鱼肉细切做菜。天池鳞：泛指大海里的鱼。

⑬酒酣（hān）：谓酒喝得尽兴、畅快。自若：自得，自在。

⑭是岁：这一年。衢（qú）州：唐代州名，今属浙江。

【译文】

行走时骄纵飞扬，骄横的气焰充满道路，金灿灿的鞍马光芒四射，照耀灰尘。

请问这都是一些什么人物？人们都说那是侍奉皇帝的"内臣"。

那身穿朱红色官服的都是朝中大夫，那些佩着紫绶的都是将军。

他们个个耀武扬威前去参加军中饮宴，驱马飞驰而去时就像一片乌云。

杯坛之中斟满良酝佳酿，宴席桌上罗列着水上与陆地所产的各种海味山珍。

那剖开的鲜果是洞庭山上盛产的金橘，细切的鱼鲙便是来自天池的银鳞。

人若是吃饱了心情自然就会欢畅，喝酒喝得尽兴以后精神越发振奋。

然而这一年江南遭了旱灾，百姓忍受不了饥饿，衢州甚至出现了人吃人的现象！

【赏析】

据史料记载，唐代后期政治腐败的根源之一就是太监专权。这首诗，就是讽刺那些被皇帝所宠信的宦官们骄奢淫逸的生活状态。他们穿红佩紫，骑着高头大马，耀武扬威地去军队里赴宴。开头两句，先写宦官出行的盛大场面："意气骄满路，鞍马光照尘"。骄纵飞扬的一行人占满整条道路，马鞍上光亮的银饰能照得见细小的尘土。这是什么人出行如此排场呢？诗人惊异地拉住身边的路人询问。路人回答道："是内臣"。内臣者，宦官也。看到此处，读者不禁要问：宦官不过是皇帝的家奴而已，凭什么如此骄横神气？看他们身着"朱绶"，"紫绶"系印，显然是掌握了政权和军权。一群人簇拥着打马而过，去赴"军中宴"。"军中宴"的"军"是指保卫皇帝的神策军。此时，神策军由宦官管领，这也是他们飞扬跋扈、为所欲为的重要原因之一。

接下来的六句中，通过内臣们军中宴饮的场面，表现出他们的奢侈。"樽罍溢九酝，水陆罗八珍。果擘洞庭橘，脍切天池鳞"，这短短四句足以说明酒宴上不仅有美酒佳酿，还有水上陆地盛产的各种山珍海味，水果有洞庭湖盛产的新鲜橘子。"食饱心自若，酒酣气益振"两句，又由奢华写到骄纵，从而呼应开头。赴宴之时，已然"意气骄满路"，如今食饱、酒酣，意气自然越发骄横，不可一世了。

然而当这些"大夫""将军"盛宴正酣之时，江南衢州却因为大旱，在饥饿难忍的情况下，甚至发生了"人食人"的悲惨现象。诗人运用了对比的方法，把两种截然相反的社会现象并列在一起，笔墨到此戛然而止，无须发表议论，已经使读者通过鲜明的对比，得出不忍直视的惨痛结论。这比直接抒发议论更能使人震撼，更有说服力。

【原典】

立碑

勋德既下衰①，文章亦陵夷②。

但见山中石，立作路旁碑。

铭勋悉太公③，叙德皆仲尼④。

复以多为贵⑤，千言直万赀⑥。

为文彼何人⑦，想见下笔时⑧。

但欲愚者悦⑨，不思贤者嗤⑩。

岂独贤者嗤，仍传后代疑⑪。

古石苍苔字，安知是愧词⑫。

我闻望江县⑬，麴令抚茕嫠⑭。

在官有仁政，名不闻京师。

身殁欲归葬⑮，百姓遮路歧⑯。

攀辕不得归⑰，留葬此江湄⑱。

至今道其名，男女涕皆垂⑲。

无人立碑碣，唯有邑人知⑳。

【注释】

①勋（xūn）德：功勋与德行。既：完了，已经，以后。下衰：下降。

②陵夷（líng yí）：山陵变为平地，借喻文风衰颓。

③铭勋（míng xūn）：指在石碑上铭刻功勋。悉（xī）：全。太公：指周朝初期的姜太公吕尚。

④叙（xù）德：叙述品德。皆：都。仲尼：即孔子，字仲尼。中国古代思想家、教育家，儒家学派创始人。

⑤复以多为贵：当时文人替豪门贵族作碑文，按字数计算润笔费。复：又，再。

⑥直：同"值"。指价值。万赀（zī）：指万钱。赀：同"资"。

⑦彼（bǐ）：他，对方。

⑧下笔时：指书写碑文的时候。

⑨悦：高兴，愉快。

⑩嗤（chī）：耻笑。

⑪疑：疑惑。

⑫安知：怎么知悉，怎么能知道。愧词：在碑文中替人家乱吹捧而感到内心有愧。

⑬望江县：今安徽省望江县。

⑭麹（qū）令：指麹信陵。贞元元年进士第，为舒州望江令，以德政闻名。抚：安抚。茕嫠（qióng lí）：指鳏夫和寡妇。

⑮殁（mò）：死。欲归葬（zàng）：想把尸体运回故乡埋葬。

⑯百姓遮路歧（qí）：指百姓拦在路上不让麹信陵灵柩离开。唐代萧缜《前望江麹令颂德》："政绩虽殊道且同，无辞买石纪前功。谁论重德光青史，过里犹歌卧辙风。"可见确有其事。遮，挡。路歧，交叉路口。

⑰攀辕（pān yuán）：拉住车辕，不让车走。这里指百姓攀住麹信陵的灵

车不放行。

⑱江湄（méi）：江边。

⑲至今道其名，男女涕（tì）皆垂：到现在说起麹信陵的名字，百姓还都是涕泪双流。

⑳碑碣（jié）：此处指墓碑。古人称长方形的刻石叫碑，圆首形的或形在方圆之间，上小下大的刻石叫碣。唯有邑（yì）人知：只有望江县里的人知道。邑，县。

【译文】

官宦的功勋与德行已经变得越来越衰微，文风也随之越来越败坏。

只见山中的大石，被立起来当作路旁的石碑。

且看所铭记的功业之重都像姜太公吕尚，凡是所称颂的德行之高都像是孔夫子。

而且碑文写得越长就越发贵重，往往千字言语就能得稿酬万金。

管他写进碑文的都是什么人呢？可以凭想象将浮现于笔墨之下的华丽文辞通通写入碑文。

只想以此获得愚蠢之人的欢心，不用考虑是否能够引起贤人的嗤之以鼻。

其实岂止是引起贤人的嗤之以鼻，而且还会给子孙后代留下重重疑团。

古老的石碑上，那些布满苍苔的文字，怎么能知道原来都是一些令人羞愧的吹捧之辞。

我听说有一个地方叫望江县，那里有一个县令叫麹信陵，他能精心抚恤孤寡困苦的人民。

在职为官期间能够实行仁政，然而京城里却听不到他的好名声。

他死后，家人想将他的尸骨运回故乡安葬，老百姓闻讯后纷纷拥堵在路口不肯放行。

乡民们紧紧挽住车辕不放手，致使灵车无法回归故乡，最后只好留下来，葬在这望江岸边。

直到现在，只要一提起他的姓名，男女老少还都是热泪滚滚、感激涕零。

至今也没有人为他立碑碣，只有望江县的人知道他的德行操守深得民心。

【赏析】

利用死后立碑撰文来夸耀门庭、颂扬功德之风始于汉代，到唐代更为盛行。据史料记载，那时候有钱人家为了给逝者求得一篇歌功颂德的上好墓志铭，不惜拿出重金请名士来撰写。而有些撰写者因为有丰厚的利润所驱使，极尽阿谀吹捧之辞，故称"谀墓"。白居易竭力反对这种现象，所以作此诗来抨击这种隐恶扬善、粉饰虚名的丑陋现象。

诗人开篇即厉言指责当时的道德之风越来越衰微，文风也日渐衰颓。"但见山中石，立作路旁碑"之句，更可见当时"立碑"已然成风，立石便可刻字成碑。其实"立碑"本无可厚非，可上面撰写的碑文都是吹捧之词，就很难令人苟同了，甚至不管墓中人真实品行如何，写碑文的人，为了得到高昂的润笔费，皆赞其功盖吕尚、德比孔丘。他们只顾想办法让求他撰写碑文的人家高兴，而不顾是否被知道真相的人耻笑。殊不知，这样不仅会遭到贤人的耻笑，还会给子孙后代留下各种云遮雾罩的疑团。后世人看着布满苍苔的古迹石刻，哪里会想到这都是些胡乱吹捧、歪曲事实之词呢？

接着，诗人以贞元年间的望江县县令麴信陵为例，说他为官期间不仅体恤孤苦伶仃之人，而且处处彰显仁政，故而深得民心。虽然"名不闻京师"，却被当地百姓感激涕零、铭记于心。因为舍不得他，甚至在他死后百姓拥堵在路口"攀辕卧辙"，只为挽留他的灵柩，想让他的高尚灵魂依旧能在此地庇护望江县世世代代，更是为了能够随时祭拜他。

白居易认为，立碑铭文并不能名留千古；只有施行仁政、品德高尚的人，即便是没有碑碣铭文歌颂功德，却也能"至今道其名"！就像这位望江县令麴信陵死后并没有立碑，却在当地百姓之中有口皆"碑"。相较于那些树碑立传，想借碑文流传千古的人，这应该说是极大的讽刺！

【原典】

歌舞

秦中岁云暮①，大雪满皇州②。

雪中退朝者，朱紫尽公侯③。

贵有风云兴④，富无饥寒忧⑤。

所营唯第宅⑥，所务在追游⑦。

朱轮车马客⑧，红烛歌舞楼。

欢酣促密坐⑨，醉暖脱重裘⑩。

秋官为主人⑪，廷尉居上头⑫。

日中为一乐，夜半不能休。

岂知阌乡狱⑬，中有冻死囚！

【注释】

①秦中：古地名，在今陕西省中部，包括西安，古时叫长安，春秋战国属于秦国属地。岁云暮：指年终时候。云：语气助词。

②皇州：唐朝帝都长安城。

③朱紫：指官服颜色。唐朝制度三品以上衣为紫色，五品以上衣为朱色。

④风云兴：这里指赏风云的兴致。

⑤饥寒忧：对饥饿寒冷的忧虑。

⑥营：谋求。第宅：府第，住宅。

⑦务：追求。追游：追逐游乐。

⑧朱轮：因贵族所乘车以朱红色漆车轮。

⑨欢酣促密坐：意为酒酣兴浓时，高官与歌舞女紧紧拥坐在一起。促，靠近。

⑩重裘（qiú）：厚实的皮衣。

⑪秋官：掌刑狱的官员。

⑫廷尉：秦汉时掌刑狱审判的长官，相当于唐代的大理寺卿。

⑬岂知：哪里知道，哪晓得。阌（wén）乡：旧县名，在今河南灵宝西北部。

【译文】

此时的长安城已经是寒冬腊月，纷纷扬扬的大雪落满皇州。

大雪中行走着退朝回家的人，那些身穿朱绂佩戴紫绶的都是朝中公侯。

达官贵人有吟风赏雪的兴致，富豪人家从来都没有忍饥受冻的忧愁。

他们所谋求的只是舒适的高宅大院，所追求的不过是豪饮狂游。

朱红色的大门前涌来轻车肥马的豪客，红烛闪烁，轻歌曼舞的欢乐声飞出高楼。

高官美女个个酒酣意浓拥坐在一起，越靠越紧，酒气熏蒸，一重重脱去厚实的狐裘。

这其中主管刑狱的秋官虽然是主人，掌管刑罚的廷尉大人却高坐在宴席的最上头。

他们从中午开始这一场歌舞娱乐的宴饮，直到夜半也不肯罢休。

哪里还知道阌乡的牢狱中，里面有多少冻死的所谓"罪囚"。

【赏析】

此诗又名"伤阌乡县囚"，约作于元和五年（810年）前后，当时诗人在京城长安任左拾遗、翰林学士。那一年，天寒岁暮，一场铺天盖地的大雪覆满神州大地。退朝回家的那些公侯将相们见此皑皑白雪，饶有兴致地欣赏赞叹，张罗着宴饮之事。而白居易透过茫茫的大雪，看到的却是被那些王公贵族视如未见，甚至是刻意忽略的民间疾苦。他们华服暖轿，哪里会有担心饥寒的忧愁？诗人抑制不住对他们的鄙薄和厌恶，不禁直发议论："所营唯第宅，所务在追游"，深刻地揭示出王公贵族们尸位素餐，只求享乐的纨绔官僚作风。

王公贵族们坐着"朱轮"的豪车，去看"红烛"之下华美的歌舞，喝到兴致大发之时就聚坐在一处，热得把身上的皮裘都脱掉了。从中午开始摆设宴席纵乐饮酒，一直闹到半夜还不肯罢休。表明这些人终日沉溺美色、纵饮无度。而"欢酣促密坐，醉暖脱重裘"之句，真是将他们腐朽奢靡的丑态刻画得淋漓尽致、入木三分。至于宴饮的那么多人中，大大小小的官员肯定都有，为何单单提到"秋官""廷尉"两个官位呢？其实，秋官本来是《周礼》上的官名，秋官以大司寇为长官，掌刑狱。廷尉则是秦汉时，掌管刑狱审判的官。诗人借用这两个官名，以代指当朝刑部的官员。刑部的官员在此醉生梦死。"岂知阌乡狱，中有冻死囚"这一尾句，如重磅炸雷，令人震惊，同时也和之前的宴饮形成鲜明对照。诗人之笔到此戛然而止，而无限余白引人深思。

此诗参照白居易曾上书的《奏阌乡县禁囚状》："县狱中有囚数十人，并积年禁系，其妻儿皆乞於道路，以供狱粮。其中有身禁多年，妻已改嫁者；身死狱中，取其男收禁者。云是度支转运下囚，禁在县狱，欠负官物，无可填赔，一禁其身，虽死不放"等句得知，那些被关押在监狱中的所谓囚犯，其实不过是"欠负官钱"、无力交纳赋税的贫苦百姓。诗人把这些"囚犯"的悲惨遭

遇与统治者的奢侈糜烂相对照，对比强烈，深刻有力，直指权贵，令权贵高官闻之色变，咬牙切齿。白居易在《与元九书》中写道："闻《秦中吟》，则近者相目而变色矣"。由此可见，白居易这首诗犀利如刀，也因此让无数人仇恨。

【原典】

买花

帝城春欲暮①，喧喧车马度②。

共道牡丹时，相随买花去③。

贵贱无常价④，酬直看花数⑤。

灼灼百朵红⑥，戋戋五束素⑦。

上张幄幕庇⑧，旁织笆篱护⑨。

水洒复泥封，移来色如故⑩。

家家习为俗⑪，人人迷不悟⑫。

有一田舍翁⑬，偶来买花处。

低头独长叹，此叹无人喻⑭。

一丛深色花⑮，十户中人赋⑯！

【注释】

①帝城：皇帝居住的城市，指长安。春欲暮（mù）：春将尽。

②喧喧（xuān xuān）：喧闹嘈杂的声音。度：过。

③相随：伴随，跟随。

④无常价：没有一定的价钱。

⑤酬（chóu）直：酬金。此处指买花付钱。直，通"值"。

⑥灼灼（zhuó zhuó）：色彩鲜艳的样子。

⑦戋戋（jiān jiān）：形容少。五束素：指花的价钱。古代以五匹为一束，五束素就是二十五匹帛。

⑧幄幕（wò mù）：篷帐帘幕。庇（bì）：遮蔽，掩护。

⑨织：编。巴篱（lí）：篱笆。

⑩色如故：颜色跟原来一样。

⑪习为俗：长期习惯成为风俗。

⑫迷不悟：痴迷于赏花，不知道这是奢侈浪费的事情。

⑬田舍翁：年老的庄稼汉。

⑭喻（yù）：知晓，明白。

⑮深色花：指红牡丹。

⑯中人：即中户，中等人家。唐代按户口征收赋税，分为上中下三等。

【译文】

这一年的春季即将过去，京城中的大街小巷车马奔驰，非常热闹。

都说是到了牡丹盛开的时节，那些名门大户人家争先恐后地赶去买花。

牡丹花是贵是贱都没有固定的价格，买花需要多少钱要看花朵的品种和数目。

鲜艳夺目的红花有百朵，这小小的一束花就价值精致的白绢五束。

上面张起帐篷帘幕用来遮蔽阳光暴晒，旁边编织了篱笆加以保护。

主人精心浇灌，还封上了最肥沃的土，所以移植过来的花颜色依旧如故。

每一家都习惯了暮春时节买花栽花而形成了风俗，每个人都执迷不悟。

有一个种田的老汉，偶然来到买花的地方看到此情此景。

不由得低下头来独自长声哀叹，可这一声长叹没有人能明白。

有谁知道这小小的一丛深红色的牡丹花，价值竟然是十户中等人家一年的赋税！

【赏析】

这首诗通过对暮春时节，京城贵族们相互追随去买牡丹花的描写，揭露了当时社会矛盾的某些本质，具有深刻的社会意义。诗人以独特敏感的视角，从买花处发现了一位别人视而不见的"田舍翁"，从中看到了别人不曾看到的社会问题，并述诸文字，成就了此诗。

暮春百花凋零，而牡丹方始盛开。帝都长安城的大街小巷，车水马龙、热闹非凡，上流社会的贵族、富人们，开始呼朋唤友，相伴同去买花。唐刘禹锡也有"花开时节动京城"之句，可见当时人们对牡丹的钟爱已经到了狂热的地步。春暮正是农忙时节，可长安城中，却"喧喧车马度"，王公贵族忙于"买花"。"喧喧"二字用得极为巧妙，既似听觉又似视觉，将人多繁杂、喧闹沸腾的场面描绘得生动而形象。

牡丹花的品种繁多，价格也不同。一株枝繁叶茂、鲜红欲滴、有上百朵花苞的牡丹，就值"五束素"的价格。古代以五匹为一束，五束素就是二十五匹帛，由此可见，牡丹的价格到了令人咋舌的地步，同时也侧面描写出这些驱车走马的富贵闲人为买花而挥金如土的奢侈生活。如此昂贵的花，难怪要加以"上张幄幕庇，旁织笆篱护。水洒复泥封"的百般珍惜，以保持"移来色如故"了。

这种当时家家习以为俗、人人习以为常的事情，根本没有人意识到有什么不对。而一位饥寒交迫、生活在社会最底层的"田舍翁"，"偶来买花处"，却低头长叹一声。看见他在"低头"，听见他在"长叹"，却没人能明白他此举何意。而心思通透的诗人却明白了他的潜台词：一丛深色花，十户中人赋。仅仅买一丛"灼灼百朵红"的深色花，就要挥霍掉十户中等人家的税粮！这说明了一个事实：那位看人买花的"田舍翁"，就是这买花钱的缴付者之一！推而广之，这些"高贵"的买花者，衣食住行，都是来源于从劳动人民身上榨取的"赋税"。诗人借助"田舍翁"的一声"长叹"，用自己的诗歌大胆地谱写出劳动人民的心声，尖锐地反映了剥削与被剥削的社会矛盾，揭示了当时社会"富贵闲人一束花，十户田家一年粮"的贫富差距，令人深思不已。

新乐府　并序（选一十七首）

序：凡九千二百五十二言，断为五十篇。篇无定句，句无定字①，系于意，不系于文。首句标其目②，卒章显其志③，《诗》三百之义也④。其辞质而径⑤，欲见之者易谕也。其言直而切⑥，欲闻之者深诫也。其事核而实⑦，使采之者传信也。其体顺而肆⑧，可以播于乐章歌曲也。总而言之，为君、为臣、为民、为物、为事而作⑨，不为文而作也。

元和四年为左拾遗时作。

【注释】

①篇无定句，句无定字：这是新乐府杂言歌行的诗体特点，篇幅长短自如，以七字句为主，但也有三言、五言等句式。

②首句标其目：《诗经》篇名多取首句句意，从一字到五字不等。

③卒章：在《诗经》指最后一章，后以此借指诗文的结束部分。

④《诗》三百：《诗经》三百篇，先秦时称"诗三百"。

⑤质而径：质实直接。

⑥直而切：率直贴切。

⑦核而实：准确而真实。

⑧顺而肆：通顺流畅。指《新乐府》具有歌词特点，可以合乐演唱。白居易《与元九书》："韵协则言顺，言顺则声易入。"

⑨为君、为臣、为民、为物、为事而作：此处是以五音喻君、臣等五者。《礼记·乐记》："宫为君，商为臣，角为民，徵为事，羽为物。五者不乱，则无怗滞之音矣。"

【译文】

序：这里所有九千二百五十二句言论，共断为五十篇。每一篇都没有固定的句式，每一篇诗句也没有固定的字数，是流于情态的杂言歌行，而不是穷工于词的律诗绝句的文体，注重返璞归真之美。这一组新乐府诗以首句或根据首句的句意标注为该诗的题目，诗文读到结尾部分都能彰显出诗中所蕴含的情志，以及《诗经》三百篇所包罗的含义。诗句质实直接、真切朴实，那么要想理解其中蕴意就很容易明了。诗中的言辞率直贴切，想要听闻诗中含义的人就能深深警醒而引以为戒了。诗中记述的事典都准确而真实，就能使其在采用与传播的过程中更加使人信服。它的文体通顺而且流畅，就能将其传播到乐曲歌词之中传唱了。总而言之，这是为君、为臣、为民、为物、为事而作，而不是为了作文而作。

元和四年时任左拾遗期间所作。

【赏析】

《新乐府》五十首是白居易全面反映唐代社会现实的一组力作，主要以描写民生疾苦和社会现实弊端为主，也有追思历史、歌颂太宗功业、总结玄宗失败的作品，更有广泛涉及德宗、宪宗朝政的大量作品。

此诗题原为李绅初创，曾写下《乐府新题》二十首，白居易好友元稹择其中十二首，和成《和李校书新题乐府十二首》。李绅原作今不存，元稹所和十二首之题则被白居易采用，扩充为五十首。

当时，白居易官任左拾遗，专事谏言。他感激自己受到皇帝的赏识提拔，希望能尽言为官职责，报答皇帝的知遇之恩。因此频繁上书言事，写下了大量反映社会现实的诗歌，希望以此补察时政，其中就包括《新乐府》五十首。这些诗歌，文辞质朴，浅白易懂，便于读者理解。不仅一针见血，切中时弊，且笔锋犀利，直指当朝王侯将相的"要害"。白居易也因此引人忌恨，横遭毁谤，后来被远谪江州，以他为主要倡导者的新乐府运动也因此受到挫折。

尽管如此，白居易的《新乐府》五十首在中国诗歌史上注定留下了光辉的一页，并对后世诗歌的发展产生了深远的影响。

【原典】

海漫漫①

海漫漫②，直下无底旁无边。

云涛烟浪最深处③，人传中有三神山④。

山上多生不死药⑤，服之羽化为天仙⑥。

秦皇汉武信此语⑦，方士年年采药去⑧。

蓬莱今古但闻名，烟水茫茫无觅处⑨。

海漫漫，风浩浩，眼穿不见蓬莱岛。

不见蓬莱不敢归，童男丱女舟中老⑩。

徐福文成多诳诞⑪，上元太一虚祈祷⑫。

君看骊山顶上茂陵头⑬，毕竟悲风吹蔓草⑭。

何况玄元圣祖五千言⑮，不言药，

不言仙，不言白日升青天⑯。

【注释】

①海漫漫：戒求仙也。

②海漫漫：形容大海广阔无边貌。

③云涛：翻滚如波涛的云。烟浪：犹烟波。

④三神山：指方丈、蓬莱、瀛洲这三座古来相传的海中的三座神山。《史记·秦始皇本纪》："齐人徐巿等上书，言海中有三神山，名曰蓬莱、方丈、瀛洲，仙人居之。"

⑤不死药：传说中一种能使人长生不死的药。其实这皆为道士妄传，借以欺骗愚人。

⑥羽化：指飞升成仙。天仙：也叫"飞仙""神仙"，都是道教虚构的迷信说法。

⑦秦皇汉武：指秦始皇、汉武帝。

⑧方士：方术之士。古代自称能访仙炼丹以求长生不老的人。

⑨无觅处：无处寻找。

⑩丱（guàn）女：此指童女。丱，指把头发束成两角的样子。

⑪徐福：秦时方士，秦始皇派他带童男丱女数千人，入海求仙。文成：汉时方士，以鼓吹鬼神方术为武帝所信任，后因骗局拆穿而被武帝杀。诳诞（kuáng dàn）：欺诳荒诞。

⑫上元：古代神话传说中的仙女名，即上元夫人。《汉武帝内传》中说，她和西王母都是当时所谓极尊贵的女仙。太一：即太乙，天神名。秦、汉两朝，一直被称为最尊贵的"天神"。祈祷（qí dǎo）：向神祝告求福。

⑬骊（lí）山：位于陕西省临潼区东南，因古骊戎居此而得名，秦始皇葬于此。茂陵：位于陕西省兴平市东北，是汉武帝坟墓所在地。

⑭毕竟：终归，终究，到底。悲风：意为凄厉的风。蔓（màn）草：生有长茎能缠绕攀缘的杂草。泛指蔓生的野草。

⑮玄元圣祖：指老子，被唐朝皇族攀认为始祖，天宝二年（743年）追号为"大圣祖玄元皇帝"，简称"玄元圣祖"。五千言：指老子的《道德经》。

⑯白日升青天：为方士迷信之言，意思是人服了炼成的金丹，便能在白天时候飞上天空成仙。

【译文】

大海漫漫，一直向下深得不见海底，两旁宽得没有边际。

在那烟云弥漫、层层浪涛最深邃的地方，人们传说那里有三座神山。

山上生长着很多长生药草，吃了它就可以变化飞升，成为神仙。

秦始皇、汉武帝相信这些言语，每年都要派方士到神山中去采药炼丹。

从古至今，只听说蓬莱仙山的名字，只可惜烟水茫茫，并没有可以寻觅之处。

海水漫漫，海风呼啸，可是望穿了双眼也没有看见蓬莱仙岛。

方士找不到蓬莱仙岛不敢归来，只能带领男女少年们在船上逐渐衰老。

徐福和文成是多么虚妄荒诞，只知道向上元女仙、太一尊神徒然祈祷。

你看那骊山顶上秦皇墓和茂陵汉武帝的坟头，终归是繁华已逝、悲风吹乱草。

　　更何况玄元圣祖的《道德经》中纵有五千言，也没说过不死药，没说过求仙，更没说过大白日里有谁能够飞升青天。

【赏析】

　　自秦汉以来，方士神仙之说对人们一直有很大的吸引力。唐代迷信道教，炼丹服药以求长生，更成为上层社会的一种风气。

　　本诗的开头即描述了在茫茫大海之中，"云涛烟浪最深处"，有三座神山。关于蓬莱、方丈、瀛洲三座神山以及长生不老药的传说古来已有。史书上曾记载，秦始皇和汉武帝都曾派人访神山寻求长生不死药，然而蓬莱之名虽然远播天下，却从来都没有人见到过，纵然望穿双眼，可"烟水茫茫"要到哪里去寻找呢？可怜那些童男童女们，"不见蓬莱不敢归"，最后老死在船上。"海漫漫，风浩浩"，诗人用充满悲怆的叠字，表述了一个无可辩驳的客观事实，揭示了访仙求丹的虚妄，同时也起了点题的作用。

　　最后，诗人很明确地告诫皇帝："徐福文成"都是欺诳荒诞之辈，向"上元太一"等神仙祈祷，也都是虚无缥缈的事情。你看看当年的秦始皇、汉武帝，热衷于求仙长生，最后也就是落得个"骊山顶""茂陵头"上只见悲风吹蔓草的结局。更何况就连号称"玄元圣祖"的老子，那么学识渊博，那么熟知经史，写下了五千多字的《道德经》，不也是没提过什么不死药，什么羽化成仙，什么白日飞升的事情吗？全诗从历史事实方面力斥轻信方士、求神仙的错误思想，目的在于讽谕唐宪宗。然而可悲的是，唐宪宗并未从中吸取教训，终于因乱服金丹、精神失常而为太监陈弘志所杀，没能长生不老。

【原典】

太行路①

太行之路能摧车②，若比人心是坦途③。

巫峡之水能覆舟④，若比人心是安流⑤。

人心好恶苦不常⑥，好生毛羽恶生疮⑦。

与君结发未五载⑧，岂期牛女为参商⑨。

古称色衰相弃背⑩，当时美人犹怨悔⑪。

何况如今鸾镜中⑫，妾颜未改君心改⑬。

为君熏衣裳⑭，君闻兰麝不馨香⑮。

为君盛容饰⑯，君看金翠无颜色⑰。

行路难，难重陈⑱。

人生莫作妇人身⑲，百年苦乐由他人。

行路难，难于山，险于水。

不独人间夫与妻⑳，近代君臣亦如此。

君不见，左纳言㉑，右纳史㉒。朝承恩㉓，暮赐死㉔？

行路难，不在水，不在山，只在人情反覆间㉕！

【注释】

①太行路：借夫妇以讽君臣之不终也。

②太行（háng）：山名，又名五行山、王母山、女娲山，在山西高原与河北平原之间，形势险要。摧（cuī）车：摧毁车辆。

③若比人心：和人心相比较。坦途：平坦的路途。

④巫峡：长江三峡之一，水急浪高，舟行极险。覆（fù）舟：颠覆小船。

⑤安流：平静的水流。

⑥好恶（hào wù）：喜好和憎恶。

⑦好生毛羽恶生疮（chuāng）：张衡《西京赋》："所好生毛羽，所恶成创痏（wěi）"。意思是：喜欢的东西就像羽毛一样珍爱，厌恶的东西就像伤疤一样嫌弃，形容主观好恶不定。喻指对所喜欢的人千方百计美誉拔高，对所厌恶的人则竭力挑剔攻击。疮，一种皮肤上肿烂溃疡的病。

⑧结发：指结婚。古夫妻成婚时，各取头发合而作一，故称"结发"。未五载（zǎi）：没有五年。载：年。

⑨岂期（qǐ qī）：怎么也想不到。牛女：即牛郎和织女。此处借指人心相距很远，水火不容。参商（shēn shāng）：参星与商星。两星不同时在天空

出现，因以比喻亲友分隔两地不得相见，也比喻人与人感情不和睦。

⑩色衰（sè shuāi）：比喻容颜衰老。弃背（qì bèi）：抛弃，离弃。

⑪犹（yóu）：尚且。怨悔：怨恨。

⑫鸾镜：古有孤鸾映镜，睹形而悲鸣之传说，故于镜背雕饰以鸾鸟图案。

⑬妾（qiè）颜未改君心改：指女子的容貌还没有改变，夫君的心却早已改变。妾，谦辞，旧时女人自称。颜，容颜。

⑭熏（xūn）衣裳（cháng）：古人衣物多喜欢用香熏制。裳，古代指遮蔽下体的衣裙。

⑮兰麝（lán shè）：兰与麝香。指名贵的香料。不馨（xīn）香：不够芳香馥郁。

⑯盛（shèng）容饰：着意加以打扮、修饰。

⑰金翠（cuì）：指金黄、翠绿之色或黄金和翠玉制成的饰物。无颜色：即没有光彩。

⑱重（chóng）陈：重复陈述。

⑲莫作：不要做。

⑳不独：不是只有。

㉑左纳言：即侍中，门下省长官。隋朝及唐代初名纳言，武则天时改东台左相，又改纳言，玄宗时又改左相。

㉒右纳史：应作内史，即中书令，中书省长官。隋名内书令，唐初名内史令，武则天时改西台右相，玄宗时改右相。

㉓朝（zhāo）承恩：早上蒙受恩泽。

㉔暮（mù）赐（cì）死：傍晚赐予死刑。

㉕反覆：变化无常。

【译文】

太行山的道路万分艰险，能摧毁车辆，但倘若和人心比起来，却算得上是"坦途"。

巫峡的水万分湍急，时常能颠覆舟船，可如果和人心相比较，却应该算得上是"安流"。

人心对待喜好与厌恶总是变化无常，喜好的就好比生了漂亮的羽毛，厌恶的就好比生了毒疮。

与你结发成婚还没到五年，怎料想突然从原本恩爱的牛郎、织女，变成了参星和商星那样难以相见。

古人说年老色衰就会遭遇背叛抛弃，当时的美人还在痴痴幽怨悔恨。

更何况如今的鸾镜之中，我如花容貌并没有改变，而你的心却已经改变。

为了夫君你，我用熏香熏制衣裳，可你闻了闻却说这兰麝不够馨香。

为了夫君你，我盛装打扮，可你看到后却说我这满头金钗翡翠不漂亮？

行路难啊，真是难以重复陈述心中的苦不堪言！

人生一世，千万不要做一个妇人身，一辈子欢乐痛苦都要任由他人去主宰。

行路难啊，难于攀越太行山，艰险胜过巫峡水。

不只是人间的夫妻相处是这样艰难，近代的君臣也是如此。

难道你没看见朝中的左纳言、右纳史，早上刚刚受到皇上恩宠封赏，晚上就被定罪赐死。

行走于人间路实在是艰难啊，不在于涉水之险，也不在于登山之难，只在于人心总是游离在反复无常变化间。

【赏析】

白居易年轻时期的诗，多针砭时弊，锋芒外露。他借民间小事讽谕朝政，为他后期的贬谪生涯埋下了隐患，这首《太行路》就是其中之一。

本诗的主旨是借夫妻关系比喻君臣关系，引用典故来说明人心易变，由此道出双方关系之间存在的不稳定因素。诗中对夫妻关系的描写占了主要篇幅，暗中为这具有象征性的载体赋予独立的思想意义。

白居易曾在长安为官，见到不少朝中重臣朝蒙恩宠而夕遭贬谪的事例，深感"伴君如伴虎"，故而"借夫妇以讽君臣之不终也"。此诗首先用了两个对比，突出表现了太行路能摧毁车驾之险，但这和人心相比，却不足以为险，反而算得上是"坦途"了；又说巫峡之水急能覆舟，可这和人心相比较，却能算得上是人间"安流"了。诗人巧妙列举日常所见来说明人心之险恶，更能使人一目了然。

"人心好恶苦不常，好生毛羽恶生疮"两句，是转折也是过渡之语。喜欢的，感觉就像漂亮的"毛羽"；不喜欢的，就像脓"疮"惹人厌恶。现代作家张爱玲笔下的"朱砂痣"和"蚊子血"的比喻，与此颇为相近。接着诗人以一个妇人的口吻述说自己的不幸。她结婚不到五年，一对夫妻就从相互恩爱的"牛女"变为不得相见的"参商"。牛郎和织女虽被银河阻隔，一年尚且能见上一次面，参星和商星却永远不会见面。古人常说"色衰而爱驰"，可妇人明明正值花样年华，青春貌美，却遭到丈夫的背叛和嫌弃。为了赢回丈夫的心，她熏香了衣裳，仔细打扮梳妆，结果她丈夫根本就不屑一顾。就这样，一个失去了丈夫恩宠的女人活脱脱展现在读者眼前。无论她怎么做，都无法让丈夫回心转意，丈夫反而不闻其香、不见其色。妇人掩面悲泣，发出了"人生莫作妇人身"的怨语，甚至"百年苦乐"全视他人的好恶而定。这里表达妇人的不幸，其实只是浅层的意思，而诗人的深层目的，是在为君臣关系中处于弱势的臣子鸣不平。朝中的官员们，"朝承恩"而"暮赐死"的事情常有发生，可以说在朝做官是战战兢兢、朝不保夕。诗人所言的"行路难"，其实不单单是说那些山水之路，而是在暗指君臣交往之中难测的"圣心"。变化莫测的圣心就像诗中的丈夫一样，大臣的生死荣辱只在皇帝的一念之间。

因此说，这是一首在写作上非常成功、非常有特色的讽谕诗。诗人灵活地运用了比喻、对比、排比等手法，展现出强烈的批判意识。

道州民①

道州民，多侏儒②，长者不过三尺余③。

市作矮奴年进送④，号为道州任土贡⑤。

任土贡，宁若斯⑥？

不闻使人生别离⑦，老翁哭孙母哭儿？

一自阳城来守郡⑧，不进矮奴频诏问⑨。

城云臣按六典书⑩，任土贡有不贡无。

道州水土所生者，只有矮民无矮奴。

吾君感悟玺书下⑪，岁贡矮奴宜悉罢⑫。

道州民，老者幼者何欣欣⑬。

父兄子弟始相保，从此得作良人身⑭。

道州民，民到于今受其赐，欲说使君先下泪⑮。

仍恐儿孙忘使君，生男多以阳为字⑯。

【注释】

①道州民：美臣遇明主也。

②道州：隶属于湖南省永州市。道县古称道州，历史上与衡州（今衡阳）、郴州、永州并称"湘南四州"。侏儒（zhū rú）：身材短小的人。

③长（cháng）者：身材高大的人。

④市：买。进送：进贡。

⑤号为：称作。任土贡：特指地方向朝廷贡奉土产。《尚书·禹贡》："禹别九州，随山浚川，任土作贡。"

⑥宁（nìng）：情愿。若斯：如此。

⑦闻：听见。

⑧阳城：字亢宗，陕州夏县人，精通经史，擅长诗文。唐德宗时官拜左谏议大夫，后贬为道州刺史，深得民心。守郡：作为道州刺史，管理道州。

⑨频（pín）：屡次，多次。诏（zhào）：诏书，皇帝颁发的命令。

⑩城：指阳城。云：说，说话。六典书：指《唐六典》，汇总了唐朝典章制度，是一部行政性质的法典。

⑪玺（xǐ）书：即皇帝的诏书，因加盖玉玺，故称玺书。

⑫悉：全部。罢：免去，解除。

⑬欣欣：欢欣鼓舞、很高兴的样子。

⑭良人：良民，一般百姓。

⑮于今：如今，现在。受其赐（cì）：受到他的恩赐。使君：古代对州郡长官的称呼，这里指阳城。

⑯仍恐：还怕，仍旧担心。以：用。

【译文】

道州人，多数身材矮小，长得高的也不过三尺多。

他们被买来当作矮奴，年年进贡给朝廷，号称是道州向朝廷进送的土贡。

向朝廷进送土贡，难道就像这样把人当作贡品吗？

难道没听说这样将他们与亲人活活拆散，会使老人为孙子而哭、母亲因失去儿子而哭泣吗？

自从阳城来到这里担任道州刺史，尽管朝廷频频下诏书询问，他也不向朝廷进贡矮奴。

他说，我按照《六典》所写的执行，向朝廷进土贡，当地有的就进贡，没有的就不进贡。

在道州这个地方所生长的，只有矮小的人民，没有矮奴。

皇帝被深深地感动，于是颁下加盖玉玺的诏书，宣告每年进贡矮奴的政策全部废除。

道州人民得知这个消息后，不论男女老少，是何等的欢欣鼓舞。

父亲、兄长、子女、弟弟又开始永远相处在一起，从此可以过着良民的自由生活。

道州人民，直到现在还受着皇帝的恩赐，刚想说起阳城的事迹，已经先掉下了眼泪。

他们还怕子孙们忘记了阳城，所以生下男孩，大多用"阳"作名字。

【赏析】

这首诗是《新乐府》中为数不多的带有赞美性的作品，从一定程度上表述了"臣遇明主"的主题。

诗人开篇就以沉痛的口气，叙述了一个令人震撼的事实：道州百姓或许因水土关系，个子长得不高，生出了不少侏儒。他们身体的这种特殊状况，引起了统治者的兴趣，被称为"矮奴"而作为贡品进贡给皇帝，美其名曰为道州的"本地特产"。"任土贡，宁若斯？"两句，是诗人对此悲惨不平事发出沉痛的追问：那些被迫做贡品的人，难道愿意如此吗？不！当然没有人愿意离开故乡和亲人，成为奴隶供人玩乐。"不闻使人生别离，老翁哭孙母哭儿"，深刻揭示了"矮奴"与亲人永别、悲痛欲绝的场景，令人产生深切的同情。

直到阳城来做道州刺史后，看到这种极其丧失人道的行为甚为愤怒，并拒绝向京城进贡矮奴。皇帝下诏频频相问，他上疏陈述了历年因进贡矮奴给道州人民带来的无尽苦难，要求皇帝免除这项陋规。他说：我是按照《六典》执行朝廷规定，依据土地情况，道州有的东西就进贡，没有的就不进贡。在道州这个地方所生长的只有矮人，没有您要的"矮奴"。唐德宗听后深有所悟，于是立即颁布诏令，把岁贡侏儒的规定彻底废除。道州百姓听到这一消息无不"欣欣"然，感激皇帝圣明的同时，更是对本州刺史阳城感恩戴德。感谢他使道州人民不再沦为奴隶，父子兄弟得以相守。"欲说使君先下泪"与"生男多以阳为字"两句，皆说明了人们对阳城的感激，他们感觉无以为报，便以"取名"记之来世代相传。直至今日，道州仍保留有他的墓冢和祭祀他的阳公庙。

这首诗歌颂了道州刺史阳城为民请命、勇于直谏的正直品格；同时也赞美了皇帝能够爱民恤民、肯于纳谏，是一位英明君主的事实。

【原典】

百炼镜①

百炼镜②，镕范非常规③，日辰处所灵且祇④。

江心波上舟中铸，五月五日日午时⑤。

琼粉金膏磨莹已⑥，化为一片秋潭水。

镜成将献蓬莱宫⑦，扬州长吏手自封⑧。

人间臣妾不合照，背有九五飞天龙⑨。

人人呼为天子镜，我有一言闻太宗。

太宗常以人为镜⑩，鉴古鉴今不鉴容⑪。

四海安危居掌内，百王治乱悬心中。

乃知天子别有镜，不是扬州百炼铜⑫。

【注释】

①百炼镜：辨皇王鉴也。

②百炼镜：唐代手工业发达，铜镜铸造亦臻精妙。此百炼镜为贡品，尤能代表当时工艺美术的较高水平。

③镕（róng）范：熔铸的模具。古代冶铸都有范，此指镜范而言。非常规：意思是制作异于常品，规格非常高，式样非常美。

④日辰：即日时。凡开始铸器物，古人都要占卜一个好日子和好时辰。祇：神奇之意。

⑤江心波上舟中铸（zhù），五月五日日午时：李肇《国史补》下："扬州旧贡江心镜，五月五日扬子江心所铸也。或言无有百炼者，或至六七十炼则已，易破难成，往往有自鸣者。"所言可与此诗相参证。

⑥琼（qióng）粉：即玉屑，可以磨镜。金膏（gāo）：即水银。今所见古铜镜，表面皆涂水银，以增强映照功能。莹：光洁，透明。

⑦蓬莱（péng lái）宫：唐宫名，原名大明宫，高宗时改为蓬莱宫。

⑧扬州长吏（zhǎng lì）：指扬州地位最高的官员。

⑨背有九五飞天龙：镜的背面有飞龙浮雕为饰。九五，代指皇帝。古人认为皇帝乃上天之子，故称为"九五之尊"。

⑩太宗常以人为镜：《贞观政要·论任贤》篇："太宗（李世民）后常谓侍臣曰：'夫以铜为镜，可以正衣冠；以古为镜，可以知兴替；以人为镜，可以明得失。朕常保此三镜，以防己过。今魏征殂逝，遂亡一镜矣！'因泣下久之。"为镜，就是对照以作品鉴。

⑪鉴（jiàn）：观察，审察。

⑫百炼铜：铜矿石中本含有杂质，须经多次提炼，才能变成精铜。

【译文】

制造百炼的铜镜，熔铸的模具精美绝伦、与众不同，开始炼制的时辰和地点都很奇特。

要在五月五日的正午时分，而且还要在江心碧波上的一艘船中熔铸。

然后用琼粉和金膏仔细打磨以后，百炼镜的镜面才像秋天的一潭泉水那样泛着清光。

造好的百炼镜在献进皇宫之前，必须先由扬州的最高官员亲手封存。

平民百姓根本没有照它的资格，百炼镜的背面铸的是象征九五之尊的空中飞龙。

人人称它为天子宝镜，如此我想起一句话是出自太宗：

太宗皇帝常把人当作镜子，以此鉴古照今，但从不用它照面容。

四海的安危都能握在他的手掌之内，百代的兴亡、平定战乱之事都会悬在他的心中。

我这才知道天子另有对照的宝镜，而不是出自扬州的百炼青铜。

【赏析】

唐代手工业发达，铜镜铸造也是精臻绝妙。而扬州的铜镜工艺更是发展到了巅峰，天下无双，被朝廷指定为贡品产地。

诗人首句即点明百炼镜与寻常铜镜的不同之处："镕范非常规，日辰处所灵且祇"。铸造所用的模具已非同一般，连铸造的时日都要精挑细选。据说，百炼镜铸于扬子江上，必须在农历五月初五日的午时才行。每年只有一个端午，而仅在午时可铸，时间短促，能铸成的百炼镜可见少之又少，可谓镜中"珍品"。再以"琼粉金膏"打磨抛光，镜面清光有如秋潭之水，照得人纤毫毕现。这样精美绝伦、举世无匹的百炼镜，当然不是"人间臣妾"等普通人可以用的。"镜成将献蓬莱宫，扬州长吏手自封"，言明此镜被扬州地位最高的长官珍而重之地封存好，然后才能护送到皇宫之中。

人人都觉得，这么好的镜子只有天子才配拥有，而诗人却独不肯苟同。当年，谏臣魏征不惜顶撞皇帝，勇于直谏，太宗皇帝不仅不生气，反而视他为镜，常谓侍臣曰："夫以铜为镜，可以正衣冠；以古为镜，可以知兴替；以人为镜，可以明得失。朕常保此三镜，以防己过。"

太宗皇帝以人为镜，借鉴的是古往今来各朝历史的兴衰，防微杜渐，胸怀"四海安危"，兼济黎民百姓。天子最需要的、最应该拥有的镜子，并不是扬州最精美的百炼镜，因此，"别有镜"三个字蕴意深沉。诗人意在希望

当朝皇帝也能借鉴古人，以人为镜，勇于纳谏，这才是兴国安邦之本。

【原典】

两朱阁①

两朱阁②，南北相对起③。

借问何人家？贞元双帝子④。

帝子吹箫双得仙⑤，五云飘飖飞上天⑥。

第宅亭台不将去⑦，化为佛寺在人间。

妆阁伎楼何寂静⑧，柳似舞腰池似镜。

花落黄昏悄悄时，不闻歌吹闻钟磬⑨。

寺门敕榜金字书⑩，尼院佛庭宽有余。

青苔明月多闲地，比屋疲人无处居⑪。

忆昨平阳宅初置⑫，吞并平人几家地⑬。

仙去双双作梵宫⑭，渐恐人家尽为寺。

【注释】

①两朱阁：刺佛寺浸多也。

②朱阁：红色油漆的楼阁。此处指佛寺。

③相对起：面对面矗立。

④贞元双帝子：指唐德宗的两个女儿，贞穆公主和庄穆公主。贞穆公主为唐德宗爱女，自幼聪慧孝顺，深得帝宠。及薨，德宗悲悼尤甚，厚葬之，为建唐安寺。庄穆公主也是唐德宗爱女，初封义章公主，下嫁张茂宗。薨于大明宫玉清殿，德宗伤悼爱女，为之辍朝七日。贞元，唐德宗李适的年号。帝子，男女通用，王子和公主都可以称为帝子。

⑤帝子吹箫：借用传说中善吹箫的萧史与秦弄玉成仙飞升的神话故事，暗示两位公主死去。

⑥五云：五色彩云。飘飖（yáo）：同"飘摇"。凌风悠然飞翔。

⑦不将去：不带走。

⑧妆阁（gé）：指女子的居室。

⑨歌吹：歌声和鼓乐声。钟磬（qìng）：佛教法器。磬：佛寺中钵形的铜乐器。

⑩寺门敕（chì）榜：寺门的匾额上标明奉敕建造。敕，皇帝的诏令。榜，木牌，匾额。

⑪比屋：房子挨着房子。疲人：指平民。

⑫昔：往日。平阳：平阳公主，汉武帝的姐姐，以豪侈著名。这里借指唐德宗的女儿。置：置办，这里指营造住宅。

⑬平人：即平民。唐人避李世民的讳，凡是用到"民"字都改用"人"字。

⑭梵（fàn）宫：梵寺，佛寺。

【译文】

两座朱红色的楼阁，一南一北相对矗立。

请问这是谁家的府邸？原来它本属于贞元年间皇帝的两位爱女。

两位公主吹着洞箫成了神仙，乘着五色彩云双双翩然飞上云天。

她们的住宅亭园不能带走，于是就改为佛寺留在了人间。

昔日用作梳妆歌舞的楼阁多么寂静，只有杨柳婀娜，像在翩翩起舞，池水清澈如镜。

黄昏时分花朵悄悄而落，没有往日悠扬的管弦乐曲，只听见钟磬清越的声音。

寺门的匾额上有"敕建"两个金书大字，寺院内的佛堂庭院宽绰有余。

明月照射着长满青苔的空地，与它相邻的百姓却在苦于没有可遮风挡雨的地方安居。

想当年为公主修建宅邸的时候，不知吞并了多少百姓的土地。

她二人双双飞仙而去后住宅就改为佛寺，只怕以后这人间都将渐渐变成佛寺。

【赏析】

在唐代，佛教与道教空前繁荣，寺庙、道观日益增多，这首诗就是针对当时社会佛寺林立、大量占用土地和劳力、劳民伤财的现象而创作的。

首句"两朱阁，南北相对起"，即诗人看见长安大道边，有两座涂着红色油漆的楼阁，相对矗立。忍不住问：这是谁的家？有人回答说：这是贞元皇帝两位公主的住宅。贞元是德宗皇帝的年号，他疼爱的两个女儿贞穆公主和庄穆公主皆早亡。德宗伤痛不已，将她们的住宅改为佛寺，给尼姑居住，以供养和祭祀两位公主的亡魂。

"帝子吹箫双得仙，五云飘飘飞上天"。诗人不直说公主死去，而用秦穆公的女儿弄玉吹箫骑凤、得道成仙的故事来作比喻。公主住宅改为佛寺后，如今一改往日的歌舞升平景象，变得十分寂静。黄昏时分，有花朵悄悄飘落，有钟磬清越的声音响起，四周一片清寂模样，唯有"柳似舞腰池似镜"，还依稀有着当初歌舞场的余味。

这两所佛寺门上都挂着"敕建"的金字匾额，可见修建这两处佛寺是当朝皇帝的授意。这边尼院佛庭宽绰有余，明月照射着长满青苔的空地，而比邻而居的老百姓却在苦于没有住处。诗人运用对比的手法，反衬皇帝的奢侈行为，将反对大肆修建佛寺的想法表达得清清楚楚、明明白白。"渐恐人家尽为寺"句既是担忧之语，更是深深的嘲讽！

【原典】

涧底松①

有松百尺大十围②，生在涧底寒且卑③。

涧深山险人路绝④，老死不逢工度之⑤。

天子明堂欠梁木⑥，此求彼有两不知。

谁喻苍苍造物意⑦，但与之材不与地⑧。

金张世禄原宪贤⑨，牛衣寒贱貂蝉贵⑩。

貂蝉与牛衣，高下虽有殊⑪。

高者未必贤，下者未必愚⑫。

君不见沉沉海底生珊瑚⑬，历历天上种白榆⑭。

【注释】

①涧底松：念寒俊也。寒俊，指寒门学子。

②百尺大十围：形容树又高又粗。

③涧（jiàn）底：山涧之中。寒且卑：指气候阴寒而地势低。

④人路绝：指没有人迹。

⑤老死不逢工度（duó）之：直到死去也遇不到有良工来丈量。指遇不到能够辨材之人。

⑥天子：皇帝。明堂：指朝廷大殿之上。欠梁木：指缺少栋梁之材。

⑦喻（yù）：明白，理解。苍苍：指上天。造物意：创造万物的意图。古人认为世间万物皆有主宰。

⑧但与之材不与地：只是赋予贤者才能而不给他施展才能的地位。

⑨金张世禄（lù）原宪（xiàn）贤：金日磾（mì dī）、张安世是西汉昭帝和宣帝时的宠臣，都世世代代做高官，享厚禄。原宪，孔子弟子，为古之清高贫寒之士。原宪家贫，但不愿迎合世俗去当官干坏事，后就用"原宪贫"咏贤士能安贫乐道，亦作"原宪病"。

⑩牛衣：用麻或草编织而成，给牛保暖的东西。古代寒士也有时把它当被子。貂蝉：是汉代侍中、中常侍朝冠上的两种饰物。

⑪高下虽有殊：虽然地位高低不同。殊：不同。

⑫愚（yú）：傻，笨。

⑬珊瑚（shān hú）：一种生活在海洋里的体态玲珑、色彩高雅的腔肠动物，名曰珊瑚虫。珊瑚虫能分泌出红、白等色的石灰质骨骼，并群集相互粘在一起呈树枝状，即人们所说的珊瑚石。

⑭历历天上种白榆：汉乐府《陇西行》："天上何所有？历历种白榆。"历历，清晰的样子。白榆，原指星星，这里借星指榆树。此句是诗人暗示寒

士位卑而品德崇高,贵族位尊而才能低劣之意。

【译文】

有一棵松树高有百尺,粗有十围,生长在山涧底部既阴寒又地势低凹的地方。

山涧很深,山势又险,人迹罕至,直到老死也遇不到能识材的良工赏识。

其实天子的明堂正缺少一根栋梁之材,只可惜这里无处寻求,那里在苦苦等待,两者互相不知。

谁能明白苍天造物的用意,为什么只管生此良材却不给它适合生长的地方?

金日磾、张安世世代得享厚禄,原宪很有学问和道德,却终身没做官,就像牛衣的寒贱与冠帽上貂蝉的华贵相对比。

貂蝉和牛衣,虽然地位高低有所不同。

但高贵的不一定有多贤能,地位卑下的也不一定愚笨。

你没看见,珍贵的"珊瑚"往往生在海底不为人知,而平凡之材"白榆"却被命为星名,高挂在天空。

【赏析】

这首诗是白居易由翰林学士转任左拾遗,任谏言之官期间所作。这期间,他也的确尽到了有言必谏之职,不仅与皇帝当面论执时事,还创作了大量讽谕诗,道民疾苦,补察时政。

本诗的前六句,都是在围绕涧底的一株松树而写。"有松百尺大十围,生在涧底寒且卑"。"百尺""十围",都是虚写,以此极言松树之高,夸张渲染其粗,说明松树是非同寻常之材,可堪重用。"寒且卑"一词,则点明松树生长的环境,是气候阴寒而地势低下之地。两句虽仅十四字,却简洁明快,紧紧扣住了"涧底松"三字。

"涧深山险人路绝,老死不逢工度之",言明因涧深山险人迹罕至,恐怕这涧底松老死也不遇良工为之量材而用。"天子明堂欠梁木,此求彼有两不知",事有凑巧,此刻帝王的高堂缺少栋梁之材;然而不凑巧的是,这里需要、那里期待却两两互不相知。诗人因而仰天长叹："谁喻苍苍造物意，但与之材不与地。"有谁能理解苍天造物的用意？为什么生此良材却不给予它成为栋梁的机会？这两句有承前启后之功。无论从诗意还是结构来看，都是由"缘物"到"寄慨"的承转过渡。

"金张世禄原宪贤，牛衣寒贱貂蝉贵"两句运用了两个对比："金张"指汉宣帝时的高官金日磾和张安世，二人奢华无度，后用来代指贵族。"原宪"是寒儒，有学问和道德，却终身没有做过官。"牛衣"是以麻或草编织成的，为牛御寒的东西。贫困的寒儒也会用它当被子盖。"貂蝉"则是古代王公高官冠上的饰物。诗人以贵族纨绔子弟和寒门才子的境遇相比，暗喻那些高官显贵们并没有真才实学，而有真才实学的人却得不到重用，就像华贵的"貂蝉"与实用的"牛衣"一样，对比鲜明而强烈。

"貂蝉与牛衣"，看似高下立见，实则"高者未必贤，下者未必愚"。当时，出身于社会下层、没有关系背景的学子，想凭着自己的学问参加科考跻身仕途可谓难上加难，往往"十上方一第"（白居易《悲哉行》）。因此，诗人为天下寒儒所受到的不公平待遇而振臂高呼。

结尾两句以比喻兼对比的修辞方式，对"高者未必贤，下者未必愚"两句作进一步的形象补叙："君不见沉沉海底生珊瑚，历历天上种白榆。"珍贵的"珊瑚"往往生在海底深处，不被人所知；而平凡之材"白榆"，却被命为星宿之名，高挂在天空之上。有了这两句，诗意就更加隽永，耐人回味。

【原典】

黑潭龙①

黑潭水深黑如墨②，传有神龙人不识③。

潭上架屋官立祠④，龙不能神人神之⑤。

丰凶水旱与疾疫⑥，乡里皆言龙所为⑦。

家家养豚漉清酒⑧，朝祈暮赛依巫口⑨。

神之来兮风飘飘，纸钱动兮锦伞摇。

神之去兮风亦静，香火灭兮杯盆冷。

肉堆潭岸石，酒泼庙前草。

不知龙神享几多⑩，林鼠山狐长醉饱⑪。

狐何幸？豚何辜⑫？年年杀豚将喂狐⑬。

狐假龙神食豚尽⑭，九重泉底龙知无⑮？

【注释】

①黑潭龙：疾贪吏也。疾，恨。贪吏，贪污的官吏。

②黑潭：可能指的是陕西终南山下、万年县南六十里澄源夫人庙的龙潭。其地在炭谷，潭深水黑，故名为黑龙潭。

③传（chuán）：传说。神龙：古代神话传说中的神异动物，为鳞虫之长。常用来象征祥瑞，是中华民族最具代表性的传统文化之一。

④潭上架屋官立祠（cí）：指在水潭上盖起了屋子，被官家立为祠堂。祠：封建制度下供奉祖宗、鬼神或有功德的人的房屋。

⑤龙不能神人神之：意为龙根本没有起神的作用，而人们却把它看作神。

⑥丰凶水旱与疾疫：指遇到水灾、旱灾或瘟疫等灾祸。

⑦皆言龙所为：都说是龙的所作所为。

⑧豚（tún）：即猪。祭龙神时所用。漉（lù）：过滤。

⑨朝祈（qí）暮赛依巫口：早求晚祭，一切全凭巫人信口开河。祈，求。赛，旧时祭祀酬报神恩的迷信活动。

⑩神龙：喻皇帝。享几多：享用了多少。

⑪林鼠山狐：借喻贪官污吏。长醉饱：常常喝醉吃饱。

⑫狐何幸、豚何辜：狐喻贪官，豚喻人民。意谓贪官何其幸运，人民何其无辜。

⑬杀豚将喂狐：杀死肥猪，拿它喂狐狸。

⑭狐假（jiǎ）龙神食豚尽：喻贪官污吏，藉仗皇帝威势，吸尽天下良民膏血。假：借用，利用。

⑮九重泉：喻九重君门。龙知无：龙知道不知道？

【译文】

这潭水深黑得好像被墨染过，相传有神龙在里面居住，人们却不认得。

官府在潭上修建了房屋立了祠堂，龙原本没有神力，人却把它神化了。

不管是遭遇旱涝天灾或生病瘟疫，乡里人都说是潭中的龙发怒所为。

家家喂养着肥猪滤好清酒，早晚祈祷只等待灵巫开口。

神将要到来时清风飘飘，纸钱飞扬、锦伞摇晃。

神将要离去时风渐静止，香火熄灭、杯盆冰冷。

祭肉倒在潭边石头上，酒水泼在庙前的草地上。

不知道龙神享受了多少，倒是看见野狐和山鼠经常喝醉吃饱。

狐是何其有幸？猪又何其无辜？为什么年年杀了猪去喂狐。

狐假借龙神的名义把猪吃掉，九重泉底下的真龙你到底知道不知道？

【赏析】

这首诗是白居易通过民众在黑潭举行盛大祭祀的现象引发的思考。对贪吏、龙神、巫婆及当时社会的迷信和愚昧，进行了痛快淋漓的揭露和讽刺。

开头写到在漆黑神秘的黑潭水中住着一条神龙，"传有神龙人不识"，是说这条神秘的龙其实谁也没有见过，说潭中有神龙只是一种谣传罢了。但是官家却在水潭上盖起了屋子，立了祠堂。"龙不能神人神之"，暗示这一切不过是贪官污吏故弄玄虚，用以欺骗人民、搜刮民财而已。所以从来就不存在的"神龙"，怎么能呼风唤雨、左右一切呢？

那里的人们把"龙"当成神的观念，根深蒂固。遇到"丰凶水旱与疾疫"，就都觉得是得罪了神龙，被神龙降下的惩罚。"家家养豚滤清酒"，竞相向"龙"讨好，以祈求神龙庇佑。而"朝祈暮赛"说明祭祀的频繁和盛大，已经迷信到不正常的地步了。"依巫口"，则暗示这一切都有巫人在背后怂恿蛊惑，是否得罪了神龙，全凭巫人的一句话而已。

为了揭露这种骗局，诗人用大半篇幅对祭神的情景进行了生动描述："神之来兮风飘飘，纸钱动兮锦伞摇。神之去兮风亦静，香火灭兮杯盆冷。肉堆潭岸石，洒泼庙前草"。本就衣食不继的人们，花了大量血汗钱，庄重地祭祀神龙，结果什么也得不到。它实际上只是一场劳民伤财、愚弄人民的闹剧而已。"不知龙神享几多，林鼠山狐长醉饱"，是诗人对祭祀神龙的讽刺之语。

"林鼠山狐"暗暗影射当朝的贪官污吏，"神龙"则是指住在深深宫阙里的皇帝。他认为，地方官横征暴敛，十之八九入了私囊，十之一二送到朝廷，而皇帝所得无几。

诗的结尾处，诗人发出痛心疾首的叹息："狐何幸？豚何辜？年年杀豚将喂狐！"鼠、狐之辈，正是暗指贪官、巫人。而那些"豚"，何尝不是百姓的写照？

"狐假龙神食豚尽，九重泉底龙知无"，那些假借"龙神"而得到"长醉饱"的狐、鼠，靠人民血汗养肥了自己的贪吏、巫人，快要将人民榨干了，那么幽居九重宫门内的"神龙"，你到底知道不知道？这番质问强而有力，如有形有质，诗人希望这些字句能冲破重重宫门，直达龙庭，希望"真龙天子"能够及时苏醒。

【原典】

红线毯①

红线毯，择茧缲丝清水煮②，拣丝练线红蓝染③。

染为红线红于蓝④，织作披香殿上毯⑤。

披香殿广十丈余，红线织成可殿铺⑥。

彩丝茸茸香拂拂⑦，线软花虚不胜物⑧。

美人踏上歌舞来，罗袜绣鞋随步没⑨。

太原毯涩毳缕硬⑩，蜀都褥薄锦花冷⑪。

不如此毯温且柔，年年十月来宣州⑫。

宣城太守加样织⑬，自谓为臣能竭力⑭。

百夫同担进宫中，线厚丝多卷不得⑮。

宣城太守知不知？一丈毯，千两丝⑯。

地不知寒人要暖，少夺人衣作地衣⑰！

【注释】

①红线毯：忧蚕桑之费也。

②红线毯：一种丝织地毯。此类红线毯是宣州（今安徽省宣城市）所管织造户织贡的。据《新唐书·地理志》：宣州土贡中有"丝头红毯"之目，即此篇所谓"年年十月来宣州"的"红线毯"。择茧：选择优质蚕茧。缲（sāo）丝：把蚕茧煮过后抽出丝来。

③拣（jiǎn）：挑选。练线：把生丝、麻或布帛煮熟，使之柔软洁白。红蓝：即红蓝花，叶箭镞形，有锯齿状，夏季开放红黄色花，可以制胭脂和红色颜料。

④红于蓝：染成的丝线，比红蓝花还红。

⑤披香殿：汉代宫殿名，汉成帝的皇后赵飞燕曾在此轻歌曼舞。这里泛指宫廷里歌舞的处所。

⑥红线：红线毯。

⑦茸茸（róng róng）：柔细浓密貌。拂拂（fú fú）：散布貌。

⑧不胜（shèng）：无法承担，承受不了。

⑨没（mò）：隐藏，消失。

⑩太原：今山西太原。涩：不柔润。毳（cuì）：鸟兽的细毛。

⑪蜀都（shǔ dū）：指今四川成都。

⑫宣州：今安徽宣城。

⑬加样织：增加新花样加工精织。样：样式。

⑭竭（jié）力：用尽全力。

⑮线厚：是说丝毯太厚。卷不得：是说不能卷起。

⑯千两丝：不是实指，虚写所耗费蚕丝之多。

⑰地衣：即地毯。

【译文】

编织红线毯，要先择茧、缲丝，用清水煮，再拣丝、练线，用红蓝染。

染成的红丝线，比红蓝花还红，织成地毯后，就铺在披香殿。

披香殿约有十几丈宽，织成的红毯刚好可以将大殿铺满。

毛茸茸的彩色丝线飘拂着阵阵香气，软绵绵的花线柔弱不堪，承受不起重物。

只见美人在地毯上轻歌曼舞，罗袜和绣鞋都没入线毯之中。

太原出产的线毯不够柔润，鸟兽的毛略显涩硬，成都的锦缎被褥太薄花色冰冷。

不如红线毯温暖柔软，这是每年十月宣州的进贡品。

宣州太守增加花样精工细织，自称为臣贵在能尽心竭力。

织成的贡品要动用上百个民夫一起抬进宫中，因为线厚丝多，没法卷起来。

宣州太守你知不知道，一丈红线毯，需要千两丝。

大地不怕寒冷但人类需要温暖，所以还是少去掠夺人衣而去多多织地毯！

【赏析】

诗中通过描述宣州进贡红线毯的事，对宣州太守等官员讨好皇帝的行为加以讽刺，又强烈谴责了最高统治者毫不顾惜织工的辛勤劳动，任意浪费人力物力，只图自己荒淫享乐的腐化作风。

开篇，诗人就交代出红丝线详细的制作过程。择茧、缫丝、清水煮，拣丝、练线、红蓝染。诸多繁杂的工序，是很多丝织女辛苦劳作、费尽了心血和汗水才做成的。可这样美丽的红丝线却被用来织成地毯，铺在宫殿的地上。"十丈余"的宫殿都被丝毯铺满，彩丝茸茸，香气轻拂，美人在上面歌舞翩跹。如此柔软"不胜物"的精美丝织品，却只是美人歌舞时的践踏之物。坐在那里的皇帝，眼中只有管弦歌舞，哪里能注意到劳动人民所付出的辛苦？诗人不仅为皇帝生活腐化、过于奢侈而愤怒，更是为被践踏的红线毯没有得到爱惜而痛心。

"太原毯涩毳缕硬，蜀都褥薄锦花冷，不如此毯温且柔"三句，是以其他毯衬托此毯。太原毯、四川锦花褥都算各地名产，但与红线毯相比则不可同日而语：一则生涩而细毛僵硬，二则冰凉而质地单薄，哪里比得上红线毯兼具温暖与柔软之美？每年十月，宣州太守都会给皇帝进献红线毯，并且为了满足皇帝的欲望，表示对上位者的尽心竭力，令织工不断翻新花样、精工细织。因为所织地毯太厚太重，甚至需要"百夫同担进宫中"。宣州至京城长安路程何止千里，这沿途跋山涉水，风餐露宿，又要使红线毯避免日晒雨淋，不难想象，这需要多少艰辛操劳才能送到宫中？如此劳民伤财之举，令诗人的忧心忡忡转化为满腔愤怒。"一丈毯，千两丝。地不知寒人要暖，少夺人衣作地衣"，既是劝谏，更是严厉的责问！

【原典】

缭绫

缭绫缭绫何所似^①？不似罗绡与纨绮^②。

应似天台山上月明前^③，四十五尺瀑布泉。

中有文章又奇绝^④，地铺白烟花簇雪^⑤。

织者何人衣者谁？越溪寒女汉宫姬^⑥。

去年中使宣口敕^⑦，天上取样人间织。

织为云外秋雁行^⑧，染作江南春水色。

广裁衫袖长制裙，金斗熨波刀剪纹^⑨。

异彩奇文相隐映^⑩，转侧看花花不定^⑪。

昭阳舞人恩正深^⑫，春衣一对直千金。

汗沾粉污不再着，曳土踏泥无惜心^⑬。

缭绫织成费功绩^⑭，莫比寻常缯与帛^⑮。

丝细缲多女手疼^⑯，扎扎千声不盈尺^⑰。

昭阳殿里歌舞人^⑱，若见织时应也惜^⑲。

【注释】

①缭绫（liáo líng）：绫为高级丝织品，而缭绫则采用一种特殊的丝织方法。质地细致，文彩华丽，产于越地，唐代作为贡品。

②罗绡（xiāo）与纨绮（wán qǐ）：四种都是精美的丝织品。

③天台山：浙江的名山，主峰在今浙江天台县境内。

④文章：错杂的色彩，这里指花纹图案。

⑤地铺白烟花簇（cù）雪：底子如同铺展的白色烟雾，花朵如同簇拥的白雪。

⑥越溪寒女：吴越溪边的寒门织女。汉宫姬：借指唐代宫中的妃嫔。

⑦中使：由皇帝派往各地充任使命的宦官。口敕（chì）：口头旨意。

⑧云外：指高空。

⑨金斗熨（yùn）波：用金色熨斗烫出波纹。早期的熨斗为铜制斗状，内置红炭，不需预热，直接熨烫。所以熨斗也叫火斗。刀剪纹：用剪刀裁剪衣料。

⑩隐映：隐隐地显现出。

⑪转侧看花：从不同的角度看花。

⑫昭阳舞人：汉成帝时的赵飞燕，善于歌舞，曾居昭阳殿。

⑬曳：拉，牵引。

⑭功绩：功劳和成就。

⑮寻常：平常，普通。缯（zēng）、帛（bó）：泛指一般丝织品。

⑯缫（sāo）：同"繅"。把蚕茧浸在滚水里抽丝。

⑰扎扎（zhá zhá）：同"札札"，机杼声。《古诗十九首》："纤纤擢素手，札札弄机杼。"千声不盈尺：织机响一千声而织出的不足一尺。盈，足，满。

⑱昭阳殿：汉代宫殿名，这里指皇宫。

⑲若见织时应也惜：如果见到织造的艰辛，应该也会爱惜。

【译文】

缭绫啊缭绫与什么相似？它既不像罗、绡，也不像纨、绮。

应该像天台山上月光明亮之前，那飞流直下的四十五尺瀑布泉。

其中的花纹图案更是奇绝，底色如同铺展的白色烟雾，花朵好似簇拥的白雪。

织绫的人是谁？身穿绫罗衣衫的人又是谁？织绫的人是吴越溪边的寒门织女，穿它的是那些宫中的舞姬。

去年宫中的使者传达了皇帝口头旨意，要从宫中取来样式在民间织染。

织出远天云外飞行秋雁的花纹，染出江南春水一样的颜色。

宽的用来裁剪衣衫广袖，长的用来缝制长裙，用金斗熨平，再用剪刀剪出好看的花纹。

漂亮的花纹和奇异的色彩相互辉映，从不同的角度侧看花纹也各不相同。

昭阳殿里的舞女深受皇恩，一套春衣就价值千金。

沾湿了汗水、污染了脂粉就不再穿着，拖拉到尘土、踩到了污泥，心中没有半点疼惜。

织造缭绫极其费功夫，这其中的功劳和成就不要拿平常的缯和帛相比。

缫取细丝太多累痛了贫女的双手，机杼声扎扎，织了上千回也织不足一尺。

那些昭阳殿里歌舞的美人，若是看见织造缭罗时的艰辛，也应该会爱惜。

【赏析】

这首诗以缭绫为题材，描述了缭绫的精美工艺及辛苦的织造过程，通过织女和宫中美人的对比，表达了对纺织女工劳动艰辛的同情，同时也揭露了宫廷生活的穷奢极欲，具有深刻的教育意义。

缭绫是一种丝织品，因出奇的精美，而被世人赞叹不已。"缭绫缭绫何所似"，诗人以疑问句开头，引起读者迫切期待下文的极大兴趣。缭绫究竟是怎样的工序呢？诗人首先赞美它"不似罗绡与纨绮"，本来罗、绡、纨、绮，这四种丝织品都已是很精美的了，可相比之下，缭绫却非其他任何丝织品所能比拟，表明缭绫之精美绝伦。诗人再次赞美它，"应似天台山上明月前，四十五尺瀑布泉"，这里以新颖贴切的比喻，来表明缭绫的轻灵薄透、柔软飘逸的特性。一匹四十五尺的缭绫高悬，就像天台山上的瀑布在明月下飞泻而下，此处不仅写出了绫的形状、色彩，而且表现出银光闪闪、耀人眼目之感。可更加"奇绝"的是"地铺白烟花簇雪"，不仅写出了缭绫如烟似雪的白，而且连它那轻柔的质感、半透明的光感都表现得活灵活现。诗人连续三层赞美，使文意层层逼近，文势跌宕生姿，突出了缭绫的精美奇绝、巧夺天工之妙。

接下来的"织者何人衣者谁？"掉转笔锋，发出别有深意的设问。答案是吴越溪边的寒门织女辛勤劳作，织就的美丽衣裳却穿在"汉宫姬"的身上，如此辛勤劳作与不劳而获的极度反差，怎能不令人深思！"天上取样"，说明技术要求非常高，因而也就非常费工力。皇帝要求她们"织为云外秋雁行，染作江南春水色"，是说不仅织好了，还得染出高超的技术，要达到"广裁衫袖长制裙，金斗熨波刀剪纹"的效果。如此费工费时的衣裳，耗费了"寒女"多少劳力和心血，也就不难想见了。如此"直千金"的舞衣，"昭阳舞人"却"汗沾粉污不再着，曳土踏泥无惜心"。诗人沉痛地叹息：缭绫"莫比寻常缯与帛"，需要织女付出高昂的代价："丝细缲多女手疼，扎扎千声不盈尺"，这种对比颇具讽刺效果，深刻地反映了封建社会被剥削者与剥削者之间的差别，犀利的笔锋如利刃，直指君临天下、神圣不可侵犯的皇帝。其精湛的艺术技巧和深刻的思想意义，都不容忽视。

【原典】

母别子①

母别子，子别母，白日无光哭声苦。

关西骠骑大将军②，去年破虏新策勋③。

敕赐金钱二百万④，洛阳迎得如花人⑤。

新人迎来旧人弃，掌上莲花眼中刺⑥。

迎新弃旧未足悲，悲在君家留两儿。

一始扶行一初坐⑦，坐啼行哭牵人衣。

以汝夫妇新燕婉⑧，使我母子生别离。

不如林中乌与鹊⑨，母不失雏雄伴雌⑩。

应似园中桃李树，花落随风子在枝。

新人新人听我语：洛阳无限红楼女。

但愿将军重立功，更有新人胜于汝。

【注释】

①母别子：刺新间旧也。

②关西：函谷关以西。骠骑（piào qí）大将军：唐代武散官中最高一级，此处泛指高官。

③破虏（lǔ）：打败胡虏。策勋（cè xūn）：记功勋于策书之上。

④敕赐（chì cì）：意思为皇帝的赏赐。

⑤如花人：指貌美如花的年轻女子。

⑥掌上莲花：手掌捧着的莲花，表明爱抚之极。眼中刺：眼睛里的一根刺，表明厌恶之至。

⑦一始扶行一初坐：一个刚刚会扶着走路，一个刚刚学会坐立。

⑧汝（rǔ）：你。燕婉：形容夫妻恩爱。

⑨乌与鹊：乌鸦与喜鹊。泛指林中自由自在的鸟儿。

⑩雏（chú）：幼小的鸟儿。

【译文】

母亲离别儿子，儿子离别母亲，哭声凄苦令太阳也黯然无光。

镇守关西的骠骑大将军，去年打败胡虏立下大功勋。

皇上赐给他金钱二百万，他又从洛阳迎娶了个如花似玉的新娇娘。

迎来新人就嫌弃旧糟糠，新人就像掌中莲，旧人就像眼中刺。

迎新弃旧还不值得悲伤，可悲的是他家中留下两个孩子没人疼。

一个才会扶床走，一个刚刚会坐立，坐着的、会走的都在哭哭啼啼拉住娘的衣裳。

只因为你们夫妇贪图新婚燕尔，享受快乐，使得我们母子生生别离好不悲伤。

还不如林中的乌鸦和喜鹊，母鸟不抛弃幼雏，雄鸟则一直守护在雌鸟的身旁。

我正像那园中的桃李树，任凭花儿随风飘落，只将果子留在枝头上经历风霜。

新人啊新人，你听我说，洛阳城的红楼中有无数美貌佳人。

但愿将军将来再立功勋的时候，还会娶一个比你更美丽的新娘。

【赏析】

此诗意为讽刺喜新厌旧之人。整首诗以一个妇人哭诉的口吻，向人们展现了将军抛弃结发妻子，迫使母子痛哭离别的故事。

母亲离别子女，子女与母亲离别，那一刻哭声凄苦，惨不忍睹。这样悲伤的场景，令阳光都失去了光彩。造成这种悲惨局面的，究竟是什么原因？

诗人故意采用倒叙手法，先营造一种万分悲凄的场景，勾起人们的怜悯和好奇，随后讲出了事情的原委：原来是因为女主人公的丈夫骠骑大将军，去年打败胡虏，立下显赫战功，受到皇帝奖赏敕封。这本是一件喜事，而转折在于"洛阳迎得如花人"一句。将军"迎新弃旧"，视结发之妻为眼中钉、肉中刺。"新人迎来旧人弃，掌上莲花眼中刺"两句，真切描述出女主的悲惨境遇，令人忍不住一掬同情之泪。然而，诗人却笔锋一转，言此悲不足悲，更悲的是女主留下的两个小孩儿，"一始扶行一初坐，坐啼行哭牵人衣"。孩子那么小，一个刚刚会走，一个刚刚会坐立，皆牵着母亲的衣角啼哭不止，此情此景，简直令人肝肠寸断。

"以汝夫妇新燕婉，使我母子生别离"两句，是以女主的口吻控诉丈夫：你们夫妇新欢燕尔恩恩爱爱，却让我们母子

生生离别，再不得相见。这样薄情寡义的人，还不如林中的乌鹊，林中的乌鹊尚且知道母鸟在哺育小雏的时候，守护在它们身边。这控诉，字字血、声声泪。女主极度悲惨的遭遇，令见者动容，闻者落泪。

"应似园中桃李树，花落随风子在枝"两句，这更像是痛哭后的哽咽，极度悲伤后的抽泣，将悲伤的氛围推将开来，绵绵不绝：可怜我们，就像是后园的桃李树，树上花瓣被风吹落，只剩下幼小的果实，挂在梢头经历霜雪，无人呵护。可谓是比喻真切，意境独到。

末尾四句，是悲痛欲绝的女主愤恨难平，转向新人声泪俱下的指控：新人啊新人，你听我说，洛阳的美貌佳人无数，但愿将军将来再立功勋的时候，会娶一个比你更美丽的新妇，让你也尝一尝我今天受到的苦楚。

这首诗强烈抨击了贵族男子喜新厌旧的恶劣行径，表达了诗人对封建礼教下妇女悲苦命运的无比怜悯之情。

【原典】

紫毫笔①

紫毫笔，尖如锥兮利如刀②。

江南石上有老兔，吃竹饮泉生紫毫。

宣城之人采为笔，千万毛中拣一毫③。

毫虽轻，功甚重④。管勒工名充岁贡⑤。

君兮臣兮勿轻用！勿轻用，将何如⑥？

愿赐东西府御史⑦，愿颁左右台起居⑧。

搦管趋入黄金阙⑨，抽毫立在白玉除⑩。

臣有奸邪正衙奏⑪，君有动言直笔书⑫。

起居郎，侍御史⑬，尔知紫毫不易致⑭。

每岁宣城进笔时⑮，紫毫之价如金贵。

慎勿空将弹失仪⑯，慎勿空将录制词⑰。

【注释】

①紫毫笔：讥失职也。紫毫笔，取山中野兔项背的黑紫色毫毛制成，因色呈黑紫而得名。

②锥（zhuī）：一头尖锐、可以扎窟窿的工具。兮（xī）：文言助词，相当于"啊"或"呀"。利如刀：锋利如同刀子一样。

③"江南石"四句：《元和县志·宣州溧水》中记载："中山在县东南一十五里，出兔毫，为笔精妙。"溧水即今江苏溧水县，县东南一十五里有中山，名为溧阳山，出产紫毫，可以制笔，从晋朝之后就非常有名。

④功甚重：做起笔来很费工。

⑤管勒工名充岁贡：笔管上刻着制笔工人的姓名，每年进贡到朝廷。

⑥将何如：拿起它将怎样用？

⑦东西府御史：御史府，汉代官署名，到唐朝改局御史台。西京长安，东都洛阳，都有此设置。御史职在纠弹失职违法官吏。

⑧左右台起居：唐时称门下省叫东台，中书省叫西台，左东右西，故门下、中书两省可称为左右台。门下省官属有起居郎，中书省官属有起居舍人。都管记录皇帝言行，如果他们尽职，也可以对皇帝起一定的监督作用。

⑨搦（nuò）管：执笔。搦，一本作"握"，意同。趋（qū）入：快步走入。黄金阙（què）：指朝门。

⑩抽毫：毛笔上有笔帽，用时则抽出来。白玉除：一作白玉墀。"除"是"阶除"的省称，是大臣上朝时站班的位置。

⑪奸邪（xié）：指奸诈邪恶的事或人。正衙：当朝。

⑫君有动言直笔书：国君言行，秉笔直书，不加隐讳。

⑬侍御史：唐朝的御史台有三个属院：第一殿院，第二台院，第三察院。殿院、台院都有侍御史，是最高级的御史。

⑭尔：你。不易致：指制作不容易。

⑮每岁：每年。

⑯慎（shèn）勿空将弹失仪：千万不要只是用紫毫笔来弹劾官员上朝

礼数不周等琐碎事务。慎勿，千万不要。空将，白白地，没有什么内容。弹（tán），弹劾。

⑰录制词：记录诏书上的文词。

【译文】

紫毫笔，笔尖形似锥子，尖利如同刀一样。

江南的石山上有一种大兔子，从小吃着竹子喝着山泉水，长着一种特殊的紫色毫毛。

宣城的制笔工人将野兔项背的毫毛采来做成笔，可惜千万根毛中仅能选出一根毫。

毫毛虽轻，但做起笔来特别费工费时，做成后送进宫中，笔管上刻着工人的名字。

君王啊大臣啊千万不要轻易使用！不轻易使用，那么拿起它将怎样使用呢？

希望能将它赐给东、西侍御史，希望能发给左、右台起居郎。

他们能够握着笔快步走进朝廷殿门，抽出笔帽站立在朝堂的白玉阶下。

臣子中有奸诈邪恶的事要及时奏明皇帝，国君有什么言行不妥之处，也要秉笔直书。

起居郎啊，侍御史啊，你应该知道紫毫笔的制作不容易。

每年宣城进贡紫毫笔的时候，紫毫的价格就像金子一样昂贵。

千万不要白白用它来弹劾一些失仪不周的琐事，千万不要只是用它来记录诏书上空洞的词句。

【赏析】

古人对所用之笔甚为讲究。毛笔是用兽毛扎成笔头，再粘结在管状的笔杆上制成的。一支好的毛笔应具有"尖、齐、圆、健"的特点，才能使写出来的字锐利矫健。故而诗人开篇即言明"尖如锥兮利如刀"的特性，点明紫毫笔兼具好毛笔所有的特性，以示其为上等珍品。

毛笔的制作，因选用的动物毛不同，又分为：兔毫、狼毫、羊毫、鸡毫，等等。而紫毫笔则是兔毫笔中之最，被历代书画家视之为"掌上明珠"，堪称"珍宝"。紫毫笔原产于宣州，是中国毛笔之祖。

据韩愈《毛颖传》记载，秦时大将军蒙恬南下途经中山（今安徽省泾县），发现当地兔肥毫长，软硬适度，便以竹为管，在原始的竹笔基础上加以改良，制造出后来的毛笔。

据考证，制作上乘的紫毫笔，所用的兔毛应该为秋天所捕获的成年雄性野兔，这种野兔常年在山涧野外生活，专吃野竹叶，专饮山泉水，毛质最佳。而制作紫毫笔，只选用野兔脊背上一小撮黑色的，弹性极强的双箭毛，可以说是少之又少，取之不易，故而诗人言道："江南石上有老兔，吃竹饮泉生紫毫。宣城之人采为笔，千万毛中拣一毫。"说的正是此事。

紫毫笔盛行于唐、宋时期，并与宣纸一起长期被列为"贡品"。这样小小的一支毛笔，制作起来却费时费工，制作出来以后还要刻上制笔工人的名字，"搦管趋入黄金阙"，快步送进皇宫，那么"君兮臣兮"将会用它来干什么呢？

诗人提出了心中的愿望："愿赐东西府御史，愿颁左右台起居。"他希望各位御史和起居郎们用紫毫笔书写文章，尽职尽责、忠言直谏，做到"臣有奸邪正衙奏"；希望君主英明仁慈，爱民如子，御史官们可以"君有动言直笔书"。这是诗人想象的美好场景，然而事实并非如此尽如人意。诗人痛心疾首，只能转而劝谏。这样制作不易、价如金贵的紫毫笔，可不要白白将其浪费掉："慎勿空将弹失仪，慎勿空将录制词"。只写一些弹劾失仪的琐事，一些诏书上空洞的文词这些没有实质的东西，真是枉费了这支紫毫笔的价值！

纵观全篇，这不仅仅是在描述紫毫笔的来之不易，而是一位有良知的官员对同僚寄予的期望，更是面对现实的一种悲慨！

【原典】

井底引银瓶①

井底引银瓶②，银瓶欲上丝绳绝③。

石上磨玉簪④，玉簪欲成中央折。

瓶沉簪折知奈何？似妾今朝与君别！

忆昔在家为女时，人言举动有殊姿⑤。

婵娟两鬓秋蝉翼⑥，宛转双蛾远山色⑦。

笑随戏伴后园中，此时与君未相识。

妾弄青梅凭短墙，君骑白马傍垂杨⑧。

墙头马上遥相顾，一见知君即断肠。

知君断肠共君语，君指南山松柏树⑨。

感君松柏化为心，暗合双鬟逐君去⑩。

到君家舍五六年，君家大人频有言⑪：

聘则为妻奔是妾⑫，不堪主祀奉蘋蘩⑬。

终知君家不可住，其奈出门无去处⑭。

岂无父母在高堂⑮？亦有亲情满故乡⑯。

潜来更不通消息⑰，今日悲羞归不得⑱。

为君一日恩，误妾百年身。

寄言痴小人家女⑲，慎勿将身轻许人⑳。

【注释】

①井底引银瓶：止淫奔也。淫奔，指女子与男子非礼结合。

②引：拉起，提起。银瓶：银质的瓶，一种汲水器。

③银瓶欲上丝绳绝：银瓶快到井口上的时候，丝绳断了。欲，将要，快要。绝，断。

④玉簪（zān）：玉做的簪子。簪：用来绾住头发的一种首饰，古代亦用以把帽子别在头发上。

⑤殊姿：特异非凡的资质，与众不同的姿态。

⑥婵娟（chán juān）：形容美好的样子。

⑦双蛾：指女子的双眉。远山色：形容女子眉黛如远山的颜色。

⑧妾弄青梅凭短墙，君骑白马傍垂杨：描写了青年男女相恋的情态。妾，女子自称。

⑨君指南山松柏树：意为指松柏为誓。因松柏经冬不凋，故男方指树为誓，表明自己永不变心。

⑩暗合双鬟（huán）：女子未出嫁时梳双鬟，结婚时合双鬟为一。

⑪大人：指男方父母。

⑫聘则为妻奔是妾：指经过正式行聘手续的女子才能为正妻，正妻可以主祭。《礼记·内则》："聘则为妻，奔则为妾，不必有罪。"奔，私奔。妾，偏室。

⑬不堪主祀（sì）：不能作为主祭人。蘋（píng）蘩（fán）：两种可供食用的水草，古代常用于祭祀。

⑭其奈：怎奈、无奈。

⑮岂：难道。高堂：借指父母。

⑯亦有：也有。亲情：亲戚。

⑰潜来：偷偷来，私奔。

⑱悲羞：意思是伤心羞愧。

⑲寄言：寄语。把某种思想感情寄托在诗文之中。痴小：指痴情而年少的少女。

⑳慎：谨慎，小心。勿：不要。

【译文】

我用丝绳从井底向上拉汲水的银瓶，眼看银瓶就要拉到井口，丝绳却断了。

在石头上打磨玉石做玉簪，马上就要磨成了，却从中间折断。

银瓶沉入井底、玉簪折断又能怎样呢？就像如今我与你的别离。

回想起昔日在家待字闺中时，人们都说我举止不俗姿态美丽。

优雅的鬓发薄如蝉翼黑而有光润，蛾眉细长弯曲如同远山微黛。

欢笑着和女伴在后花园开心嬉乐，这个时候我和你还没有相识。

我靠着矮墙抚弄青梅树的枝丫，你骑着白马驻足在垂杨树下。

我在这边墙里，你在那边白马上，我们遥遥对望，只看你一眼就知道你已经相思断肠。

知道你断肠的相思和我一样，我也只想和你互诉衷肠，当即你手指着南山的松柏许下誓言。

感念你心如松柏坚定不移，所以我偷偷合了发髻追随你离去。

随你到家中五六年，你的父母常常告诫我。

必须经过三媒六证的才是正妻，私奔的只能是妾室，不能作为主祭人参与家族祭祀。

终于才知道在你家不可能长久居住，可无奈的是我离开家门，已经没有可去的地方。

难道我的家中没有父母吗？其实我的家乡也有很多亲人。

只是因为和你私奔多年，更何况一直都没和家人互通消息，如今我满怀悲伤羞愧无法归乡团聚。

为了你那一日的相知之恩，却耽误了我一生的幸福。

现在只能用我的经历告诉那些小人家的痴情女子，千万要慎重，不要将终身轻易托付给他人。

【赏析】

古代封建士大夫把男女的自由结合统统斥为淫奔。封建礼法不允许青年男女未经父母同意，自作主张地结为夫妇。如果发生了这样的事情，则一概认定为女方不检点，对其蔑视、不尊重。诗人从道德立场上，对遭受此待遇的女子表示深切的同情，同时也向世间懵懂的少女们发出劝诫，不要一时被爱情冲昏了头，做出追悔莫及的事情。

首四句"井底引银瓶，银瓶欲上丝绳绝。石上磨玉簪，玉簪欲成中央折"巧妙运用了两个比喻，总体概括了全诗意旨。从井底拉起银瓶，快要上来的时候丝绳断掉；在石头上打磨玉簪，玉簪将成从中折断，这都是半途而毁，暗喻了女子中途遭弃的命运。接着诗人以一位女子的口吻泣述自己悲凉的遭遇：想当年，自己还是少女之时，美貌娟秀，人人称赞。和女伴在花园里自在玩闹，快乐无忧。多么好的青葱岁月啊！可一切都从遇到那个心上良人开始，发生了转变。"妾弄青梅凭短墙，君骑白马傍垂杨"，一个倚墙弄花，一个马上观望。"墙头马上遥相顾"，少女情怀萌动，为爱不顾一切封建礼教，偷偷以身相许，追随自己认定的良人而去。这种决然私奔的过程，表现了女子的天真、纯洁和痴情。

　　从"到君家舍五六年"开始，以下六句都是叙述私奔带来的屈辱和痛苦。好好的良家女子，只因为随爱人私奔，只因为没有经过礼法嘉许的结合，即使相爱情深，也得不到他人的认可，地位卑微，饱受诟病。侍奉公婆、丈夫五六年之久，不仅得不到认可，还没有资格参与家族祭祀。以两人相识之前的无忧无虑，与私奔后备受屈辱的痛苦相对比，表明这位女主人公因一时之错，付出了沉痛的代价。这位可怜的女子终于明白，这个家不是自己长久的归宿。然而天地茫茫，她又能去哪里呢？难道没有父母和亲

人可以投奔？但是女子已经"悲羞归不得"。因为她一时头脑发热，与人私奔，早已被打上了不检点的烙印，为世人所不齿，不但在夫家会受到歧视，就是回到娘家，也会被自己的父母、亲人所鄙弃，会被看成败坏门风的不祥之人。然而，此时这个弱小的女子进退无门，走投无路，其境遇凄惨，令人悲悯。

尾句"寄言痴小人家女，慎勿将身轻许人"，正是对后世痴情女子发出了劝诫：千万不要因为一时之错，沦落到那种有家不得归的悲惨可怜的境地。全诗语调深沉而凝重，似劝似叹，意味悠长，发人深省。

【原典】

卖炭翁①

卖炭翁，伐薪烧炭南山中②。

满面尘灰烟火色③，两鬓苍苍十指黑④。

卖炭得钱何所营⑤？身上衣裳口中食。

可怜身上衣正单，心忧炭贱愿天寒⑥。

夜来城外一尺雪，晓驾炭车辗冰辙⑦。

牛困人饥日已高⑧，市南门外泥中歇⑨。

翩翩两骑来是谁⑩？黄衣使者白衫儿⑪。

手把文书口称敕⑫，回车叱牛牵向北⑬。

一车炭，千余斤⑭，宫使驱将惜不得⑮。

半匹红纱一丈绫⑯，系向牛头充炭直⑰。

【注释】

①卖炭翁：原诗题注："苦宫市也。"宫市，指唐代皇宫里需要物品，就向市场上去拿，随便给点钱，实际上是公开掠夺。唐德宗时，宦官专管其事。

②伐：砍伐。薪（xīn）：柴。南山：钟南山。在长安之南。

③烟火色：烟熏色的脸。此处突出卖炭翁的辛劳。

④苍苍：灰白色，形容鬓发花白。十指黑：指卖炭翁双手满是炭黑色。

⑤得：得到。何所营：做什么用。营：营求，这里指需求。

⑥可怜：使人怜悯。衣正单：指穿着单薄。心忧：心中忧虑，担心。愿：希望。

⑦晓：天亮。辗（niǎn）：同"碾"，压。辙（zhé）：车轮滚过地面辗出的痕迹。

⑧困：困倦，疲乏。

⑨市：集市，当时长安有贸易专区，称为市。

⑩翩翩（piān piān）：形容轻快洒脱的情状，这里形容得意忘形的神气。骑（jì）：指骑马的人。

⑪黄衣使者：指皇宫内的宦官。白衫儿：指为宦官充当"白望"的市井游民。白衫：为平民所穿的衣服。

⑫把：拿。称：说。敕（chì）：皇帝的命令或诏书。

⑬回：调转。叱（chì）：呵斥。牵向北：长安皇宫在北，而市在南，故牵牛向北。

⑭千余（yú）斤：此为虚数，形容很多。

⑮宫使：宫内使者，指宦官。驱：赶着走。将：语气助词。惜不得：吝惜不得。

⑯半匹红纱一丈绫（líng）：唐代商务交易，绢帛等丝织品可以替代货币使用。当时钱贵绢贱，半匹纱和一丈绫，与一车炭的价值相差很远。这表示官方用贱价强夺民财。绫，细薄而有花纹的丝织品。

⑰系（jì）：绑扎。这里是挂的意思。直：通"值"，指价格。

【译文】

有一位卖炭的老翁，长年砍柴烧炭在南山中。

他满脸灰尘，一看就知道是常年被烟火熏染的颜色，两鬓头发花白，十个手指也满是炭黑色。

281

卖炭得到的钱用来干什么呢？当然是为了买身上穿的衣裳和嘴里吃的食物。

可怜他身上衣裳单薄难以御寒，可心中还是担忧烧好的炭太贱卖不出去，只希望天再冷些，便能卖个好价钱。

昨天夜里城外下了一尺多厚的大雪，拂晓时分，老翁载着满满一车炭，碾冰踏雪地赶往城中集市。

赶到城门外的时候，太阳已经升得很高，牛困乏，人饥饿，就在南门外泥泞中暂时歇一歇吧。

那骑着高头大马、得意忘形的两个人是谁呢？原来穿黄衣的是宫内的太监，穿白衫是太监的手下。

太监手里拿着文书，口称是奉了皇帝的命令，回头不由分说就吆喝着牛，向北拉回皇宫。

一车的炭，一千多斤，宫里使者硬要赶走，老翁纵是千般不舍，却又无可奈何。

那些人把半匹红纱和一丈绫，朝牛头上一挂，就充当这一车炭的价钱了。

【赏析】

这是一首具有典型社会意义的叙事诗。诗中通过叙述一个卖炭翁进城卖炭的遭遇，深刻揭露了统治者的腐败本质。

本诗开头四句，首先介绍了卖炭翁的炭来之不易。"伐薪、烧炭"，概括了复杂的工序和漫长的劳动过程。"满面尘灰烟火色，两鬓苍苍十指黑"，活灵活现地刻画出卖炭翁因久居山中、长期艰苦劳动而苍老的模样。老翁长年披星戴月，凌霜冒雪，一斧一斧地"伐薪"，一窑一窑地"烧炭"，历尽千辛万苦才烧出"千余斤"的炭，每一斤都渗透着他的心血，凝聚着他赖以生存的希望，由此勾勒出老翁悲惨、艰辛的生活背景。

接下来诗人巧妙地设问："卖炭得钱何所营？"这样辛苦的劳动，卖了炭得到钱想干什么呢？转而诗人给出答案："身上衣裳口中食"。作为一个贫穷之人已别无奢想，仅仅能够有衣裳穿有饭吃就行了。这一问一答，使读者清楚地看到：这位劳动者已被剥削得毫无立锥之地，别无衣食来源，这为后面写宫使掠夺木炭的恶行做了有力的铺垫。

"可怜身上衣正单，心忧炭贱愿天寒"是脍炙人口的名句。卖炭翁身上穿着单薄，本已不禁寒风，此刻应希望天暖才对。然而卖炭翁却在冻得发抖的情况下，依然一心盼望天气更冷一些，只为能够卖得好价钱。若不是濒于绝境，谁会这样想呢？诗人深刻地理解卖炭翁的艰难处境和复杂的内心活动，继而真切地表现出来，这"可怜"两字倾注了诗人无限的同情，催人泪下。

"夜来城外一尺雪，晓驾炭车辗冰辙"两句起到了过渡的桥梁作用。朔风凛冽，天气寒冷，道路结冰。卖炭翁"愿天寒"的愿望成真了。当他驱车赶往集市的时候，也许他以为"天子脚下"的达官贵人、富商巨贾们不会在微不足道的炭价上斤斤计较，所以他满怀希望这一车炭能卖个好价钱，纵然是千里迢迢、道路艰辛，内心仍然满是憧憬。

然而，当卖炭翁起个大早赶到城外的时候，红日已高，牛疲倦乏累，人也饥饿难耐。只好停下来在"市南门外泥中歇"。接下来的"翩翩两骑"，反衬出劳动者与统治者境遇的截然不同。更可悲的是，卖炭翁全部的希望，都在太监"手把文书口称敕，回车叱牛牵向北"中化为泡影，满满一车炭，只换得"半匹红纱一丈绫"。可面对嚣张跋扈的"宫使"，老翁却丝毫不敢反抗，纵然是万般不舍得，也只有眼睁睁看着车被赶走。当卖炭翁饿着肚子，瑟瑟发抖地走回终南山的时候，他会想些什么呢？他往后的日子又该怎么过呢？这一切，诗人没有写，却隐隐刺痛每一个人的良知。

【原典】

天可度①

天可度，地可量，唯有人心不可防。

但见丹诚赤如血②，谁知伪言巧似簧③。

劝君掩鼻君莫掩④，使君夫妇为参商⑤。

劝君掇蜂君莫掇⑥，使君父子成豺狼⑦。

海底鱼兮天上鸟，高可射兮深可钓。

唯有人心相对时，咫尺之间不能料⑧。

君不见李义府之辈笑欣欣⑨，

笑中有刀潜杀人。

阴阳神变皆可测⑩，不测人间笑是嗔⑪。

【注释】

①天可度：恶诈人也。

②丹诚：赤诚之心。

③伪（wěi）言：假话。巧似簧（huáng）：语出《诗经·小雅·巧言》："巧言如簧，颜之厚矣。"

④掩鼻：遮掩鼻息。典出《战国策·楚策四》："魏王遗楚王美人，楚王说之。夫人郑袖知王之说新人也，甚爱新人，衣服玩好，择其所喜而为之。宫室卧具，择其所善而为之……郑袖知王以己为不妒也，因谓新人曰：'王爱子美矣。虽然，恶子之鼻。子为见王，则必掩子鼻。'新人见王，因掩其鼻。王谓郑袖曰：'夫新人见寡人，则掩其鼻，何也？'郑袖曰：'妾知也。'王曰：'虽恶，必言之。'郑袖曰：'其似恶闻王之臭也。'王曰：'悍哉！'令劓之，无使逆命。"

⑤参商：参星与商星。两星不同时在天空出现，因以比喻亲友、夫妻分隔两地不得相见，也比喻人与人感情不和睦。

⑥掇（duō）蜂：此处引用周朝尹吉甫后妻陷害继子伯奇、离间父子骨

肉亲情的典故，详见《琴操·履霜操》。

⑦豺狼（chái láng）：豺和狼，比喻凶恶残忍的人。

⑧咫（zhǐ）尺：指距离很近。

⑨李义府：唐高宗时，官至宰相。《旧唐书·李义府传》："义府貌状温恭，与人语必嬉怡微笑，而褊忌阴贼。既处权要，欲人附己，微忤意者，辄加倾陷。故时人言义府笑中有刀。"笑欣欣：喜笑颜开的样子。

⑩阴阳神变：阴晴风雨、神灵变化。

⑪嗔（chēn）：发怒。

【译文】

天可以揣度，地可以测量，只有人心最为防不胜防。

只听见有人说一片丹心赤诚红得像血，谁知道虚伪的假话巧舌如簧。

让你捂住鼻子你也不要轻易遮掩，有可能会使你夫妇离间，犹如参与商。

让你捉蜂你也不要去捉，否则可能会使你父子反目成仇，就像豺和狼。

海底游的鱼儿和天上的飞鸟，飞得再高也可能被射中，游得再低也可能被垂钓。

唯有人心叵测，就算对面相坐，近在咫尺，也不能猜到。

你没看见，像唐代李义府那样言谈和善的人，却是笑里藏刀、暗中杀人。

自然界的阴晴风雨、神灵变化都可以预测，唯有人间的喜怒让人无法猜透。

【赏析】

这篇《天可度》与白居易《新乐府》的其他篇章不同，不是以"卒章显其志"的手法来写的，而是以议论的口气，引古论今，道人心之叵测，故序语曰："恶诈人也。"

诗人开篇即叹息道：天地虽高虽广，却可以丈量。而唯有人心，令人防不胜防。你看他信誓旦旦，貌似赤诚热心肠，却不知道他不过是个巧舌如簧的虚伪之人。接着诗人连引用了两个典故，来辅助、论证之前的论点。"掩鼻"说的是楚王和魏美人的故事。魏美人被送入王宫，深得楚王宠幸。楚王的夫人郑袖内心嫉恨，表面上却不流露出来，反而对魏美人很好，衣食用度都任她挑选。就在魏美人真心信赖她的时候，她悄悄告诉魏美人，说楚王喜欢她的美貌，唯独讨厌她的鼻子。魏美人信以为真，此后在楚王面前必掩其鼻。楚王纳闷，问及郑袖缘故。郑袖说是因为魏美人嫌弃楚王太臭了。结果楚王一怒之下，就下令将魏美人的鼻子割掉了。"掇蜂"的典故，是说伯奇母亲去世，父亲尹吉甫另娶继母。继母不待见伯奇，偷偷向尹吉甫说伯奇觊觎自己的美色。尹吉甫不信，她就说让尹吉甫在对面楼中偷偷观察。然后她偷偷把毒蜂放在后衣领上，唤伯奇来捉。伯奇孝顺，无防备之心，结果本是替继母捉毒蜂，但在对面不知内情的尹吉甫看来，却像极了调戏之举，结果父子反目，当即尹吉甫怒将儿子逐出家门。

诗人引用的这两个典故，都有狡诈之人暗施奸计，令好人蒙受冤屈的寓意。故而诗人说"劝君掩鼻君莫掩""劝君掇蜂君莫掇"，不要人家说什么你都信以为真。难道你没看到，天上的飞鸟和水里的鱼都能被捕捉到，"唯有人心相对时，咫尺之间不能料"，因为你永远不知道他背后的意图，就像身居高位的唐朝宰相李义府，看似和颜悦色，实则笑里藏刀。以"阴阳神变皆可测"作结，呼应前文，再一次强调了天可度而人心叵测的道理。因为你看不到人的内心变化，所以你永远分不清狡诈的人究竟是在笑还是在发怒。

【原典】

秦吉了①

秦吉了，出南中②，彩毛青黑花颈红。

耳聪心慧舌端巧，鸟语人言无不通。

昨日长爪鸢③，今朝大嘴乌④。

鸢捎乳燕一窠覆⑤，乌啄母鸡双眼枯⑥。

鸡号堕地燕惊去⑦，然后拾卵攫其雏⑧。

岂无雕与鹗⑨？嗉中肉饱不肯搏⑩。

亦有鸾鹤群⑪，闲立扬高如不闻⑫。

秦吉了，人云尔是能言鸟⑬，岂不见鸡燕之冤苦⑭？

吾闻凤凰百鸟主⑮，尔竟不为凤凰之前致一言，安用噪噪闲言语⑯？

【注释】

①秦吉了：哀冤民也。秦吉了，鸟名，也称了哥、吉了。因产于秦中，故名秦吉了。能模仿人说话。

②南中：泛指中国南方两广地区。

③鸢（yuān）：老鹰。

④大嘴乌：乌鸦中最贪食的一种，比喻贪得无厌的文武官吏、豪门望族。

⑤窠（kē）：此处指鸟巢。覆（fù）：翻，倾倒。

⑥双眼枯：意思是说泪水流干了。

⑦号（háo）：号叫，指拖长声音大声呼叫。堕（duò）地：落地。

⑧攫（jué）其雏（chú）：抓走小燕子。攫：抓取。

⑨雕（diāo）：大型猛禽。鹗（è）：一种大鸟，性凶猛，背暗褐色，腹白色，常在水面上飞翔，捕食鱼类。通称"鱼鹰"。

⑩嗉（sù）：鸟类喉咙下装食物的地方。

⑪鸾鹤（luán hè）：鸾与鹤。相传为仙人所乘。

⑫如不闻：就像没听见。

⑬人云：人说。尔（ěr）：你。能言：长于辩论，有独到的见解。

⑭岂不见：难道没看见；怎么看不见。冤（yuān）苦：冤屈痛苦。

⑮吾（wú）：我。凤凰：亦作"凤皇"，古代传说中的百鸟之王。雄的叫"凤"，雌的叫"凰"，总称为凤凰。百鸟主：百鸟之王。《大戴礼记·易本命》："有羽之虫三百六十，而凤皇为之长。"

⑯噪噪（zào zào）：乱嚷嚷，议论纷纷。

【译文】

秦吉了，出自南方，一身彩羽，青黑的花色红脖项。

善解人语，聪明伶俐，能说会道，人言和鸟语都通晓。

昨天飞来一只凶猛的长爪鸢，抓走乳燕，扑翻了乳燕的巢。

今天飞来一只贪得无厌的大嘴乌，啄瞎了母鸡的双眼。

母鸡倒在地上大声号叫，大燕子受惊已经飞走，然后它们夺走卵蛋、掳走乳雏，继续乐逍遥。

难道就没有大雕与鹗鸟了吗？原来它们的嗉子中已装满肥肉，不愿意再去拼搏。

其实还有那些看似清高的鸾鸟与鹤群，可是它们只管自己悠然站立、高扬着头，就像没听见一样。

秦吉了啊秦吉了，人人都说你是能言善语的鸟，难道你没看见鸡和燕在含冤受苦？

我听说凤凰是百鸟之王，你竟然不敢在凤凰面前为鸡和燕说一句公道话，可你怎能在那里聒噪地说些闲言闲语呢？

【赏析】

这首诗通篇没有人物参与，更像一则寓言故事。诗人用简短的诗句，塑造了鸢、乌、雕、鹗、鸾、鹤及秦吉了等活生生的鸟类形象，从它们对待鸡与燕的态度入手，刻画出它们各种丑恶的嘴脸，使人自然而然就联想到封建时代的各种官吏丑恶行径，颇具讽刺意味。

诗的开头，紧扣标题，介绍秦吉了"出南中"。它不仅外表漂亮，"彩毛青黑花颈红"，且天生聪慧、伶牙俐齿，"鸟语人言无不通"，以此来隐喻朝廷中那些大小谏官们，他们正是衣冠楚楚、能言善辩之辈，极像这秦吉了。

"昨日长爪鸢，今朝大嘴乌"，长爪鸢、大嘴乌都是贪婪凶猛的鸟。它们不止一次凶狠地扑向燕巢和母鸡，不仅要捕获弱小的鸡和燕，还要倾其巢穴，"拾卵攫其雏"，这与恶霸官吏、蛮横宦官等鱼肉下层百姓有什么区别？处于社会最底层的平民百姓，像鸡、燕般一向安分守己，却频频遭受欺凌，比如"杜陵叟"和"卖炭翁"等。

诗人对此是愤慨的，他向那些见死不救的旁观者发出了谴责："岂无雕与鹗？嗉中肉饱不肯搏。亦有鸾鹤群，闲立扬高如不闻"。雕与鹗，本是辅助人打猎的良禽，却因吃得太饱而失去了斗志；鸾、鹤等虽有仙姿，看似清高脱俗，却只是安闲旁观或者置若罔闻。因此诗人只能把希望寄托在百鸟之王凤凰身上，希望秦吉了这种能言善辩的鸟，能到凤凰那儿汇报，为鸡、燕主持公道，而不是只敢在背后

议论，毫无建树。

此诗以鸢、乌、雕、鹗、鸾、鹤等影射封建王朝中的各种官吏，大胆揭露，深刻讽刺，不仅把封建王朝表面上公正庄严的虚伪面目彻底揭穿，甚至彻底否定了封建王朝的吏治，足见其讥刺范围非常之广。

【原典】

八骏图①

穆王八骏天马驹②，后人爱之写为图③。

背如龙兮颈如象，骨竦筋高脂肉壮④。

日行万里速如飞⑤，穆王独乘何所之⑥？

四荒八极踏欲遍⑦，三十二蹄无歇时。

属车轴折趁不及⑧，黄屋草生弃若遗⑨。

瑶池西赴王母宴⑩，七庙经年不亲荐⑪。

璧台南与盛姬游⑫，明堂不复朝诸侯⑬。

《白云》《黄竹》歌声动⑭，一人荒乐万人愁⑮。

周从后稷至文武⑯，积德累功世勤苦⑰。

岂知才及四代孙⑱，心轻王业如灰土⑲。

由来尤物不在大⑳，能荡君心则为害㉑。

文帝却之不肯乘㉒，千里马去汉道兴㉓。

穆王得之不为戒㉔，八骏驹来周室坏㉕。

至今此物世称珍，不知房星之精下为怪㉖。

八骏图，君莫爱。

【注释】

①八骏图：戒奇物惩佚游也。

②穆王八骏（jùn）：传说中周穆王曾有八匹马神骏异常，用以驾车能日行万里。骏：良马。

③后人爱之写为图：后来的人因为喜欢，画成图画。

④竦：高起。脂肉壮：指膘肥体壮。

⑤速：快，迅速。

⑥何所之：去往哪里。

⑦四荒八极：四面八方极偏远之地。

⑧属车：帝王出行时的侍从车。趁不及：追赶不及。

⑨黄屋：古代帝王专用的黄缯车盖。

⑩瑶池西赴王母宴：传说周穆王远游，曾路过瑶池，与西王母相识宴饮。

⑪七庙：指祖庙。七庙为四亲（高祖、曾祖、祖、父）庙、二祧（高祖的父和祖父）庙和始祖庙。经年：常年。不亲荐：不亲自进献祭扫。

⑫璧（bì）台：《穆天子传》卷六："天子乃为之台，是曰重璧之台。"郭璞注："言台状如垒璧。"后用"璧台"形容华美的高台。盛姬：为周穆王爱妻。本姓姬，盛伯（郕国）的女儿，史称盛姬。穆天子封盛伯作姬姓的族长，位在诸姬姓小国之上，因此称为"盛门"。周穆王为盛姬建造高台，取名叫作"重璧台"。盛姬遇风寒得疾，周穆王命人飞骑送浆，不久病逝，依皇后之礼葬于毂丘之庙。

⑬明堂：古代帝王宣明政教、举行典礼等活动的地方。不复：不再。朝：朝见。

⑭《白云》《黄竹》：均为歌名。传说周穆王与西王母两情相悦，临别作此二歌互答传情。

⑮荒乐（lè）：耽于逸乐。

⑯后稷（jì）：周之先祖。文武：指周文王与周武王。

⑰积德累（lěi）功：积累仁德与功业。

⑱岂知：怎知道。四代孙：传说周穆王为西周第五位君主。

⑲心轻王业：指不看重王者的权力地位。

⑳由来：历来，自始以来。尤物：指珍奇之物或绝色美女。

㉑荡：摇动。

㉒文帝却之不肯乘：据《资治通鉴》记载：时有献千里马者。帝曰："鸾旗在前，属车在后，吉行日五十里，师行三十里；朕乘千里马，独先安之？"于是下诏不受。文帝：指汉文帝刘恒。

㉓千里马去汉道兴：汉文帝即位后，励精图治，兴修水利，衣着朴素，废除肉刑，使汉朝进入强盛安定的时期。汉文帝与其子汉景帝统治时期，被合称为"文景之治"。

㉔不为戒：不能引以为戒。

㉕八骏驹：即指文中"穆王八骏"。周室坏：指周朝转入衰败。

㉖房星之精：二十八星宿中的房宿，又叫天驷，主车驾。古人认为它掌管人间皇帝的车马。

【译文】

周穆王有八匹天马神骏无比，后世人因喜爱将它们画下来。

马背犹如神龙，颈部如同巨象，筋骨高耸强健，个个膘肥体壮。

奔跑起来日行万里像飞一样，穆王独自驾着马车去往何方？

那四海八荒将要被他踏遍，三十二匹马蹄没停歇的时候。

属下的车跑断车轴难以追赶，黄缯车盖被遗弃路旁草丛中。

他曾西去瑶池赴王母的盛宴，祖庙长年累月不曾亲自祭扫。

在华美高台与爱妻盛姬游玩，明堂之中也不再去朝见诸侯。

《白云》《黄竹》的歌声动人，他耽于逸乐使万千百姓愁苦。

周朝从先祖建国到文王武王，积德累功世代传承都很勤勉。

哪知道刚刚传到四代孙穆王，就把祖宗的基业看作是灰土。

历来珍奇的东西不在于大小，能迷惑君心的就是危害祸患。

文帝得到千里马拒不肯骑乘，后来的汉朝才逐渐得以兴盛。

周穆王得到千里马没有警惕，八骏的到来让周室走向衰败。

到如今八骏仍被世人所珍爱，却不知它原是房星下界为怪。

八骏图虽好，你也不要喜爱！

【赏析】

据古籍记载，周穆王有八匹良驹，神骏非凡，能日行万里。后世之人爱其神姿，多画《八骏图》，张贴于室。诗人独以文字图其形貌："背如龙兮颈如象，骨竦筋高脂肉壮"，短短两句，便将"天马"脱俗的形态跃然纸上了。周穆王驾驭着如此日行万里、风驰电掣的良骏，意欲何往？答曰：欲踏遍四荒八极。传说周穆王性喜出游，长年不在朝中。不理朝政，不见诸侯。不仅疏于内政，而且连祖庙也很少祭拜。他曾为爱妻盛姬修筑"璧台"，也曾西赴瑶池，与西王母两情相悦，有过情感纠缠。临别之时，王母歌《白云》以赠，穆王唱《黄竹》酬答。诗人对穆王的"荒乐"之举极度反对，甚至直指周穆王玩物丧志，同时也暗讽当朝皇帝"一人荒乐万人愁"。

自"周从后稷至文武"开始，诗人共用了十二句来陈述"玩物丧志"的利害。他以周朝为例，从开朝祖先周文王、周武王开始，一直都在注重如何"积德累功"，使国家繁荣昌盛，岂知到了第"四代孙"周穆王手里，他却只图享乐，荒废朝政，因此使周朝历代基业逐渐走向衰败。接下来诗人反转一笔，列举了卓有成就的汉文帝拒乘千里马之事，以及他努力励精图治，使汉朝走向了巅峰"文景之治"的史实，使前后两者形成鲜明的对比，达到了劝谏的意旨，突出了写这首诗的历史意义。

尾句"八骏图，君莫爱"是诗人对当朝皇帝语重心长的劝谏。他希望皇帝能够引以为戒，不要耽溺于世间的奇珍异宝，不要被"尤物"迷惑了心智，要安心做一个有道明君，重振朝纲！

【原典】

西凉伎①

西凉伎，西凉伎②，假面胡人假狮子③。
刻木为头丝作尾，金镀眼睛银帖齿④。
奋迅毛衣摆双耳⑤，如从流沙来万里⑥。
紫髯深目两胡儿⑦，鼓舞跳梁前致辞⑧。

应似凉州未陷日⑨，安西都护进来时⑩。

须臾云得新消息⑪，安西路绝归不得。

泣向狮子涕双垂⑫，凉州陷没知不知⑬？

狮子回头向西望，哀吼一声观者悲。

贞元边将爱此曲⑭，醉坐笑看看不足。

享宾犒士宴监军⑮，狮子胡儿长在目⑯。

有一征夫年七十⑰，见弄凉州低面泣⑱。

泣罢敛手白将军⑲，主忧臣辱昔所闻⑳。

自从天宝兵戈起㉑，犬戎日夜吞西鄙㉒。

凉州陷来四十年㉓，河陇侵将七千里㉔。

平时安西万里疆，今日边防在凤翔㉕。

缘边空屯十万卒㉖，饱食温衣闲过日。

遗民肠断在凉州㉗，将卒相看无意收㉘。

天子每思长痛惜㉙，将军欲说合惭羞㉚。

奈何仍看西凉伎㉛，取笑资欢无所愧㉜？

纵无智力未能收㉝，忍取西凉弄为戏。

【注释】

①西凉伎：刺封疆之臣。封疆（jiāng）之臣，指对国境线上负有重大使命的将帅。

②西凉伎（jì）：此篇为李绅初题，原作已失，只有元稹和白氏和章现存。《西凉伎》具体描写的是"狮子舞"。段安节《乐府杂录·龟兹部》条云："戏有五方狮子，高丈余，各衣五色，每一狮子有十二人，戴红抹额，衣画衣，执红拂子，谓之'狮子郎'，舞太平乐曲。"源于印度等地，后传入中国，盛行于敦煌（唐沙州）、酒泉（唐肃州，西凉故地）一带。伎即戏，亦称戏弄。

③胡人：古时对西北少数民族的统称。这里指舞狮人。

④镀（dù）：以金粉涂物。帖：贴。

⑤奋迅：迅发、迅速。这里指狮子猛然用力地抖动毛衣。

⑥流沙：玉门关以西的沙漠地带。西北一带大沙漠上的沙子会随风流动，所以叫流沙。这里用以借指西北边远地区。

⑦髯（rán）：胡须。深目：眼睛凹陷。

⑧鼓舞：合乐而舞。跳梁：跳跃。这是狮子舞的步法。前致辞：向前讲话。指舞狮人对观众的表白。

⑨凉州未陷日：在广德二年（764年）凉州为吐蕃所陷之前。凉州，西汉置，唐治武威（今甘肃武威县），属安西都护府辖地。

⑩安西都护：安西都护府设在交河城，即今新疆吐鲁番西十公里处。

⑪须臾（yú）：一会儿。新消息：指上述凉州陷落，吐蕃长驱直入西安都护府辖境。所以下句说"西安路绝"。

⑫涕（tì）：眼泪。双垂：双双落下。

⑬陷没（mò）：沦陷，被攻占。

⑭贞元边将：据陈寅恪考订，认为此边将可能指的是泾原节度使刘昌。贞元，唐德宗年号。此曲：指前面胡儿与狮子的表演。

⑮享宾犒（kào）士宴监军：宴饷幕僚、犒赏士兵和宴请监军的宦官。唐德宗时，军权握于宦官之手，监军权势，在将军之上。监军，皇帝派往边镇的宦官，负责监督军事。

⑯狮子胡儿长在目：指常常让人表演"狮子舞"。

⑰征夫：从役之人，出征的士兵。年七十：年近七十岁了。

⑱弄：演奏。凉州：凉州曲，乐曲名，这里指"狮子舞"的伴奏曲。低面泣：低头哭泣。

⑲泣罢：哭泣完毕。敛（liǎn）手：拱手，表示恭敬。白：禀告。

⑳主忧臣辱：皇帝忧虑而不能为其分忧解难，是臣子的羞辱。

㉑天宝：唐玄宗年号（742年—756年）。兵戈：指天宝十四年（755年）的安史之乱。天宝十四年冬十二月，安禄山反于范阳，从此安史之乱开始。

㉒犬戎：周朝时代居住在陕西凤翔以西的一个部族，也叫昆夷。曾乘周幽王昏乱，出兵内侵，迫使平王东迁。此处借喻唐时经常在西部边疆地区进

行侵扰的吐蕃部贵族。吞：吞并，吞没。西鄙：西部边地。

㉓四十年：凉州于代宗广德二年（764年）沦陷，到诗人作这首诗时，已有四十五个年头，这里是用其整数。

㉔河陇：河西（黄河以西）、陇右（陇山以西）连称。唐西北边地，属地二十余州，天宝乱后，渐为吐蕃侵占。侵将：侵占。将，助词，表示动作的开始。

㉕平时安西万里疆，今日边防在凤翔：唐代盛时，安西大都护府所辖的广大地区，方圆约有万里。因为不断受到吐蕃贵族率部叛乱侵扰，已经全部沦陷，致使边界内移到凤翔。疆，边界。凤翔，地名，在今陕西宝鸡。

㉖缘边：沿着边境。缘：通“沿”。屯（tún）：驻守，驻扎。

㉗遗民：亡国之民。这里指吐蕃沦陷区的河陇人民。

㉘无意收：没有想过去收复失地。

㉙天子：皇帝。痛惜：沉痛惋惜。

㉚欲说：想要提起。合：应该。惭（cán）羞：羞愧。

㉛奈何：怎么，为什么。

㉜取笑资欢：取乐寻欢。无所愧：没有惭愧之心。

㉝纵无：即使没有。智力：能力。未能收：不能收复失地。

【译文】

西凉戏，西凉戏，就是由假扮的胡人去逗弄假的狮子。

狮子头是用木刻成的，用丝线绳作狮子尾，用金镶镀眼睛，用银贴牙齿。

狮子迅捷地抖擞着伪装皮毛的毛衣，摇摆着双耳，仿佛来自万里之外的流沙地区。

紫胡子、深眼睛的两个人假扮胡儿，打着鼓跳着舞到前面致辞。

他说是在凉州还没有失陷时，由安西都护府送进来的。

片刻后又说刚得到新消息，回安西的路现在已沦陷，故乡已经回不去。

胡儿痛哭流涕面向狮子双眼垂着泪说：凉州已经陷落了，你知不知道？

狮子回头遥望着西方，悲伤地大吼一声，围观的人看了也顿时感到无比悲伤。

守边的将军也特别喜欢这西凉戏的曲调，常常在宴饮大醉后欢呼怎么看也看不够。

甚至待客欢宴、犒赏将士、宴请监军的时候，也都让这些胡人和狮子表演娱乐。

有一个七十多岁的老兵，看见表演"西凉戏"的时候忍不住低头哭泣。

哭完拱手对将军说：我以前曾听说过主忧臣辱是古训。

自从天宝年间爆发战乱，连年征战不休，吐蕃人日夜不断地侵略我西部边境。

凉州失守已经有四十年，河陇一带被侵占，沦陷将近七千多里。

以前安西幅员辽阔有边疆万里，如今我们的边界却内移到了凤翔。

沿着边境空驻了十万大军，却终日饱食暖衣悠闲地度过时光。

沦陷区的凉州人欲断肝肠盼望早日光复，将士们相互看着却丝毫没有收复失地的意图和主张。

皇帝每当想到这些就会长叹痛惜，将军一想到要谈论这件事也应该感到羞愧。

为什么还要看这种西凉的杂伎，如此寻欢取乐，就没有一点愧意？

即使没有收复边疆的能力，怎么能忍心还把西凉拿来作戏消磨时光！

【赏析】

安史之乱后，唐王朝国力日趋衰落。数年间，西北数十州相继被侵占。唐王朝君臣、边将不仅没去积极收复失地，反而畏敌不前，只求贪欢宴饮，致使国土不断沦陷。沦陷区百姓长期忍受屈辱，生活在水深火热之中。

前十六句为第一部分。开篇"西凉伎，西凉伎"，仿佛是诗人沉痛的叹息，不禁给人以悲凉之感。接下来介绍了西凉戏中狮子的装扮：狮子的装饰漂亮华丽，气势威武雄健，难怪被"贞元边将"所喜爱！接着写两个演员作胡人打扮，"紫髯深目"，闻"鼓舞"而"跳梁"上场，向观众致词。其间穿插介绍这场狮子舞所表演的时间是凉州还没有攻陷之时，由安西都护带进来的。"须臾云得新消息"，安西都护府的回路已经被吐蕃人占领，回不去了。

于是这两个假面胡人面向假狮子哭泣，涕泪双垂。假狮子听后回头向西而望，"哀吼一声观者悲"，其失去家园的悲痛之情，顿时弥漫开来，惹人泪目。

第二部分从"贞元边将爱此曲"到"狮子胡儿长在目"，主要描写边关将领喜欢看狮子舞，"醉坐""笑看"，这一系列动作描写说明了边关将领不思进取，耽于享乐，丝毫不念失疆之痛。而"看不足"三个字，则言其喜爱狮子舞的程度，为下句埋下引子。这位边关将领喜欢狮子舞到什么地步呢？他无论是宴饷幕僚、犒赏士兵，还是宴请监军的宦官，都要安排表演狮子舞。凉州的狮子舞本是用来鼓舞士气的，但随着时间的流逝，将士对国土的沦陷已经习以为常，尤其是将领，对国土被蚕食这一事实竟然变得麻木不仁了，这才是最可怕的。

第三部分从"有一征夫年七十"到诗篇结尾，主要描写一个年逾七十的老"征夫"，终于忍不住向边关将领发出责问。这是诗人假托"老征夫"之口，说出了自己的心声。"征夫"经历过凉州的沦陷和安西都护辖区的陷落，他是这一历史的见证人，深有国土被侵夺的耻辱感。他的一番话义正辞严，包含有三层意思：一是既然"天子每思长痛惜"，那么身为臣子当为君分忧，紧扣"主忧臣辱"，所以将领不应对皇上的忧虑无动于衷；二是"平时安西万里疆，今日边防在凤翔"，边关沿线逐渐内迁，但将卒却无所事事，沉迷于"饱食温衣闲过日"，根本无意收复失地；三是即使现在没有收复失地的能力，也应该养兵蓄锐，以图后事，不应以西凉沦陷编入狮子舞当作娱乐。想想那些失去的疆土和那些尚在凉州受苦的"遗民"，将军你难道不感觉愧疚吗？结句"纵无智力未能收，忍取西凉弄为戏"，是诗人借一个老兵之口，有力抨击了唐王朝统治者的软弱无能，抒发了凉州陷落、边塞重镇连连失守的悲愤之情。

琵琶行　并序①

　　序：元和十年，予左迁九江郡司马②。明年秋③，送客湓浦口④，闻舟中夜弹琵琶者。听其音，铮铮然有京都声⑤。问其人，本长安倡女⑥，尝学琵琶于穆、曹二善才⑦。年长色衰，委身为贾人妇⑧。遂命酒⑨，使快弹数曲⑩。曲罢悯然⑪，自叙少小时欢乐事，今漂沦憔悴⑫，转徙于江湖间。予出官二年⑬，恬然自安⑭。感斯人言，是夕始觉有迁谪意⑮。因为长句歌以赠之⑯，凡六百一十六言⑰，命曰《琵琶行》⑱。

【注释】

　　①琵琶行：亦作"琵琶引"，"行"与"引"同为乐曲名称，后用为乐府歌辞和歌行诗体的名称。

　　②左迁：意为贬官，降职。古以左为卑，故称"左迁"。九江郡：即江州。司马：州郡的武职佐吏，一种名义职位，常用以安置被贬谪的官员。

　　③明年：第二年。

④湓浦（pén pǔ）：湓水，今名龙开河，经九江北流入长江。

⑤铮铮（zhēng zhēng）然：形容金属、玉器等相击声。京都声：指唐代京城流行的乐曲声调。

⑥倡（chāng）女：歌舞妓女。倡，古时歌舞艺人。

⑦穆、曹二善才：当时著名的琵琶艺人。善才，唐代乐师的通称。

⑧委身：托身，这里指嫁的意思。为：做。贾（gǔ）人：商人。

⑨命酒：叫手下人摆酒。

⑩快：畅快。

⑪悯然：忧郁的样子。

⑫漂沦：漂泊沦落。憔悴（qiáo cuì）：形容人瘦弱，面色不好。

⑬出官：京官外调出京城，在地方任职。

⑭恬然：淡泊宁静的样子。

⑮迁谪（zhé）：指贬官降职或流放。

⑯为：创作。长句：此指作这首长篇七言诗。

⑰凡：总共。言：字。

⑱命：命名，题名。

【译文】

序：唐宪宗元和十年（815年），我被贬为九江郡司马。第二年秋季的一天，我送客人到湓浦渡口，夜里听到船上有人弹琵琶。听那琵琶的声音，铮铮铿铿，有京都流行的声韵。我上前探问这个人，原来是来自长安城的歌女，曾经向穆、曹两位琵琶大师学艺。后来年纪大了，容颜衰老，只好委屈自己嫁给了商人为妻。于是今天就命人摆酒，让她畅快地弹几曲。她弹完琵琶后，有些闷闷不乐的样子，自己说起了少年时欢乐之事，而今漂泊沉沦到形容憔悴的地步，还要常年在江湖之间辗转奔波。由此想到我自己，自从离京外调任职江郡司马两年以来，随遇而安，自得其乐。如今听了这琵琶女的话语深有感触，这天夜里才开始有被降职的感觉。因此撰写一首长诗赠送给她，共六百一十六字，题名为《琵琶行》。

【原典】

浔阳江头夜送客①，枫叶荻花秋瑟瑟②。

主人下马客在船③，举酒欲饮无管弦。

醉不成欢惨将别，别时茫茫江浸月。

忽闻水上琵琶声，主人忘归客不发。

寻声暗问弹者谁，琵琶声停欲语迟。

移船相近邀相见，添酒回灯重开宴④。

千呼万唤始出来，犹抱琵琶半遮面。

转轴拨弦三两声⑤，未成曲调先有情。

弦弦掩抑声声思⑥，似诉平生不得意。

低眉信手续续弹⑦，说尽心中无限事。

轻拢慢捻抹复挑⑧，初为《霓裳》后《六幺》⑨。

大弦嘈嘈如急雨⑩，小弦切切如私语⑪。

嘈嘈切切错杂弹，大珠小珠落玉盘。

间关莺语花底滑⑫，幽咽泉流冰下难⑬。

冰泉冷涩弦凝绝⑭，凝绝不通声暂歇。

别有幽愁暗恨生，此时无声胜有声。

银瓶乍破水浆迸⑮，铁骑突出刀枪鸣。

曲终收拨当心画⑯，四弦一声如裂帛。

东船西舫悄无言⑰，唯见江心秋月白。

沉吟放拨插弦中，整顿衣裳起敛容⑱。

自言本是京城女，家在虾蟆陵下住⑲。

十三学得琵琶成，名属教坊第一部⑳。

曲罢曾教善才服，妆成每被秋娘妒。

①浔（xún）阳：长江流经九江的那一段水域。

②荻（dí）花：多年生草本植物，生在水边，叶子长形，似芦苇，秋天开紫花。瑟瑟：风吹草木萧索悲凉的样子。

③主人：诗人自指。

④回灯：重新拨亮灯光。回，再。

⑤转轴拨弦：调整琵琶上缠绕丝弦的轴，以调音定调。

⑥掩抑：形容音乐起伏低昂。思：悲，伤。

⑦信手：随手。续续弹：连续弹奏。

⑧拢、捻、抹、挑：皆为弹奏琵琶的指法。

⑨《霓裳》：即《霓裳羽衣曲》，中国唐代宫廷乐舞，唐玄宗深爱此曲。《六幺》：唐舞曲，又名《乐世》《绿腰》《录要》。

⑩大弦：指最粗的弦。嘈嘈（cáo cáo）：声音沉重抑扬。

⑪小弦：指最细的弦。切切：形容声音微细急促。

⑫间关：形容婉转的鸟鸣声。滑：滑落，此指声音飘出来。

⑬幽咽：形容水流声。冰下难：本意为泉流冰下阻塞难通，此处形容乐声由流畅变为冷涩的情态。

⑭凝绝：凝结不动；停止，中断。

⑮迸：迸发，溅射。

⑯曲终：乐曲结束。拨：弹奏弦乐时所用的工具。当心画：用拨子在琵琶的中部划过四弦，是一曲结束时经常用到的右手手法。

⑰舫（fǎng）：船。

⑱敛（liǎn）容：使神情庄重。

⑲虾（há）蟆陵：在长安城东南，唐时歌楼酒馆多集中于此。

⑳教坊：唐代所设教习音乐的机构。

【译文】

我踏着夜色到浔阳江头送一位归家的客人，江岸边枫叶零落、芦花飘扬，到处是瑟瑟秋声。

我跳下马，与客人在船中摆设饯行的酒宴，举起酒杯想要对饮却没有助兴的管弦。

不能一醉方休，反而会更加伤心这即将到来的分别，分别时心海茫茫，如同这江水倒映的冷月。

忽然听到江面上传来阵阵琵琶声，顿时我忘却了回返家园，客人也不想动身出发。

顺着声音的方向暗暗探问弹琵琶的人是谁，琵琶曲停了许久却迟迟没有人回应。

我们移动客船靠近邀请她出来相见，叫人添满美酒，重新拨亮灯光，摆设酒宴相迎。

千呼万唤之后，她才缓缓地走出来，还是用怀里抱着的琵琶半遮半掩姣好的面容。

只见她转紧琴轴拨动琴弦试弹了几声，虽然尚未成曲，但那幽幽的曲调却已先流露出感情。

弦弦凄楚悲切，仿佛在掩饰心中声声思念，又像是在幽幽诉说着她不得志的平生。

她低着头，随手连续地弹个不停，似乎在用琴声尽情诉说心中无限的往事。

轻轻地拢，慢慢地捻，一会儿抹，一会儿挑，初弹一曲《霓裳羽衣曲》接着再弹《六幺》曲。

只听得弹起大弦时浑宏悠长、嘈嘈如暴风骤雨，弹起小弦和缓幽细、切切如有人私语。

嘈嘈声、切切声互为交错地弹奏，就像是大珠小珠交错在一起掉落在玉盘中。

琵琶声一会儿像花底下飘来婉转流畅的鸟鸣，一会儿又像水在冰下流动受阻时艰涩低沉、呜咽的声音。

时而像冰下泉水清冷艰涩的弦音忽然凝结不动，这凝结不通畅的声音转而又暂停。

时而像另有一种愁思幽恨暗暗滋生，此时寂寂无声却远比有声更动人。

突然间好像银瓶被猛然撞破而水浆四溅，时而又好像铁甲骑兵突然厮杀战场的刀枪齐鸣。

一曲终了，她对准琴弦中心顺次划拨，四弦一声轰鸣，好像撕裂了布帛的声音。

无论东面的小舟，还是西边的画舫船，人们都在静静聆听，此刻只见江心之中荡漾着惨白的秋月光。

她沉吟片刻收起拨片插在琴弦中，整理好衣裳依然显出庄重的面容。

她说我原本是京城负有盛名的歌女，家乡就在长安城东南的虾蟆陵。

十三岁时就已学成弹奏琵琶的技艺，朝中教坊乐团第一队中列有我姓名。

每一曲弹罢都曾令著名的乐师叹服不已，每一次梳妆完毕都会被其他歌妓们嫉妒不停。

【原典】

五陵年少争缠头①，一曲红绡不知数②。

钿头云篦击节碎③，血色罗裙翻酒污。

今年欢笑复明年，秋月春风等闲度。

弟走从军阿姨死，暮去朝来颜色故④。

门前冷落鞍马稀，老大嫁作商人妇。

商人重利轻别离，前月浮梁买茶去⑤。

去来江口守空船⑥，绕船月明江水寒。

夜深忽梦少年事，梦啼妆泪红阑干⑦。

我闻琵琶已叹息，又闻此语重唧唧⑧。

同是天涯沦落人，相逢何必曾相识！

我从去年辞帝京，谪居卧病浔阳城⑨。

浔阳地僻无音乐，终岁不闻丝竹声⑩。

住近湓江地低湿，黄芦苦竹绕宅生。

其间旦暮闻何物？杜鹃啼血猿哀鸣。

春江花朝秋月夜，往往取酒还独倾。

岂无山歌与村笛，呕哑嘲哳难为听⑪。

今夜闻君琵琶语，如听仙乐耳暂明⑫。

莫辞更坐弹一曲，为君翻作《琵琶行》⑬。

感我此言良久立，却坐促弦弦转急⑭。

凄凄不似向前声，满座重闻皆掩泣⑮。

就中泣下谁最多？江州司马青衫湿⑯。

【注释】

①五陵：汉代长陵、安陵、阳陵、茂陵、平陵等五座帝陵之所，后有豪贵徙居于此。唐时多以五陵年少为贵公子代称。缠头：彩头，用锦帛之类的财物送给歌舞妓女。

②绡（xiāo）：精细轻美的丝织品。

③钿（diàn）头云篦（bì）：此指镶嵌着花钿的篦形发饰。篦：篦子，用以梳头。击节：歌舞时打拍子。

④颜色故：容貌衰老。

⑤浮梁：古县名，唐属饶州。在今江西省景德镇市，盛产茶叶。

⑥去来：走了以后。

⑦梦啼妆泪：梦中啼哭，匀过脂粉的脸上带着泪痕。红阑干：指泪水与脂粉混合，满面流淌的样子。

⑧闻：聆听。重：重新，重又。唧唧（jī jī）：指叹息声。

⑨谪（zhé）居：古代官吏被贬官降职到边远外地居住。

⑩终岁：终年，终年累月。丝竹：代指乐器。

⑪呕哑嘲哳（ōu yā zhāo zhā）：前两字形容村笛，谓其出音不清；后两字形容山歌，谓其吐字含糊繁碎。合起来的意思是说，那些粗俗的乡野音乐

很难听。

⑫琵琶语：琵琶声，琵琶所弹奏的乐曲。暂：突然。

⑬莫：不，不要。翻：作曲或为旧曲填词。

⑭却坐：退回到原处。促弦：把弦拧得更紧。

⑮向前声：刚才弹奏过的曲调声。掩泣：掩面哭泣。

⑯青衫：唐朝八品、九品文官的服色。白居易当时的官阶是将侍郎，从九品，所以服青衫。

【译文】

京城中的富豪子弟争先恐后来给我打赏献彩头，弹完一曲收到的红绡不计其数。

钿头银篦常常因为打节拍时断裂粉碎，红色罗裙常常被打翻的酒水菜肴所染污。

年复一年都在欢笑娱乐的豪奢中度过，秋去春来的美好时光都被白白消磨。

兄弟被迫从军去了，当家的阿姨也死了，随着朝来暮往日月更替，我也渐渐年老色衰。

门前车马减少，变得冷冷清清，前来光顾者稀稀落落，青春已逝的我只得嫁给商人为妻。

商人重利不重情，常常轻易就与我别离，上个月他去浮梁做买卖茶叶的生意。

他这一去只留下我在江口独守空船，只有环绕小船的秋月与我做伴，空对这一江秋水的凄寒。

更深夜阑之时，忽然梦见年少时作乐狂欢的事，梦中哭醒，涕泪纵横，污损了脸上的脂粉。

我听完琵琶曲早已忍不住叹息，现在又听到她这番诉说，更令我对她悲怜不已。

我们俩同是沦落天涯的可怜人，今日在此相逢，何必去问是否曾经相识。

我自从去年离开繁华的京城长安，被贬谪居住在这浔阳江畔，曾经卧病不起。

浔阳这狭小的地方荒凉偏僻没有音乐，终年累月也听不到管弦的乐器声。

住在临近湓江这种低洼潮湿的地方，房屋周围只有黄芦和苦竹环绕丛生。

在这里，一早一晚又能听到什么呢？只能听到杜鹃、猿猴那如哭似诉的哀鸣。

春江、花朝、秋江、月夜那样的好光景无处寻觅，此情此景也只能常常是取酒独酌自饮。

难道这里就没有山歌和村笛吗？只是那音调嘶哑粗涩，实在是太难听。

今夜我听到你弹奏琵琶诉说衷情，就像是听到了仙乐，双耳顿觉清明。

请你不要推辞坐下再弹奏一曲，我要为你重新创作一曲《琵琶行》。

琵琶女被我这番话所感动得站立了许久，然后才回身坐下来再转紧琴弦，迅速弹拨琴弦。

凄凄切切不再像刚才弹奏过的曲调声，在座的人再次聆听，忍不住都掩面哭泣不停。

要问在座之中谁流的眼泪最多，江州司马我的泪水早已湿透了青衫衣襟。

【赏析】

元和十一年（816年）秋天，白居易被贬江州司马已两年，在浔阳江头送别客人时，偶遇弹琵琶的女子，听其诉说凄凉身世，不禁念及自己的

凄凉境遇，心生同病相怜之感，遂用歌行的体裁，创作出了这首著名的《琵琶行》，也因此成了他叙事诗的杰出代表作之一。

作为一首叙事长诗，这首诗结构严谨缜密，错落有致，情节曲折，凝练真切，叩人心扉。首句"浔阳江头夜送客"，寥寥数字，就把人物、时间、地点、事件作了简洁明了的概括介绍。接下来仅"枫叶荻花秋瑟瑟"一句，就渲染出秋夜送客的萧瑟落寞之感。因其萧瑟落寞，又"无管弦"相伴，故而"醉不成欢惨将别"。层层的环境烘托，有力铺垫，构成一种强烈的压抑感，使得"忽闻水上琵琶声"瞬间产生强烈的震撼，为下文突然出现的转机作了准备。诗人正因送别宴上有酒无乐而遗憾，"忽闻水上琵琶声，主人忘归客不发"，至此，在众人注目期待中，引出将要款款登场的琵琶女。

诗人将这段琵琶女出场过程描写得尤其动人，未见其人先闻其琵琶声，琵琶女的容貌，诗人未作描述，却用"千呼万唤始出来""犹抱琵琶半遮面"来作侧面反衬，任由读者自己去想象，同时为后面的故事发展营造悬念。

诗人尤其详尽地描述了琵琶女弹琵琶的高超技艺，"转轴拨弦三两声，未成曲调先有情"，曲未成，而情已呈现。"大弦嘈嘈如急雨，小弦切切如私语。嘈嘈切切错杂弹，大珠小珠落玉盘"，此四句将高潮迭起的琵琶声，使视觉形象和听觉形象更加立体地呈现出来，描述得可谓是精彩绝伦。接下来以"低眉信手续续弹""轻拢慢捻抹复挑"描写弹奏手法的纯熟。再用"似诉平生不得意""说尽心中无限事"来加以暗示，令这位命运多舛的琵琶女寄情于曲，亦借乐曲抒发心中的无限幽怨。

一曲弹罢，琵琶女开始自述身世。由昔日风光无限的教坊名伎，到人老珠黄的商人妇，女子的身世遭遇令众人广掬辛酸之泪。听完琵琶女生活的不幸，诗人联想到自己在宦途所受到的波折，顿时产生同病相怜之感，进而道出了"同是天涯沦落人，相逢何必曾相识"的心声。诗人被贬江州，和琵琶女一样，都是从繁华的京城沦落到这偏僻之地，对琵琶女的同情中也饱含对自己不幸的感伤。"似诉生平不得意"的琵琶声中也诉说着诗人心中的不平。白居易在此将自己对社会的动荡，世态的炎凉，对不幸者命运的同情，对自身失意的感慨，这些本来积蓄在心中的沉痛感受，都糅合在一起，蕴于笔端，倾注于诗句之中。

因此说，这是一首脍炙人口的思想性与艺术性完美结合的现实主义杰作。诗人既以琵琶女的悲惨遭遇为明线，缘情设景，逐步渲染，是为明线；又以诗人的自伤感怀渗透于字里行间，随琵琶女弹的曲子和她的身世的不断变化而荡起层层波浪，变简为繁，达到浓厚的抒情效果，是为暗线。这一明一暗，一实一虚，使情节波澜起伏，曲折感人，引发共鸣，渲染出一定的艺术高度。

参考文献

[1] 王汝弼 . 白居易选集 [M]. 上海：上海古籍出版社，2012.

[2] 王贺，赵仁珪 . 白居易诗 [M]. 北京：中华书局，2013.

[3] 谢思炜 . 白居易诗选 [M]. 北京：中华书局，2018.

[4] 谢思炜 . 白居易诗集校注 [M]. 北京：中华书局，2019.

[5] 肖瑞峰，彭万隆 . 刘禹锡白居易诗选评 [M]. 上海：上海古籍出版社，2018.

[6] 李梦生 . 唐诗宋词鉴赏 [M]. 天津：天津古籍出版社，2005.

[7] 孙明君 . 白居易诗选 [M]. 北京：人民文学出版社，2016.